南琅
◎著

桐花中路

私立协济医院怪谈

SILENT
HOSPITAL

廣東旅游出版社
GUANGDONG TRAVEL & TOURISM PRESS
悦读书·悦旅行·悦享人生
中国·广州

图书在版编目（CIP）数据

桐花中路私立协济医院怪谈 / 南琅著 . —广州 ：广东旅游出版社，2019.12

ISBN 978-7-5570-1956-3

Ⅰ . ①桐… Ⅱ . ①南… Ⅲ . ①长篇小说 – 中国 – 当代 Ⅳ . ① I247.5

中国版本图书馆 CIP 数据核字（2019）第 142235 号

出 版 人：刘志松
责任编辑：梁 坚 李 丽
责任校对：李瑞苑
责任技编：刘振华
装帧设计：八牛 · 设计 34508448@QQ.com

桐花中路私立协济医院怪谈
TONG HUA ZHONG LU SI LI XIE JI YI YUAN GUAI TAN

广东旅游出版社出版发行
（广州市越秀区建设街道环市东路 338 号银政大厦西座 12 楼 邮编：510060）
联系电话：020-87347732
河北文盛印刷有限公司
（河北省涿州市东仙坡镇下胡良北口）
880mm × 1230mm 32 开
11.25 印张 307 千字
2019 年 12 月第 1 版第 1 次印刷
定价：42.00 元

目　录

CONTENTS

每个城市都有无法消弭的罪恶和咒怨，

它们的聚集之地，就是这个城市的“穴”。

擅闯入“穴”者，不能化解，只有逃离。

守夜人

STORY1

5楼-4楼

那具尸体，张着空洞的嘴，静谧地躺在黑暗里。黑布下面，有不为人知的秘密……

01

要不是前几天磕碎了门牙，孙正是不会造访这家位于桐花中路的私立协济医院的。

协济医院的前身，是一家不景气的公立医院桐花医院，惨淡经营八年后，一位路姓老板将其收购，经过五个月的改造重建，再度投入了运营，改名私立协济医院。

直到医院易主，孙正都未曾造访过它。他实在很厌恶管理混乱的公立小医院，空气里总是弥漫着不洁净的气息，仿佛每一颗微粒都是超爆炸性病毒，无时无刻不威胁着他敏感的鼻子。

新的这家医院去年年底才建成，占地约有三万多平方米，共有三幢大楼，正前方那栋最旧的六层建筑是主楼，主楼后并排着两幢五层高的大楼，右边的是经过改头换面的内科住院部，左边一幢崭新的粉色大楼就是外科部。

孙正走进那光线暗淡的主楼。

朝向不好，他皱眉。

的确如此。正因为朝向问题，桐花中路上形成了奇特的局面：路的左边，真正运作的系统只有协济医院一家。医院的左方原是一家海产品加工厂，五年前倒闭后一直没有新的商家入驻，只留下残缺不全的厂房。医院的右方是一片荒芜的空地，被用作临时停车场——属于对面的两家酒楼。

与这边的惨淡经营相比，路的右边生意兴隆，人来人往，热闹非常。

孙正四处打量之后，对协济医院的陈旧主楼作了简短的评估，结论是：风格过时，采光不足，过于阴暗，整洁程度还行。

他是一个很挑剔的人。

孙正在一楼挂号处稍微排队等候了一会儿，就挂到了号。

口腔科，最顶层六楼。

电梯大概仍是好几年前修的那个，相当古旧。外面一层绿色的漆，少部分已经剥落了，露出了银色的金属内里。按键也不甚灵光，按的人多了，表面起保护作用的透明塑料已经碎裂，向中心凹陷。孙正用力摁了好几次，终于显示了向上的箭头，看来屏幕显示还比较完好。

一家私立小型医院难得有如此热闹的时候，电梯的指示灯走走停停，终于，电梯停在了一楼，果然太旧了，开门相当缓慢，像是一寸寸地向左右两边分开。

一位头发花白的老太太拄着拐杖半天才走了出来。

孙正又得出一个结论：电梯连关门都很迟缓。

路姓老板大概也并非什么财大气粗的主儿，否则如此上不了台面的主楼为何不彻底整修呢？

顺利到达六楼。

门又一寸寸地左右分开。

迎面竟是一面镜子！明晃晃的，映出缓缓分开的电梯门和孙正面部僵硬的模样。

多半是为了让患者检查自己的牙齿吧！孙正有些发牢骚地想道。

镜子里，电梯门渐渐合上。

孙正走出电梯，转头是一条长廊，两边是淡蓝色的玻璃门，门里有几位穿着白大褂的口腔科医生在忙碌。

沿着曲折的长廊走过去，他终于找到了牙科专用的房间，一位牙科医生正用力钻着一位病人的牙齿。

孙正又退了出来，决定等一会儿再进去。

忽然，他感到一只温热的手放在了自己肩上。

“哈！果然是你！”那个戴着宽边眼镜的男人笑了起来，他一身不整齐的黑色西装，带着夸张却不讨厌的笑脸。见孙正一脸茫然，他才停住了笑，正色道，“喂！该不会不认识我了吧？”

孙正耸耸肩，很明显不记得眼前的这个家伙是谁。

“喂，喂！讲座啊！C大的通俗古典乐与现代主义戏剧啊！”那人用拳头轻捶了捶孙正的肩。

“路……路遐？”孙正试着在记忆中搜寻。

路遐张嘴一笑，又一拳捶在孙正肩上，孙正不由自主地倒退一步。

“看来你也没忘记我嘛！听说做编剧去了？听了C大的讲座受到启发了？”

“不，之前应聘保险公司不成功就打算做编剧了。”孙正纠正道。

路遐做了个向后一仰表示明白的姿势，又甩回脑袋，说：“做出什么电影没有？大概也很有你那种古典味儿——”

“《黑暗的救赎》，只参与了部分。”

路遐又是向后一仰，恍然大悟地说：“哦！了不起！”

“部分而已，大部分都是别人完成的。”

“说起来，我有个疑问，”路遐伸出左手搭在了孙正肩上，“有用到替身吗？那几段很惊险的，飞车之类的？”

孙正用食指敲了敲脑袋，说：“当然用了，飞车那段，女演员都太柔弱了。”

“那么，她——”路遐正想再继续问下去，牙科室里却传来一声如同杀猪般的号叫，打断了对话。

“看来还轮不到我。”孙正耸了耸肩，表示对这种痛苦的无奈。

路遐朝那边的牙科医生瞥了一眼：“以前医院的医生，不知轻重的家伙。”

听路遐这么一说，孙正像是想起了什么，点了点路遐的肩，说："你也姓路，那么院长——"

"叔叔，院长是我的叔叔，不知不觉就买了家医院呢！"路遐禁不住有些得意。

你叔叔未免也太没有眼光了。孙正腹诽。

"这幢主楼老了点儿，那边的内科住院部，外表也很旧，里面却翻了新的，这里有些看不清——"路遐没有察觉孙正的想法，仍自顾自地解说道。

孙正微微一笑，摸出怀里的手机，翻开金属的盖，盖顶的小镜头对准了对面的住院部。

"用这个看倒挺方便，像素不太高吧？"路遐看着景物在手机屏幕上晃动，随着孙正的手指按键，住院部的景象越来越清晰，他又吐了吐舌头，"原来还可以。"

自认取得孙正默认许可，路遐拿过孙正的手机，兴致勃勃地摆弄起来。

忽然，屏幕上的景物暗了下来，像镜子一般，印出了路遐模糊的头形。再扭头四处一看，周围都是一片昏黑暗淡。

"怎么了？"路遐疑惑地抬起头，孙正也正四处张望。

"灯没了，停电了？"孙正侧脸看路遐。

刚才只是一瞬间的事，无声无息地，就黑了一片，什么都只剩下暗淡的轮廓。

现在四周一片死一样的寂静。

"唔，大概是跳闸了，这医院一关了灯，大白天黑得跟什么似的！"路遐抱怨着。

孙正拿着手机，屏幕却完全融进了黑暗。递到耳边，什么声音都没有，像是一瞬间被巨大的黑洞吞噬了。手机也莫名其妙出故障了。

孙正气急就想摔手机，路遐按住他的肩，朝对面一指："看，内科住院部也没灯了。"

早就知道来医院没好事！孙正泄气地想着。

“嘿，这一片漆黑倒让我想起个故事来！”路遐却显得兴致高昂，仿佛丝毫不受阴暗大楼的影响。

孙正转头看他。

“据说以前的医院构造很特别，有一间住院部的病房只有在三楼才看得见！”路遐漫不经心似的道。

冒什么鬼话啊！孙正的火气又给点燃了。

“我去开电闸，这么久了，怎么也不见动静，医院的人都死哪儿去了！”孙正左顾右盼也见不着什么反应，朝电梯那边的拐角走去。

没记错的话，拐过电梯，有绿色盖子的楼层电闸。

孙正刚刚走到电梯旁，正想拐弯，却被路遐叫住了。

“喂，等等！我说，你难道没有听说过吗？”

“什么？！”孙正颇不耐烦地应道。

“鬼呀——不会拐弯的，所以弯道处总是聚集了许多的鬼魂。”路遐用很随意的口气说道，“所以这时候你最好别走弯道。”

孙正心里一阵抽搐，我还想问你在搞什么鬼呢，从刚才起就一直在说鬼话。

路遐似乎没有注意到他的不快，反而悠悠然地转向另一边。

孙正叹一口气正要再走一步，却听到“哎呀”一声，不由得吓了一跳，疑惑地转过身，路遐正惊疑不定地看着淡蓝色玻璃门的口腔科。

“一个人也没有了！正！一个人也没有了！”路遐大叫起来，两手不停地擦着额头。

“怎么可能！刚才医生都还在。”孙正皱着眉头向那边看去，暗淡的光线使他仍然有些不适应，周围的景物若隐若现，“还有，你别叫我‘正’好不好——”

话音刚落，他的心却漏跳了一拍。

转过头的瞬间，好像有什么不对劲。

孙正再猛地甩了甩头，双眼死死盯住了惨淡光线下灰暗的墙面。

正对电梯的镜子不在了！

“正，你快过来看看吧，别站在那个拐角了，我请你过来好不好！”路遐在原地发着牢骚。

孙正默不作声地慢慢退了回去，看着那面干净的墙，他终于退到了路遐身边，目光仍不离开那面干净得太过彻底的墙。

此刻，他的心里竟感到了恐惧。

镜子，去哪里了？

他又转过头去看向刚才一直没怎么注意的口腔科。

医疗器械完好无损，整整齐齐地摆放着，那台澳洲进口的综合口腔治疗仪仍旧是崭新的。

一个人也没有！

从没有电开始，就再也没有听到过除他们两人之外其他人的声音了！

医院，静得可怕。

“正，快！咱们赶快去五楼院长室，那里安全！”路遐不由分说拉着孙正飞奔下楼。

孙正从恍惚中一回过神，已经站在五楼的楼梯口了。

但是——如果他的耳朵没有问题，仿佛——

听到了电梯到达某层楼“叮”的一声……

02

人去哪里了？镜子去哪里了？医院出了什么事？

为什么这里显得那么可怕？

无边无际的灰暗和寂静笼罩着陌生的五楼。

“听着，我数一、二、三，咱们闭着眼睛冲过那个电梯拐角，就到院长办公室了。”路遐对孙正轻声说。

“那，这个电梯的对面，有没有镜子？”

路遐猛地转过头来盯着他，仿佛想看清什么东西似的，好久才冷冷地说道：“这幢楼里的电梯对面从来就没有什么镜子。”

胡说！孙正心道，六楼的那面镜子呢？

六楼的镜子……难道从一开始就是我看错了吗？

“走吧！”路遐拍了拍孙正的肩，“我要开始数了。”

“一、二、三——”

两人同时起步，朝拐角奔去，带起一阵阴森森的风。

好，就在这里！孙正心道，睁开了眼。

他们正跑过电梯。

孙正的一侧靠近电梯的门。

电梯门没有开。

那么“叮”的一声到底表示电梯停在了几楼？

是不是表示还有别的人在？

孙正心中转过无数个问题，但奔跑时已没有时间多想。

停。

路遐抬头。

“这里就是院长办公室，墙的四周都贴着各类解剖图，是最安全的地方。”

“有没有钥匙？”孙正问道，眼角的余光晃向周围。

路遐伸手摸向裤子的口袋，刚刚听到很轻微的金属碰撞声，路遐却停止了动作，空手出来。

“取出那串钥匙的话，会发出类似铃铛的声音，我们还是撞门吧。”路遐的口气显得有些沮丧。

“铃铛？”

“招魂的。”路遐眯缝着眼睛。

话音刚落，只见他倒退了几步，像一块巨石般轰然冲向办公室的门。

砰！

孙正目瞪口呆地看着撞开的门，那扇门还在来回地晃悠。

路遐豪气地拍了拍手，推开门，拉着孙正走了进去。

刚一进屋，路遐立刻搬来一张椅子紧紧抵住办公室被撞开的门，不留一丝缝隙。

“很好。”路遐拍拍双手，表示成功。

孙正观察了一下四周，太过阴暗的光线下，只隐约可见大大小小的图标挂在四面墙的周围。

“正，找找那张办公桌里有没有手电或者其他什么的。”路遐慢慢地退到孙正旁边。

孙正拉开院长办公室的抽屉，胡乱翻了起来。

尽是些文件资料之类的，孙正把它们都扔了出来，第一层已经空了，他又伸手去拉第二层，拉了又拉，拉不开。

“上锁了，这个。”孙正对另一边翻着东西的路遐说。

“先翻下面的。”路遐头也不抬，一边找着一边说。

孙正又拉开另一个抽屉，接着问路遐：“为什么这里最安全？”

“这家医院，有很多故事，”路遐微微叹了口气，“你知道吗？一个四面都挂满东西的房间，鬼魂是不能穿墙过来的。”

这世上哪有什么鬼魂啊！孙正心道，觉得路遐不免有些好笑。

“找到了！”路遐忽然兴奋地叫了起来。

一束橘黄色的光线射了出来，办公室里豁然亮了三分。

感觉一瞬间负面的情绪都消失了，孙正高兴地说了声：“太好了！”

路遐颇有些得意地晃了晃手电，向四周都扫了一圈，才道：“坐下吧，有必要和你说个清楚。”

孙正拉过办公室那张冰冷的木椅，坐下了。路遐顺势坐在了他的对面。

医院依然静得诡异。

“你可能会觉得，从刚才开始，我就一直疑神疑鬼，很好笑，是不是？”路遐探身问孙正。

你终于发觉了。孙正老实不客气地点了点头。

路遐露出一抹理解的微笑，又关掉了手电，顿时黑暗又扑向整个办公室。

“——为了省电，你就习惯下黑暗好了——果然，我很有必要和你说明一下，也许会说得很长——唉，正，你真是麻烦。”

“说。”

“协济医院不是第一次这样了，这也不是偶然事件，桐花路上的这家医院，故事有很多。你进来时不觉得很压抑？”

路遐的声音有些缥缈，两人中间像隔了一片海，而他的声音像是从海的另一边传来的。

“是有一些，这家医院的采光太差。”

“那是另一个方面。事实上，上个医院倒闭也是因为它——接二连三地发生奇怪的事，我叔叔原来拜托我过来也是调查这件事。”

“奇怪的事？”孙正偏了偏头。

“啊，从很早以前就开始了，大概三年前终于引起了重视，从上代院长开始，都会对这些事件有些记录。”

“那你呢？”

“我？你好像忘了，孙大才子，从C大那时开始，我就已经在研究民俗学，顺便对灵异事件也进行过调查。”

“可是，这世界上没有鬼吧。”孙正忍不住笑道。

“我不知道，科学无法解释的事不是也有很多吗？我一向认为，小心些比较好。”

“好啦好啦，现在怎么办？”孙正挥了挥手，打断路遐的话。

“我也不知道你怎么会遇上这些事——虽然我也是第一次，可是你一向都是干干净净独来独往的，这些事怎么缠上你的——好吧，你再试试可不可以打开刚才上锁的抽屉，里面应该就是所谓的记录了。”

孙正闻言，伸手去拉那第二层的抽屉，依旧怎么也拉不开。

路遐在黑暗中听到了声音，道：“用东西撬开。”为了方便孙正，他打开了手电，院长办公室又幽幽亮起光来，接着便响起孙正用东西撬锁的声音。

“跟小偷似的——”孙正轻轻笑了笑，接着“轰”的一声拉开了抽屉。

路遐走过来用手电照了照，露出赞赏的笑来，然后伸手将里面的东西一一取出，放在了桌上。

“果然，我要的东西都在这里了。”

两个破旧的笔记本，表面用红色的纸包了起来，另外有六张图纸样的东西，仔细翻阅，依次是：

桐花医院暗事件记录 1999—2002

桐花医院暗事件记录 2003—2005

桐花中路私立协济医院平面图（一楼至六楼每层各一张）

“平面图啊……”路遐念叨着打开来，“好东西……不错，确实都有标记……”

“什么？”孙正凑上去看。

“你看，这些画着圈的房间，应该是四周挂有图画的房间，像这里一样；画着红色大叉的房间，如果我没猜错，应该是有些不吉利的地方……这个我们等会儿研究，我们先来翻翻记录吧！”路遐合上图纸，伸手翻开了第一个红色的本子。

桐花医院暗事件记录 1999—2002（一）

记录人：毛重贵（1999年—2000年期间值班人员之一）

1999 年 8 月 15 日。

今天晚上仍旧是我和老张（张炳）值班。另外，一楼的急诊室也还有医生，护士站也有几个护士留了下来。住院部此刻还是灯火通明的，但到了十一点大概就会谢绝探病了。

十一点整，整个主楼空荡荡的，没有一丝声音。医院的夜晚比其他地方还要阴暗些，黑黢黢的，又不能总把灯全都开着。第一次巡视由我来的，老张坐在床上吃面，我便拿起手电筒，准备出门。

来这里才五个月，但据说在这家医院做保卫人员值班的，最多也只做了半年。照常例，半夜十一点整起到十二点整，我要从六楼一一巡视到底楼，主要检查门窗和日光灯，医院没有蓄电灯，到晚上只得都关了。

我慢慢地沿着楼梯向上爬，手电筒的灯光昏黄昏黄的。虽然医院去年才修成电梯，但很少使用，尤其这时段我们是不许使用的。

六楼的科室不多，除了口腔科，大部分都用来存放仪器了。检视一番，黑洞洞的，再把门窗都关紧实了，我就朝楼下走去。

医院一切都很正常。

十二点半，老张就会再出来巡视一番，这时我便可以休息了。

再从六楼一直走到一楼，一切也都很好。一楼大厅还亮着灯，两间急诊室的灯也明晃晃的。

“老毛，你下来啦。”护士长跟我打招呼。

“哎。”我应答着。

几名护士就在旁边很悠闲地涂着指甲油，不时交头接耳一笑。

“下班到现在，一个人儿也没来哩！”护士长又嘀咕着。

她和我是同乡来的，她家也就在我家附近，在这里夜间值班期间，就全赖她和几个护士替我们准备些夜宵。

“那我去把电梯锁了，免得……”我一面应她，一面朝电梯走去。

“咔嗒”一声锁上电梯，抬头再看表时，十二点整。

“我上去了啊！没事你们也休息了！”我朝护士站那边叫道，整个医院都回荡着我的声音。

回到五楼值班室，老张早已吃完他的牛肉面，呆呆地望着我。

“老毛，我有些怕哩……”

“怕啥？”我一下子笑了出来，“你大男人的，怕啥？”

“你，你忘了我中午给你讲的啦……”

我想起来了。老张中午给我讲的一件事——

“老毛，这医院，有厉鬼进来了。”他中午吃过饭，就怔怔地看着我说。

“厉鬼？”我笑着，“不怕的，不定他还怕你呢！”

“是真的厉鬼，不是一般的。”

“哦？你怎么知道的？他又是怎么进来的？”

“昨天傍晚，收进临时太平间的那人你还记得不？”老张紧张地搓着手，“剃光了头发，黑布蒙着眼的那个，好像，也是最后收进来的那个……”

“这有啥的？光头多得是。”我拍拍老张，他平日里也挺胆大的，今天竟怯了，“我们这些守夜的，比守坟的好多啦！”

“我家乡的习惯……若人不明不白冤死了，定要剃光他的头发，黑布蒙上眼睛，立即火化的。”

“为啥？”

“知道不？人死了之后，头发也可以长的，据说这就是他的最后一丝魂魄还残留的证据，所以冤死的人必须把他的魂都封住，头发一根不留，他的魂也就出来不了，速速烧了，也就成不了厉鬼。厉鬼，就是最凶恶的那种鬼，我们对付不了的……”

中午的对话就从厉鬼这里开始，渐渐转移到毛主席教导我们相信科学破除迷信上面去了，我也不太在意，结果老张还是没有放下。

“世界上是没有鬼的……哎，我一会儿陪你出去……”我见他神色古怪，便心软了，再次抄起手电，“走吧！”

“那个人，今天都还没有送出去，一定没有什么好事……”老张还在喃喃自语，跟我走出了值班室。

“我上六楼去，你向下走，一会儿我跟上。”我又劝了劝老张，“得啦，放心吧。”

老张点了点头，几步走下了楼梯，远远还见着他昏黄昏黄的手电筒的光亮，他露出一种很忧愁的表情，回头看了我一眼，又转身继续向下走去了。

我又在六楼晃了一圈，黑夜里，一个人走着，倒确实有些毛骨悚然的。

关于厉鬼的说法，我其实也听说过，但不至于那么严重，当时也就不怎么放在心上。若人死后，确实会变作鬼的，那么也分有几种类别的，据说只有厉鬼是保留着生前怨念的，并且是很鲜见的，如果谁见着了，那他就多半活不成了。

不过这都是民间传说，这年代了，没什么人再信了。

检视完六楼，我就匆匆下了楼，想跟上老张，好歹也劝劝他。

刚走到四楼楼梯口，就见老张走了上来，大汗淋漓的，看见我，他才长长舒了口气。

“老毛，看来还好，没啥的。”他气喘吁吁道。

“这就好。”我也放了心，转身，我们就返回五楼。

他越过我，走在我前面，脚步飞快的，好像身后有什么在追着他似的。

“看吧，没啥可怕的。”我再补上一句。

“是哩……”他艾艾应着我。

我笑了笑，却发现光线有些阴暗。仔细一看，才发现老张手中的手电筒早已没了光，只有跟在后面的我手中才发出微微光亮。

“咋了？没电了？”我问道。

“没咋，刚才走到一楼，到处都是一片黑，也不怎么怕了，反正都没光了。”他慢吞吞地回答着我。

我“哦”了一声，他走得急急忙忙的，我们便很快回到了值班室。

稍稍整理了一下，我估摸着也快到凌晨两点半了，便上了床。

“啪”的一下，关了灯，又是一片黑。医院里寂静着。

“我说老毛，你也太不仔细了，电梯也不锁，我刚走到三楼，就听见楼下‘叮’的一声，吓了一跳呢……”老张在他床上嘀咕着。

我翻了个身，心里却忽然咯噔了一下。

电梯没锁？不对，我明明锁了，老张怎么又听到“叮”的一声？

他刚才说一片黑……到一楼都一片黑？

也不对，护士站和急诊室也都还有人，大厅的灯也都还亮着……

“老张。”我叫他。

没有回应。

算了，明天再问吧。我翻了个身，睡了。

1999年8月16日。

早上起来，已经十一点过了。医院里人声鼎沸。

砰砰砰。有人敲门。

“老毛，起来了吗？快点过来，电梯出了点问题。”是护士长的大嗓门。

我腾地坐起：“啊，知道了！”我应了一声，又听得护士长走开了。

“老张，起来了！”我想叫醒在旁边床上的老张。

床上却是空荡荡的，白色的被子叠得方方正正，那碗牛肉汤剩面还放在一旁。

已经起来了啊……真是，也不叫我一声。

迷迷糊糊走出值班室，一股消毒水的味道扑面而来。我皱了皱眉，却猛地觉得眼睛很疼，伸手摸了摸，好像肿了。

“哎哟，老毛，你咋啦！”旁边走过的一个小护士一见我就叫了起来。

“嗯？”

“呀，眼睛都肿成这样了！我给你敷敷。”她拿出一块浸润的纱布，替我敷上了。

我道了谢，又急着电梯的事，就匆匆按着那块纱布走了。

走到四楼，便看见一大群人围在那儿，护士长也在其中，院里的几名男护工和电工也站在那儿。

“啊，老毛，你来了！”护士长叫道，“哎哟，这眼睛……”

“啊，没事的，电梯咋啦？”

“你昨天锁电梯时，电梯有啥问题没有？今天早晨老冯(替班的人）开了电梯，病人乘电梯上了四楼，电梯门却老是不开，里外都着急哩……”

“啊？”我大吃一惊，“但昨晚……”

老张，老张说电梯又动了……

“还好，后来老冯想办法弄开了……幸好，不然……”护士长又切切说道，旁边围着的人也接着小声地讨论。

“哦，弄好了，那就好。”我松了口气。

我走近电梯，电梯门缓缓打开来，只见老冯汗涔涔地走出来，见到我站在他面前，一愣，又哈哈大笑起来：“嘿，老毛呀！你的眼睛是瞧了什么见不得人的东西，肿得跟蒙了块黑布似的，哈哈！”

黑布？

我背上冷不丁地泛起一股寒气，借着电梯壁仔细照了照自己，顿时呆住了。

从眉毛到颧骨，都有一片乌青甚至泛黑的印迹，说不出的怪异。

正如一块蒙着眼的黑布。

但愿我真不是见了什么东西。

“哎哟哟，你们看，我掏出什么来了！”老冯又在后面咋呼起来。

“哎呀，这都把电梯卡住了！得有多邪门儿啊！”

“不得了呢！我就说有问题吧！原来给这塞住了！可这小小一团，怎么就把个大电梯卡住了呢！”

人群议论纷纷，我转过头去，只见老冯被漆和污垢涂满的手上，捧着一团东西。

黑乎乎的东西。

乱糟糟的一团，缠绕在一起。

我走过去，捡起一小团，凑近了仔细一看。

细如丝，却油乎乎又沾满黑泥似的污垢，是头发。

我赶紧扔掉，使劲搓着手，却总觉得那种脏兮兮的感觉怎么也抹不去。

“老张呢？”我回头大声问道。

“老、老张？”护士长疑惑起来。

“啊，老张一大早地去哪里了？”我叫得更大声了。

护士长回答我说：“昨晚就没见过他啦！说巡逻，也没见着他。”

“怎么会？他明明……”我心里一紧，“那你们昨晚什么时候休息的？”

“急诊室那边到凌晨一点多就休息了，我们可一直待到两三点呢！”

“怪了，老张还说你们一楼没灯呢！”

“瞎说，灯都亮着呢！”护士长叫道。

我飞快地跑回五楼值班室。老张还是不在。

附：毛重贵于1999年10月离开桐花医院。

张炳其后一直未曾出现。

合上本子，路遐侧身看向孙正：“看懂了没有？”

“啊？”孙正一时没反应过来，“其实，还是不太明白到底是个什么意思。”

“我记得你挺聪明的呀！”路遐半真半假地说，“这两本‘暗事件记录’都是请每位值班人员和有同样遭遇的人尽可能把每个细节都写下来的记录，写得像故事一样怪诞也无妨，重要的是，能反映事件的要点。”路遐大功告成似的拍拍手中那本鲜红的本子。

“这里的故事也算是真实的事件记录?”孙正在笑，“那我怎么找不到你所说的重点?”

路遐也好脾气地笑了笑，伸手从裤子兜里拿出一张卡片来，看得出是从书上剪下的，他把它万分郑重地递到孙正面前：“这是我从一本书上剪下来的，是日本民俗学家古岛先生的研究——每个城市，都有无法消弭的罪恶和咒怨，它们聚集之地，就是这个城市的‘穴’。”

路遐神秘地说：“你知道日本十大闹鬼之地吗？这是古岛先生对这十个地方进行了长达十年研究后得出的结论。”

他看向孙正：“而我的结论是，擅闯入‘穴’者，不可能化解，只可能逃离。”

03

“我们要逃出这里。”路遐一字一句地说，表情从未有过的严肃。

“逃?”孙正未能清楚理解这其中含义。据他个人人生经验来说，逃，适用于危险而尚有生还可能的状况之下。

而这个词对此刻的他来说，竟如此奇怪。是目前状况并不让他觉得危险？还是他认为自己已无生还可能?

当然是前者，孙正暗自揶揄自己。

“虽然从来没有人成功过……”路遐苦笑着补充。

“路遐！”孙正有些气恼他这种冷笑话方式的风格。

路遐耸耸肩，看得出孙正并没有和他持相同的想法，但他理解，任何人到这个时候，都会有些天真，有些过分地科学严谨。他摊开刚才那张平面图，示意孙正过来和他一起看。

“记得刚才我说什么吗？”路遐的食指在图上画来画去，因为周围黑暗，所以动作越发明显，因为四周寂静，所以发出的沙沙的摩擦声越发清晰，“我们要逃出这家医院，先试试能不能从这里走下去。”

不能！

这是孙正第一直觉的回答，然而这个心里突然冒出的想法令他自己不寒而栗。

可是，为什么不能？

如果他像表面上那样固执，一定会回答能，然而他知道自己的内心已经在向路遐的理论妥协，他的想法在这里得不到任何现实支持，他的身体也因为本能的恐惧而微微颤抖。

没有等到孙正的回答，路遐并不介意，指在地图上的食指停在了四楼：“四楼，似乎有两个房间是暂时安全的，如果走过四楼有什么事，你记住方位了吗？我们一起跑进房间里躲避。”

“注射室……和中医科？”孙正看着地图上画着圈的那两个房间，确认名称。

四楼……为什么感觉那样不安？也许……也许是他暂时向这样的处境妥协，暂时承认自己已处于困境。

逃，这个字，带来的是陌生和恐惧。

“如果遇到什么，来不及逃怎么办？”孙正抬头又问道。

路遐听到这话，已明白孙正顽固的脑袋开始有些动摇，感到些许欣慰，微微一笑，道：“相信我。”

相信他，因为这个世界已无别人。

“走吧！”路遐抄起手电筒一掌拍在孙正肩上。孙正站起身来，跟着路遐走到那个球形把手的门前。

路遐拉开抵住门的椅子，忽然转过头来看着孙正：“你要做好心理准备，现在我们已基本适应了黑暗，但是要找到那两个房间，我们非用手电筒不可，也就是说，在打开和关闭手电筒这两个瞬间，我们需要几秒到十几秒去适应光线变化，那个时候，就是要百分之两百警惕的时候。”

警惕？警惕什么？

孙正很想这样问，他们要逃跑，要防备，要忍受恐惧，而对手，竟是未知？

“楼梯在两边走廊的尽头，我们出门立刻左转，你跟着我，记着，小步快走，不要发出太大动静，不要回头。”

“不要回头？”

“因为回头，带来的只是更多的恐惧而已。”路遐压低声音说。

孙正知道，在黑暗中回头，望见身后那幽邃的黑暗时，是破碎的心跳。他也知道一种可笑而不科学的说法：你越怕一些东西，它们就越容易出现。

稍微能够理解的解释之一是，恐惧会使生物波长改变，接近于“幽灵”或者“鬼魂”的波长，导致两者互相吸引。

我不信鬼。孙正扯了下嘴角。

“我们看到的，也许是臆想产生的幻觉，也许是真实的。”路遐在一旁轻声说。话音刚落，他已经大力拉开院长办公室的门。

黑暗和冰凉如怒涛一般涌来。

“左边！”路遐低语。

心跳飞快，在黑雾中悄声无息的步伐似乎紧紧跟着那“砰砰”的节奏。手心全是冷汗。孙正脑海中仿佛浮现出他们正经过的那一排排房间，一道道门，紧闭的门后是多少幽深诡秘的未知。

副院长办公室，三间资料室，清洗室，女厕所……

“下楼，正！”路遐的声音打断了孙正的思绪。一股大力把他拉着向下，他跌跌撞撞跑着，沿着楼梯向下。

背后，留给五楼那一排如寂寞凝视的目光般空洞沉思的门。

鞋踏在楼梯上，竟有如此惊心动魄的时刻。

“咔嗒”“咔嗒”“咔嗒”……

正欲疾奔的四只脚，停了。

“咔嗒”“咔嗒”“咔嗒”……

“什么声音？”孙正努力稳定着音调。

此刻，他们站在四楼楼梯口，背后楼梯曲折而上是五楼冰凉的气息，面前是未知而黑暗的四楼。

“有规律的……声音。”路遐有些艰难地回答。

“咔嗒”“咔嗒”“咔嗒”……

声音再次传来，孙正不自觉地握紧了路遐的手，因为恐惧，手心冒汗，微微颤抖。

“从四楼来的。”路遐又补充了一句。

难道有别人？孙正脑中一闪。或者，是人吗……？他想问，却发现自己紧张地闭紧了嘴，张不开，问不出。

“不管它，我们一鼓作气继续跑！”路遐难以忍受这一声一声极度规律的声音，似金属碰撞，却又总消失得那么柔软。他一把拉起孙正，转身向下继续跑。

“等等！是——电梯！”孙正忍不住叫了起来。

“咔嗒”——电梯门合上。

“咔嗒”——碰到了物体，那物体却有些柔软。

“咔嗒”——电梯门又自动打开，打开之后又再度合上。

……永远开了又合，合了又开的电梯。孙正脑海中回想起那“叮”的一声。电梯停在四楼，是什么东西卡住了电梯？

孙正感到路遐握紧了他的手。

老张对老毛说听见了电梯“叮”的一声；
老毛在被卡住的电梯前看见了那抓出的一把头发；
老张下楼了，老毛上楼了，巡视……

路遐拖着孙正正要踏步下楼，孙正一把拉住路遐：“不要。”

“咯嗒”……电梯门还在开合，黑暗的世界里又响起另一种声音。

脚步声。

一步一步，很慢，踏得很结实，踏在楼梯上。从两人的脚下传到悚然立起的毛发末梢。

张炳巡视完楼下回来了，拖着疲惫的步伐，摇晃着没有灯光的手电。

一步一步，上楼……

“张——那个老张上来了！”孙正惊呼起来。一瞬间，直觉战胜了他的理智。

“这边来！”路遐扯住孙正，转身就向四楼楼道里跑去。

不能过电梯，也不能被楼下的脚步声追上。路遐猛地打开手电筒，刹那的光芒令孙正睁不开眼。

在打开手电和关闭手电的这两个瞬间，就是要百分之两百警惕的时候。

不能停！

脚步声平平整整踏完最后一阶，回荡在整个四楼。

孙正感到一股寒彻心扉的凉意。

“在这里，中医科，针灸按摩！”身边的路遐一声激动大叫，一脚踢开了右边那道黄色的门，药草味扑面而来。

手电光晃过门前的标牌：中医科，针灸按摩。因为贴满了人体穴位图和中医宣传图而相对安全的办公室到了。孙正转过身把门抵住，留下一阵阴冷的风残喘着拂过面门。

好像，安全了。

不……不……好像哪里不对……

四楼相对安全的是注射室和中医科，地图上的位置……是在电梯的右侧。而他们，是从电梯的左侧下来的……而且百分之百确定没有经过电梯。

但门上明明写着“中医科 针灸按摩”。

哪里出错了？难道他记错了？

“正……正……”路遐在身后谨慎地呼唤孙正。

“我没事。”孙正转过身来，神色已恢复镇定，“刚才怎么回事？电梯和楼梯都他妈的怎么了？！”

路遐轻轻走过来，手搭在孙正的肩上：“天知道怎么回事，这里从头到尾都不对劲。”

“我也不知道，这是怎么了……怎么就偏偏是那个老张上楼的声音，怎么就偏偏……”孙正说话的时候胸膛还在微微起伏，“要是……是别人呢？我们说不定还可以跟他一起走出去……”

“不可能的，正，你知道这里只剩下我们了。”

“路遐，你知道吗？其实……其实我听过那个‘厉鬼’的传说。”孙正抬起头正视路遐，“但我向来不信鬼的。这个世界上根本没有鬼。”

“我知道你不信，正。”路遐绽出一个有些黯然的笑容，“告诉我你听说过什么？”

“蒙受冤屈的人或者惨遭横祸的人——其实就和老毛说的一样，剃光头发，用黑布蒙住眼睛，不然就会尸变，还会……”

“剃光头发，用黑布蒙住眼睛就可以防止尸变？可是尸变实际上应该与生物体在封闭环境内受到外部空气刺激而产生的巨大的生化反应有关……”

“所以——所以，才会用头发包住一块纯金塞到尸体的嘴里。”

路遐的眼睛一下子瞪大了，双手扶住孙正的双肩，注视着他：“真的吗？”

“嗯。”孙正点了点头。

“原来如此……我早就觉得……早就觉得……”路遐露出了意味深长的笑，“你再仔细看看这篇老毛的记录。”

路遐在黑暗中把那本记录簿塞到孙正的手上。

“什么？”孙正没有摸清状况，“为什么要——”话还没说完，他就被路遐一把按住了，立刻噤了声。

“咯嗒”“咯嗒”“咯嗒”……

脚步声！脚步声再次响起了！那如同午夜钟鸣般的脚步声，一声一声，一阶一阶。“他”在下楼！

孙正想动，被路遐死死按住。

下了十三阶，脚步声轻了。那声音一步一步踩进了两人的心里。有那么一刻，孙正觉得自己看见了那个在黑暗中佝偻着的身影，一步拖一步，没入了黑暗深处。

“继续听。”路遐在孙正耳边轻轻道。

两个十三阶，两个长长的平台。三楼。

“咯嗒”“咯嗒”“咯嗒”……

“他”仍然在下楼。在这个诡异的夜晚，带着难以言语的沉重。

又是两个十三阶，两个长长的平台。二楼。

“路……遐？”孙正聆听着这来历不明的脚步声，觉得寒气无形中已经笼罩在自己周围，轻声呼唤路遐以确认他的存在。

“脚步声消失了，正。”路遐松开了按住孙正的手，“他只下到了二楼。”

“嗯？”孙正不解。

“他只下到了二楼，二楼有临时太平间。”

太、太平间？停尸房？

电梯卡住的头发、徘徊在二楼和四楼的脚步声……黑暗中，老张的身影停在了二楼。他轻轻地转过身来，那最后一缕幽光映在他的脸上。他看着这里，嘴角阴森森地扯开了一个惨淡的笑容。

孙正一个激灵，脑海中诡异的景象挥之不去。

“正，你的后背全湿了。”路遐在一旁关切地说。

“路遐，”孙正转头看着路遐朦胧的轮廓，“你刚刚说你明白了什么？”

路遐停顿了半晌，一字一句地道：“老毛在撒谎，好大一个谎。”

孙正心里“咯噔”一下，瞪大了眼睛。

“你来看这篇老毛写的记录。”路遐打开了手电。

这时孙正才算看清了这个中医科的房间。周围果然贴满了针灸按摩需要的各处人体穴位图，左边一角放着个立式书柜，隐约能看见堆满了书，而前面是两张对拼的书桌，左右各一个背靠式竹制座椅，显得古老而破旧，正对他们的是一扇外推式窗户，窗外漆黑一片。

路遐带着孙正在桌边坐了下来。“你看这里。”他打开那本红色的记录簿，再次翻到了老毛那一页——

检视完六楼，我匆匆下了楼……刚走到四楼口，就看见老张奔了上来……

“老毛只检查了六楼，而老张检查了一到三楼，怎么会用了相同的时间？”路遐用一种冷冷的语调质疑着。

“是啊……”孙正一声附和，为什么之前没有注意到呢？“那在这段时间到底发生了什么呢？”

“这里的记载只有两件事是真实的。”路遐说，“一是所有与护士有关的内容，因为医院随时可以找到相关护士对证，所以一楼的灯确实亮到两三点，而老张也确实没有到一楼；二是关于那个尸体的传说，那也是真的，因为你也提到了，只是……”

“只是老毛没有提到用头发包住纯金塞到尸体嘴里？”孙正恍然大悟。

“不错。”路遐冷笑一声，“毛重贵根本就没有去六楼，他一开始也根本没有锁电梯！他与老张分开之后，就径直坐着电梯下到了二楼！”

所以当老张走到三楼的时候，听到楼下“叮”的一声。

“二楼……二楼太平间？！”孙正禁不住叫了起来。

“哼，毛重贵听说了那尸体嘴里可能有黄金，财迷心窍，决定去偷那块镇尸的纯金……”路遐又顿了顿，接着说，“当然，这都是推测，如果刚才的脚步声真的属于老张的话——”

“可是，可是老张巡视二楼时不会发现他？”

“正，看这里。”

> 我慢慢地沿着楼梯向上爬，手电筒的灯光昏黄昏黄的……
>
> 老张点了点头，几步走下了楼梯，远远还见着他昏黄昏黄的手电筒光亮……

“明白没有，老毛的小把戏？手电筒的灯光昏黄昏黄的，是因为快没电了，而老毛知道自己之前用过的手电筒的电已快用完，所以，他偷偷把自己的手电和老张的交换了。”路遐语气笃定。

“所以老张走下去的时候已经没电了，到二楼也就看不见什么了……”孙正开始有些信服路遐的推断了。

“而老张……正如这篇记录里表现的一样，胆小怕事，所以他根本不敢再下到一楼，只走到二楼就慌张跑了上来——这就是刚才听到的脚步声告诉我的——一楼的护士没有见着他，他胡乱撒个谎作为自己逃跑的理由。”

“而这时毛重贵已经提前又坐着电梯回到了四楼，假装在等老张？”孙正接下了路遐的话。

所以在那时，孙正才听到那声从黑暗深处传来的“叮”的一声——

“对！这个计划看似简单而天衣无缝，但是——老毛贪财心切，又不够谨慎，在伪装的记录里留下了不少疑点。他记下这篇记录的原意是想以未知的神秘来掩饰自己的偷窃行为，但是——”路遐说到一半，笑了起来，“他不该留下一样东西。”

“什么东西？”孙正追问。

“他从尸体嘴里掏出了纯金，却还有裹着那纯金的一团毛发。怕被人发现这个疑点，他把那团毛发扔进了电梯缝下的电梯井中，不料第二天那团毛发却卡住了电梯。”

“但是老张去哪里了？老毛眼睛上的印记呢？”

“因为老毛触动了尸体或者某种东西，老张受到影响进入了这个城市的‘穴’。当然，老毛并不知道这段不祥的事把老张带入了‘穴’，而自己也蒙上了某种诅咒。”

没有人知道老张去了哪里。那脚步声日夜徘徊在四楼与二楼之间，似楼梯间的困兽。

老毛再也没有回来过。只是在某个深夜，他曾悄悄推开了太平间的门。手电筒的灯光扫到那具不祥的尸体，周围一片漆黑，伴着福尔马林刺鼻的味道。没有头发，眼睛上蒙着一层黑布，面容惨白凄厉。他一伸手，使劲掰开了尸体的嘴，那已然僵硬冰冷的下颌似乎咯咯作响。他掏出那团东西，手碰到尸体干冷的舌和生脆的牙齿。一团杂乱的头发，裹着一块纯金。老毛紧紧捏着它，转身向门外走去。

背后，那具尸体，张着空洞的嘴，静谧地躺在黑暗里。

黑布下面，有不为人知的秘密……

“我们下一步该怎么走？”沉默了好半天，孙正终于问出口。

路遐抓了抓脑袋，说：“我也不知道，你看老毛和老张他们会不会再走回来？”

孙正下意识地点了点头，又摇了摇头，最后瞪了路遐一眼：“无论如何我们都得下楼去，我们还可以‘跟着老张下去’。”

路遐给他一个赞同的眼神，一边用手在耳边扇着风。

孙正奇怪地看他扇着风，继续道：“我们下到三楼，如果……”他顿了顿，仿佛有些不情愿说出口，“如果不想‘碰到老张和老毛’，我们还可以绕过电梯，去另一头的楼梯……正好……”

“正好什么？”路遐看见他欲言又止的神色，凑了上来，好奇地问。

“那边……有男厕所……”

“哈哈哈哈！”路遐拍手大笑起来。

孙正又狠狠瞪他一眼："人有三急，想上厕所很好笑吗？"

路遐又用手扇了扇，摇头晃脑地说："不不不，在这种情况下你竟然还想去男厕所解决，勇气可嘉啊勇气可嘉！"

孙正斜视他一眼："为什么不行？有什么好怕的？"

"厕所，阴晦潮湿，处于每层楼的最尽头，正是阴气聚集的地方，最易招致不会拐弯的不明物体，尤其是女厕所。不过，即使是男厕所，我们也不能冒这个险。"

"好笑，"孙正撇撇嘴，"胡说八道。"

路遐丝毫不介意他的目光，挑起眉说："就在这里解决不行吗？我看你也很急。"

"我不急。"孙正扭过头去。

"没什么不好意思的，我们都是男人，我是不会介意的。"路遐一脸关心诚恳的样子。

孙正没有转过头来，也没有回答路遐，看不到他脸上的表情，只能从背后看见他的背仿佛一下子绷紧了。

路遐又笑嘻嘻地加了一句："憋久了可不好哦，正。"

孙正腾地一下站了起来，向路遐投去一个怒气冲冲的目光，极不情愿地朝背对路遐的墙角走去。"本来就觉得没什么。"他在角落里闷着说，一边解开了裤子拉链。

路遐笑眯眯地看着孙正，不自觉地抹了抹额边的汗水。

解决完毕，孙正转过身来，刚想说话，一看见路遐，大吃一惊，叫了起来："你干吗把衣服脱了？！"

路遐扬了扬手中的上衣，有些委屈地说："我觉得很热呀！"

听他这么一说，孙正也忽然觉得周围的温度有些不寻常，自己的额边已沁出了细密的汗珠。

路遐似乎注意到什么，又忽地向他身后小解的地方一指，皱着眉头问："那是什么？"

孙正以为他想要取笑自己，正想恼怒地反驳，回头一看，自己也怔住了。

贴在墙角的纸被浸湿，一角脱落下来，露出黑乎乎的墙面。路遐赶紧用手电晃了晃那里的墙面，两人对视一眼。

墙，怎么是黑的？好似被烧煳了一般。

路遐立刻站了起来，手忙脚乱地揭开背后的图纸，露出一片黑焦黑焦的墙。“完了。”他仿佛瘫了一般坐了下来，“一定是哪里弄错了。这不是我们要找的中医科，这是……这是 2000 年那场大火的房间……为了掩盖痕迹才贴上这么多图纸，已经被废弃很多年了……”

三母女

STORY2

4楼-3楼

满墙满墙的黑手印，焦煳的，小小的，婴儿的手印，触目惊心……

01

桐花医院暗事件记录 1999—2002（二）
记录人：刘群芳（1999年—2002年期间值班人员之一）

2000 年 11 月 5 日。

晓慧跟我说过四楼的女厕所有问题，我没大相信。

有啥问题啊？我来医院这么久了，什么停尸房的传说啊夜里的鬼影啊都听过，就没一个亲眼见过。都是假的呗。

这些事，总是越传越玄，一传十,十传百，比如现在我写的这东西，我觉得没那么玄乎，可他们就说非写不可，还要把记得的对话、细节都写下来，这不硬是弄得人疑神疑鬼的嘛。

晓慧她们几个小护士，正经事儿不做，整天围在一堆不是讲穿衣打扮，就是讲鬼故事，说得还挺像那么回事儿。有几个从乡下来的就特别信这些。像陈娟，熟人介绍进来扫地的，据说家在老远老远的山里，到距离这县城最远的巫泽镇还得走上三五天，她就尤其迷信。

不过陈娟自己从来不提她家的事，她这人大概特别好面子。刚来的时候，她穿着破破烂烂的衬衫，那裤子短得露出一截腿来，也不穿袜子，白网鞋上全是泥。看见电梯她还吓一跳，从来不敢坐，怕得慌。小护士们最爱取笑她，都说她满身土气，要是走廊里遇见她，还故意用手扇气说，哎哟，好臭，谁半个月没洗澡啦！

整天在医院里被人指指点点，她自然不好受，就连开口说个话，那口音都被取笑过好几次。晓慧就说过，那个陈娟啊，简直跟我们不是生活在一个星球上，说的是外星话，穿得像外星人，那模样哦，也不像是地球人生出来的。

女人总是虚荣的嘛，过了一年不到，陈娟就学着洋气起来了：头发盘起来了，衣服换得勤了，有时还蹬起高跟鞋了，主动凑上去跟小护士们讲话，听到什么最时髦马上就去追，倒也学得像个城里人了。大约是觉得过去太丢人，老家什么的从来也不提，有不知根底的问起，她就好像自己是从天而降似的，坚持说自己打小在城里长大，父母都是教书的。我们也不揭穿她，背后偷偷笑。

但是一讲到这些鬼怪故事，她就暴露了，故事讲完她总要跟一句，哎，有这个说法，必须得信，那谁谁谁前年割麦子那会儿就出过事。这口气，哪里是什么“书香门第”出来的呢？！

前天，我就撞见她们几个在讲四楼女厕所的事儿。

“你们知道吗？四楼厕所晚上有婴儿哭。”晓慧神神秘秘地说。

她们几个吓了一跳，一个个伸长了脖子等着听故事。

“那天晚上我值班，就是二楼女厕所坏了的那天。我实在憋不住啦，想上厕所，只好上楼到四楼。刚走到四楼楼梯口，我就觉得凉飕飕的，见那女厕所的门还是半开的，我正想推门进去呢，就听见里面传来哗哗的水声——”

几个小护士又好奇又害怕，缩成一团，又忍不住竖起耳朵听下去。大白天的，她们怕个啥啊！

“那时都快半夜十二点了，我一想不对呀，四楼哪里还有什么人啊！我又惊又吓的，不敢进去，突然就听到像婴儿的哭声，越来越大声，从那黑黢黢的女厕所里传来。我哪里还顾得上方便，赶紧往回跑，那婴儿声就没有断过，好像还远远追着我，骇得我好几个晚上睡觉都觉得听到有婴儿在床边哭……”晓慧讲故事活灵活现的，连自己的脸也说青了。

刘欣被吓得最厉害，眼睛里包着眼泪花儿了，颤抖了半天，才小心翼翼地问：“是不是，上次那个31号床的孕妇的孩子？”

这一说，大家都吓得发抖，马上就有人捂住她的嘴：“不说了不说了。”晓慧也赶紧摆摆手说：“工作去，工作去。”

几个人都脸色煞白地散了，我看陈娟也吓得不轻，一手拿着拖把，另一只手不停地抹汗，连最爱接的那句话也不说了，嘴闭得死紧。

31号床的孕妇，我自然是知道的。

那是刘欣当时负责的一个孕妇，非常年轻的女孩子，才20岁。老可怜的，除了头一天送她入院的那个气冲冲的女人（大概是她妈妈），就再也没有人来医院看过她，连孩子他爸都没来过。

我们有些同情她，偶尔多关照她一下，背后也议论过，年轻，又漂亮，多半是未婚先孕，那男的早不知溜到哪儿去了。

她不怎么说话，也不爱吃东西，不像其他孕妇，抓紧了吃好的，越长越丰满，她却是越来越憔悴，脸色惨白的，披着头发，有时候真有点不人不鬼的。

刘欣后来隐约探出点儿口风，说那孩子是大学军训时怀上的，男生和女生只隔一堵墙，互相瞧上眼就好上了，糊里糊涂又弄大了肚子……可是，想不到那孩子临产前一个星期，孕妇失踪了。

这事儿非常蹊跷。

她隔壁床的说，那天晚上很晚了，那个孕妇闹肚子疼，闹着闹着就哭了起来，一个人凄凄凉凉的，哭哭啼啼地说要去上厕所，然后挺着大肚子走了出去，这一进女厕所，就再也没人见她出来过。医院前前后后也找遍了，先以为她跳楼了，可是没见尸体，又以为被谁接走了，可是衣服啊，用具啊也好好摆着。

刘欣受这事儿刺激最大，这事过后，每次一提到四楼女厕所，她就东想西想的，即使那是住院部的四楼，这可是主楼的四楼。

过了几天，轮到我值晚班，那几个小护士在护士站里聊天，涂指甲油，陈娟也留下来打扫卫生。

大概晚上水喝得有点儿多，我突然想上厕所，刚走出几步，护士长就说：“二楼厕所管道坏了，去四楼。”

想到四楼多难爬啊，我就问她：“怎么又坏了？将就将就我就小便一下，不碍事的……”

“不行，白天就把门封了，就怕有人进去。”护士长态度很坚决。

我想了想，四楼就四楼，我也没啥在乎的。陈娟见我为难，就在一旁指着墙上的钟说：“群芳姐，都快十二点了，你忍一忍就回去解吧，别去四楼了。”

话刚说完，就听见“咚”的一声，十二点钟声敲响了。

我一直要值到十二点半，哪里忍得了那么久，朝她摆摆手，就急匆匆朝楼上爬。

我一层一层往上爬，午夜的钟声也越来越远，最后黑夜里只剩下我的电筒光和高跟鞋踏在楼梯上一阶一阶的“噔噔”的声音。

静得怕人。

这医院迟早得多修几个厕所，二、四、六是女厕所，一、三、五是男厕所，多麻烦呀！

夜里静，空间宽，鞋跟踩在楼梯上的声音重叠起来，应该是回声，听起来又好像有一个女人在后面静悄悄地跟着我。

我大胆拿起手电，在楼梯拐弯处，从黑乎乎的洞一样的地方向下照去，光线一晃，透不到一楼，只模糊有下面楼梯的影子。

心里不知为啥一紧。要是晃到个什么人影呢？那是啥？唉，我也开始跟着胡思乱想了。

但是接下来，我就不知道是不是胡思乱想出来的东西了。

要到四楼的时候，我就听到了轻微的声音。

说不出是什么声音，像是拖着鞋走路的声音，在头顶上，擦着地板过，又好像是过长的裙脚，在地面上拖着走，沙沙作响。

我觉得有些心虚，壮着胆子又往楼上走了几步。还没走到四楼，一片黑暗里就传来了像是婴儿发出的声音。

那种咯咯笑的声音，很清脆，回荡在空旷的楼梯间。这么晚了，四楼怎么会有婴儿——在笑呢？我吓得连手电筒都差点儿掉在地上，还没回过神，这笑声突然就停止了，一下安静得好像刚刚那短暂怪异的“咯咯”声从来没有出现过。

我还寻思，是不是哪个狠心人把自己的孩子遗弃在厕所了？可是在这个时间，一个被遗弃的婴儿又怎么会无缘无故地笑起来呢？

想到这里，我惊出一身冷汗，脑子里不禁想象出那个恐怖的画面：在那个破破烂烂的女厕所的某一格，一个裹得严实的婴儿，只露出一张又白又圆润的脸，在黑夜里突然咧开一个笑容，喉咙里发出一连串不完整的咯咯声……

这么一想，我也顾不得上厕所了，三步并作两步地赶紧原路返回，只觉得背后凉飕飕的，寒得瘆人。我飞快地下楼回到护士站，远远地看见灯光，才稍微安了一点儿心。

陈娟看见我回来，放下扫把就跑过来，等到了我面前，她吓了一跳："哎哟群芳姐，怎么脸这么白？都没血色了！"

我知道自己脸色难看，就连说话整个人都在发抖，拉着她就说："别提了！四楼女厕所那……那婴儿，不是在哭啊，是在笑！！！"

她一听到我这么说，好像一下子被吓丢了魂，站也站不住了，直愣愣地盯着我，手也抚在胸口，像在安抚自己的心脏。最后也不知道是她在扶我，还是我在扶她，两个人心神不宁跌跌撞撞地走回护士站，只听她还喃喃自语："怎么办……怎么办……"

看来吓得不轻啊！

附：三天后，即2000年11月8日，晚十二点左右，桐花医院主楼四楼普通内科三号失火，火势迅速蔓延至周边四个房间。

火灾致一人死亡，死者为女性，身份至今不明。其中普内三号全部物品均遭烧毁，其余四个房间部分物品损毁。警方认定起火原因为电路老化。从那时起，原医院员工陈娟失踪。

路遐的手指停在最后一行。

孙正侧过身来，问了一句："被烧死的这个女人是陈娟吗？"

"肯定不是，如果是陈娟应该很容易查出来。"路遐摇了摇头。

“那会是谁？又怎么会大半夜地被烧死在普通内科？”孙正追问。

路遐茫然地看向孙正，说：“我也不知道。不知道为什么大半夜的会有婴儿在厕所里又哭又笑，为什么大半夜的普内科突然起火，还烧死了一个突然多出来的女人……”

孙正见想不出答案，就伸手把本子合上，一边拿地图一边说：“我看我们最好还是先走出这个房间，下到楼下去……”

路遐一下子笑出声来。

孙正莫名其妙地看向他，路遐指了指满头大汗的自己，又指了指孙正已经被汗水湿透的衬衫，说：“我觉得我们可能出不去了。”

孙正听他这么一说，立刻扔下地图，急匆匆走到门边，用力一拉——拉不开。门纹丝不动。他又好气又好笑地看了看路遐，又伸手去拉门，还是拉不开。

路遐也皱起了眉头。

“怎么会有这种事？”孙正一边问道，一边低头去拨弄门锁，“是不是外面锁住了？还是应该用推的？”说完他用身体使劲往外撞门，门“咯喇”一声，却没有开。

“你还坐着干什么？！过来帮忙！”孙正有些恼怒地对路遐叫道。

路遐放下本子走过来，一脸若有所思的神色，低声道：“这个女人，当年不就是被困在这个房间，被烟雾熏死，再被烧得面目全非的吗……”

“你什么意思？！”孙正停止了撞门，喘着气盯着他。

路遐露出一个哭笑不得的表情，抓了抓头发，说：“我只是不知道该怎么办才好了。”

“难道你是觉得我们也会被困在这里烧死吗？”孙正觉得很滑稽。

路遐没有回答，只是擦着汗，紧皱着眉头。停了好半天，他突然问孙正：“当初的火因是什么？”

孙正一愣，答道：“电路老化啊。”

“那是谁在使用电路？在这个房间，那个时间？”路遐的神色严肃起来。

“是这个女人吗？”孙正试探地问。

“不知道。”路遐看了看四周，顿了一顿，又开口说道，“我有一点儿线索，不过还是得先确认一下。”

“什么？！”孙正睁大了眼睛，“确认有什么用？我们现在已经出不去了！”

路遐抹了抹汗，两三步走到墙边，一把撕开了墙上的挂图，转头对孙正说：“没弄清楚这件事的前因后果，就找不到出去的办法，快来把它们都撕下来！”

孙正还想说什么，看见路遐凝重的神色，将信将疑地走到另一面墙边，“哗啦啦”一口气把所有挂图都撕了下来。

路遐轻喘一口气，转过头来对孙正说：“你做好心理准备来看墙上的痕迹了吗？”

孙正白了他一眼，拿过手电筒就向墙上一扫——

手印。

满墙满墙的黑手印，焦煳的，并不是普通人的手印。而是小小的，婴儿的手印。有的漆黑完整，有的边缘已经模糊，触目惊心地印在四周的墙上。

那仿佛是一个烧着的婴儿，四处爬过的痕迹，带着惨烈的哭声。

妈……妈？

02

桐花医院暗事件记录1999—2002（六）
记录人：李婷（1999年—2002年中医科护士）

科室换了地方，弄得中医科的人都很不满。跟上面的领导反映，为什么一定要让中医科去那个办公室，领导态度却很坚决，一点商量余地都没有。

虽然只是在同一层楼的另一侧，但毕竟是大家都有点畏惧的那个2000年发生过大火的房间啊！空了大半年了，霉运终于还是落到我们科头上了。

我是有点迷信的人，那是死过人的地方，还是死于非命的，非常不吉利。那具女尸抬出来的时候，有好多同事都看见了，说是黑乎乎的一团蜷在一块儿，被白布盖着，露出来的地方全是焦烂的，仿佛在哪儿蹭一下都会大片大片地掉灰。这样的尸体自然没法儿辨认了。医院也不想花钱为一个无名女尸做鉴定，只是在医院门口贴了几天的告示，一直没有人来认领，也就不了了之了。

中医科搬过去之后，墙上贴上了图纸，也就不觉得哪里不对劲了。

今天早班，没什么人来，我们几个就在一起闲聊。说着说着，就聊到了弃婴的事情上。

大概两三天前，晚上七八点的时候，有护士在厕所里发现了一个弃婴，一看就刚生下来不久，也不知道是哪个狠心父母干的。结果婴儿抢救了半天，最后还是死掉了。

“这年头的人心哟……”老中医许医生叹着气。

“那孩子，活下来也不一定好，有这种不负责任的父母，不是活受罪吗？”我说。

“哎，对了，你们听群芳姐讲过没有，那个咱们这栋楼厕所的事儿？”马玉精神一来，又要开始讲疑神疑鬼的故事了。

“早听腻了！”其他两个护士摆摆手。

“那也是什么关于婴儿的故事。不负责任的父母多了，难说这些婴儿哪天会不会找他们报仇呢！”马玉若有所思地说。

许医生听到这里就板起了脸，说：“这种话不要乱说。”

几个护士见许医生这么严肃，只好撅起嘴不说话。

“不只是父母呢，”我赶紧岔开话题，“这好几天门口不都坐着个大妈吗？一个人坐在那儿，天天都来，也没有人管。我今天从她旁边过，就去问她了，你们猜怎么回事？”

其他几个人都怪怪地看着我，马玉停了一下，问：“怎么回事？”

“她说她是来找女儿的，她女儿在我们医院工作，我也没听清楚是什么工作，她像是从很远的乡下来的，口音很重，说话模模糊糊的，一直重复说‘找女儿，找女儿’，‘带着外孙女’找女儿，我估计就是她女儿在这儿工作一直没回去，家里女婿病死了，她就带着外孙女来找女儿。”

“她女儿呢？”马玉皱紧了眉头问。

“等等，”小翠打断了我们的谈话，一脸不解的神色，“什么大妈？在我们医院门口？我怎么没见过？”

另外一个护士也神色犹疑地说：“我也没见过。”

我奇怪了：“怎么没有，一直都在门口，我看她从上星期就坐在那儿了。马玉，你说是吧？”

马玉使劲摇头，看向我的眼神更加怪异：“其实，我也没见过。”

我还想跟她们说清楚，刚刚还在一旁看书的许医生忽然开口了："她外孙女呢？她不是带着外孙女吗？在哪儿呢？"

"哦，我没见着，估计是出去玩了……"说到这里，我突然心里一跳，一股寒意从背上直冲了上来，"不过，不过……她，她好像一直做着这个姿势……"

她一直环抱着手，好像抱着一个婴儿，可中间是空的。

"等等！"孙正一把按住路遐想翻页的手，"先停在这里，我觉得这里越来越热，呼吸也不顺畅起来了。"

路遐也是烧得满脸发红的样子，汗珠大颗大颗地滴下来："这个故事，我觉得跟这个房间有很大关系啊！"

"没错，是有关系。"孙正顿了顿，已经开始有些喘不上气，"我们还是先想办法从这里出去，不然这样下去可不妙。"

"是很不妙。"路遐的脸色也是前所未有的糟糕。他站起来环视一周，最后看着窗户，说，"要不我们试试能不能从这个窗户攀到另外一个房间去？"

孙正看了一眼窗户，说："这可不算个好主意。"不过他还是走到窗边，想去扳开窗户，却猛地一缩手，"好烫！"

路遐立刻放下手中的记录簿，走到孙正的身边，伸手碰了一下窗户边，也烫得缩回手来："好像真的烧起来了一样！"

"怎么会有这种事？！"孙正皱着眉头，懊恼地抓了抓头发，"我可不想这样等死，我们想想，那个被烧死的女人到底是谁？"

路遐伸手向那个记录簿一指，很干脆地说："不就是那个找女儿的大妈吗？"

"什么？"孙正惊讶地叫起来。

"看到这里，我心里已经有数了，而且也很明显不是吗？"路遐看着孙正，"如果你相信这些的话，一切都会有个合理的解释。"

孙正勾起嘴角，盯着路遐说："你是说，这个找女儿的大妈，就是被烧死的那个女人？那么，她要找的女儿，是不是就是陈娟？”

路遐浮起一抹微笑：“你看，聪明如你，这不是很容易就能想到吗？”顿了顿，他的神色一变，“只是再聪明的人，也看不出陈娟是这样恶毒丧尽天良的一个女人！”路遐语气里充满了愤怒。

孙正一怔：“为什么这么说？”

路遐指着墙上的手印，气得手都在微微颤抖，说：“难道不是她亲手放火想烧死自己的母亲和孩子吗？！”

“怎么会？！”孙正不解地皱起眉头。

路遐似乎想了想，摆摆手，又退回桌子边，说：“其实这两件事还不能完全联系起来，这个中年妇女不一定和那场大火有关系……我再看看。”

为这件事，我心惊胆战了大半天，中午一休息就拉着马玉特地去门口看了看，没有看到那个大妈。马玉就劝我说可能是前段时间医院事情比较多，遇见几个家属闹事，又正好搬办公室，大家没注意到。我想想也是，谁会去注意门口一个大妈呢？

好不容易平静下来一点，结果下午一下班，马玉又来找我，神神秘秘地说：“小婷，你那事儿，我给你找了个人来看。”

“什么事儿？谁啊？”我还不太明白她说的是什么。

马玉悄悄附在我耳边上说：“门口那个大妈啊，你得感谢我，我给你找了个重要人物来。”说完她就朝门外一指。我一看，差点没缓过神来：“……群芳姐？”

群芳姐点点头就进来了。她算是在医院资历比较久的护士，三十岁了，还没结婚，个子也挺娇小，平时又爱笑，所以倒看不出年龄。平时医院有个大小事她都会帮点儿忙，所以大家也都认识她。

马玉笑着拍拍我的肩，说：“群芳姐经验丰富，让她给你指导指导。”

群芳姐瞪了她一眼：“这还有什么经验丰富的！”

我觉得挺不好意思的，本来这事儿就不靠谱，在自己科室随便聊聊也就算了，怎么就传到其他科室去了，还把群芳姐叫了来，如果最后发现是我自己搞错了，还不丢脸死人了。

马玉说：“2000年的大火那次你不是知道吗？不是还写了调查吗？你肯定经验丰富啦！”

说到大火，群芳姐的脸色变了一下，笑容僵在脸上。看来大火这件事对她的影响也很大。我只好说：“其实没什么……还是算了。”

群芳姐却拉住我：“不不，这个事情我也要搞清楚，我一直想不明白。今天我跟你们一起。”

我又糊涂了：“一起干什么？”

马玉立刻接道：“当然是晚上一起守在这儿啊！我们倒要看看这个四楼女厕所搞什么鬼！”

我吓得一抖，连忙说：“不要不要。我还是回家好了。”

群芳姐又拉住我，她们俩个好说歹说，硬是要我留下来，还说这些故事本来都是人传人，越传越可怕罢了，三个人在这儿没什么好怕的，楼下护士站还有人在值班。

看群芳姐那么坚决，平时又帮过我不少忙，我勉强答应下来。不知道她以前讲的那个女厕所的故事是真的还是假的，我心里是真的很怕，还特地从办公室给家里打了个电话。

我们三个今晚没有班，找了个借口在医院待下来了，一边聊天一边吃东西，不知不觉就到了晚上。快到十一点半的时候，马玉等不及了，说要上四楼去看看，硬拉着我们往楼上走。

看着漆黑的楼道，我腿都在发软，紧紧抓着群芳姐，跟着她们走。刚走到楼梯口，我就心里发慌，一阵不舒服的感觉涌上来。

“还是别去了吧。”我对马玉说。

“都等到这时候了，还犹豫啥呀！”马玉拽我，“这么大的人了。”

群芳姐瞪她一眼，说：“还不是你瞎胡闹！”说完又拍拍我的肩。

我知道马玉好奇心旺盛，又多事，如果这次不去，过不了几天她就会把我这么胆小丢人的事传得整个医院都知道，我只好硬着头皮跟她们上楼梯。

半夜的医院一点儿声音都没有，一上了楼梯，完全就是一片漆黑。

马玉手中的手电筒发出的亮光在楼梯上晃来晃去，可能是我太提心吊胆了，有时手电筒的光晃到墙角或者扶手拐角，我都会惊一下。马玉看到我这样，都不知笑了几次了。

走过三楼，要上四楼的时候，她故意用手电筒朝上面乱晃，光影在这个狭窄的楼梯间窜来窜去，让我总感觉那里会窜出什么东西似的。

“哎，群芳姐，你上次就是在这里听到那个婴儿的声音？”马玉诡秘地问道，还向我投来一个眼神。

听到“婴儿”两个字，我吓得抓紧了群芳姐的胳膊。群芳姐很正经地说：“不是，是快到四楼的地方。”说得好像那个故事是真的一样。

我战战兢兢地跟着她们又向上走了一段，鞋跟的声音似乎格外响亮，在空荡荡的楼道里传来一声声回音，总让我觉得好像不止三个人在爬楼梯。

快到四楼的时候，马玉故意停了下来，做出“嘘”的手势，让我们不要出声，等了好一会儿，她才说:“你们看，没有声音嘛，没有婴儿哭，也没有婴儿笑。”说完举起手电，向几级台阶上方靠女厕所的方向照去，光线照到半墙白色的瓷砖和隐隐约约的门。她又沿着门边上下晃了晃。

“咦?”我拉住马玉的手。

她们俩同时转过来看我，问:“怎么啦?”

“刚刚，是不是有个人走进去了?”我不太确定地问她们，“我好像看到个人影。”

群芳姐的脸色变了变，拍了我一下，不太高兴地说:“你怎么也开始开玩笑了!”

马玉也拍了我一下，手电筒的光晃了回来，我又一下子抓住她的手，向她后面女厕所方向指去:“快看!刚刚你又晃到了!”

她手一软，手电筒差点掉下来。

我见她吓到了，忙补充说:“不要害怕，好像就是我早上看到的那个大妈，似乎还抱着孩子。”

她却好像吓得更厉害了，脸色都白了。

我回头看了脸色同样难看的群芳姐一眼，心里也害怕起来，连忙自欺欺人地干笑道:“哈哈，我骗你们的。”

可是，我是真的看到了。最开始手电筒的灯光照过黑乎乎的门口时，我就看到好像有个模糊的影子，一下子从白瓷砖那边过去了，我还在想是不是光线晃得太快，我看花了。第二次我却很清楚地看见一个影子站在门口，像是怀里抱着什么。

马玉咬咬牙，一抬手，将手电筒的光直勾勾地照向厕所门口。门里的空间就像个黑洞，照不穿。黑暗里，就那么一束笔直的光照着那小小一团地方，周围的黑暗反而更加让人难受。

我的脑中不禁浮现出刚刚那个模糊的影子，抱着小孩站在女厕所的门口，直勾勾地看着我们。

“我，我想回去了。”心里突然很慌张，我拉住群芳姐。

马玉却好像没有听到我的话，又“噔噔”几步往上爬。群芳姐一边安慰已经在发抖的我，一边也拉着我往上爬。

爬到四楼的时候，我觉得我已经快站不住了。“我要回去……”我用很低的声音说，觉得自己都快哭出来了。

马玉却冲我一笑，说：“我想上厕所。”

群芳姐赶紧拉住她：“你别再胡来了。”

马玉撅起嘴，不满地说：“你们怎么这么当真？不就是我们天天待的医院么？四楼女厕所谁没来上过啊！再说了，我是真的想上厕所，你们要是害怕，就留在门口等我吧。”她一向自诩天大地大什么都不怕，肯定早就想展示一下自己的胆量了，也不知是不是跟院里几个男医生打了赌，可是怎么能拖我下水呢！

群芳姐想了想，只好说：“你快去吧，我们在门口等你。”

马玉咧开嘴笑了一下，举着唯一的手电筒朝几步远的女厕所走去。我和群芳姐相互挤在一块，靠着墙，在黑暗里静静地等着马玉，眼睁睁地看着那一点手电光拐进了女厕所。

“不会有什么事儿吧？”我拉了拉旁边的群芳姐。

群芳姐没有说话。

马玉进去不久，就有一阵哗哗的水声传来，我有些奇怪地看向群芳姐，她完全融进了黑暗里，看不见她的表情，但是从她抓着我的手感觉她很镇定。

水声一阵一阵的，这个声音是浇在地板上的，听起来……不像是在上厕所，倒像是在……洗澡。实在太奇怪了，马玉到底在厕所里干什么？我不敢吭声，却忍不住有些发抖。

这声音持续了好一阵，终于停了下来。不见一丝光，我仿佛置身在巨大的黑色的空洞里，只听得见滴滴答答的水声。

滴答，滴答。

水声变得有节奏起来，并且声音越来越大，似乎在慢慢地向我们靠近，就像有个湿漉漉的人滴着水在向我走来。我简直能感觉到那一点点水也向我脚下流过来，没有声息。

群芳姐抓紧了我的手。滴答的水声一点一点地从我们面前过去，像一团朦胧的雾气飘过。我们俩被吓得动弹不得，汗毛阵阵竖起。

黑暗里，不知道眼前这带着水声走过的是什么，是谁，连呼吸的气息都没有。马玉？是不是马玉？马玉是不是又想吓我们？

我很想问出口，但是接下来更加奇怪的声音吓得我差点坐倒在地——

是婴儿的声音。很微弱，但是我肯定没有听错！群芳姐的故事竟然是真的！我紧紧抓着群芳姐，感到她也在发抖，而且手心冰冷。

婴儿在笑。面前不见五指的黑暗里，滴答滴答的水声，还有咯咯的稚嫩的笑声在我们面前回荡。

太可怕了！

在医院里工作，常常会听见这种咯咯的笑声，婴儿们有时会很突然地咧开嘴，咯咯地笑起来。大人们也会跟着笑起来，那一刻十分温馨。但是在此刻，这种声音对我们来说却完全是煎熬，我禁不住想，婴儿们突然笑起来，是不是因为有什么看不见的东西在逗弄他们？

终于，笑声渐渐小了，滴答声也似乎朝走廊更深处去了，渐渐弱下去。

“咔嗒”一声。是开门声。

我的直觉告诉我，那是我待的中医科的门。

“就是……就是这个声音。”好半天，听到旁边群芳姐用颤抖的声音说。听到她的声音，我好像一瞬间得到了一些力气，这才感觉到脸上凉凉的——自己居然真的吓哭了。

“是不是……真的有人在？”我心有余悸地问。

“你……你感觉到人气了吗？我是说，呼吸声，或者体温什么的……刚刚靠得那么近……”

“没，没有……也有可能我没注意到……”我赶紧把眼泪擦干净，实在太不争气了。

“我们过去看看，还是等马玉出来？”群芳姐又问道。

刚刚那个，会不会就是马玉？我想问，但是没有问出口。马玉已经进去很久了，哗哗的水声不是她又是谁？刚刚走过去的不是她又是谁？

但是婴儿……我不敢再想了。

我们在门口战战兢兢地又等了好一会儿，还是没有马玉的动静。

“这个是什么？”群芳姐突然疑惑地说着，蹲了下去。

“啪”的一声，什么东西掉到了地上。没一会儿，一束手电光照出来。群芳姐手里拿着刚刚捡起来的手电筒，脸色苍白。不知道什么时候，马玉的手电从厕所里滚出来了，被群芳姐捡到了。

“马、马玉呢？”

“你听！”群芳姐做了一个“嘘”的手势，又朝走廊那边一指。

那边的楼梯好像有人在上楼，噔噔的。是不是楼下护士站的人上来找我们了？正好等他们过来，可以一起进去看看马玉到底在搞什么鬼。我一下子松了口气。

上楼的声音越来越大，已经快走到四楼了。

“是陈娟！”群芳姐突然大叫起来。

陈娟？是谁？我有点没有反应过来，今天没有叫陈娟的值班吧……陈娟？我的心一惊：“群芳姐，你不会是说那个陈娟吧？”群芳姐却没有回应我，拿着手电就朝那边走去。

“等一下！你是不是听错了！怎么可能听声音就知道是她呢？再说，马玉……”我一个人不敢停留，追了上去。我的心跳越来越快，有一种不祥的感觉笼罩在心头。难道还有比刚才更糟糕的事吗？

我真想立刻回去，但是没有手电筒，没有群芳姐，我一个人怎么敢穿过楼道，再在黑暗里下到一楼去……还要路过那个女厕所……

昏暗的手电光里，我每走一步都心里发毛，总觉得周围有什么未知的东西在涌动。要是困在这里回不了家怎么办？我简直不敢想。

再走几步，就要到中医室了。那个起大火的房间，是医院里十分不祥的地方……前面手电光的边缘在墙角浮动着……快过去，快过去……我在心里默念着，可群芳姐却一下子停在了中医科的门口。

“她在这儿。”群芳姐一字一句地说。

“什么？”我愣住了，又反应过来，“群芳姐，你怎么了？那个陈娟，她，她早就失踪了啊！”

“她在哭……”群芳姐拿着手电筒，喃喃自语。

“群芳姐……你不要吓我……”我觉得眼泪又快涌出来了，周围一片冰冷漆黑全部向我涌过来，简直快喘不过气来。

突然，她手一抬，电筒灯光直直射向了门上方的玻璃。

“啊啊啊！！！——”

我不知道我当时怎么能发出那样恐怖的尖叫声。

在灯光照到门玻璃的一瞬间，我看到一张巨大的脸贴在上面，那是婴儿的脸，焦黑的，咧着嘴，没有牙齿，黑乌乌的眼珠，小小的焦黑的手扒在玻璃上，好像在看着我……

我失去了所有思考能力，一下子瘫坐在地上……

"她在这儿！她在这儿！"群芳姐却在激动地叫着，"她在哭，她在哭……"然后，她好像疯了一样，开始敲门，"是她，一定是她，她的什么我都知道，我都知道！"

模糊的意识告诉我，群芳姐说的那个"她"是陈娟，我不知道她为什么这么执着，为什么她今天一定要来看看……

"妈妈？还是孩子？"群芳姐突然扔下手电，高声喊着"陈娟"，一把推开了门，一股热浪猛地从门后袭来。

起火了？

朦胧中，我好像看到群芳姐冲进了门中，然后我眼前发黑，一下子什么都不知道了。

附：其后，因惊吓过度昏迷的李婷，被当夜听到尖叫声赶到的值班人员发现带回。马玉和刘群芳从那夜之后就再也没有出现过。事后检查女厕所和中医科，并没有任何异常。

03

"你看，我就知道后面还有故事。"路遐说着，转过头，却发现孙正被呛得满脸通红。

"好像，真的起火了一样……"孙正尴尬地捂着嘴直起身来。

路遐也用手捂着口鼻，说：“你有没有想过，刘群芳最开始听到的那个婴儿的声音，其实是活的婴儿发出的？”

“什么？！”孙正叫了起来，又突然一顿，马上说，“当然是活的，不然还能是什么？”

路遐忍住笑，把记录向前面翻了几页，推到还在咳个不停的孙正面前：“一开始被几个护士讲的故事忽悠了，反而把一件很简单的事看复杂了。”

孙正抬起头来看着他，等着他的答案。

路遐闷闷的声音从指缝里透出来，继续道：“假设这么一个故事，一个从很遥远的乡下来的女人，到了城市，从来没见过世面的她，成天被人嘲笑，被人看不起，她恨不得忘了自己的出身，所以隐藏自己的身份，要假装过一个体面城市人的生活。”

孙正点点头，示意他继续。

“可是，这个女人在老家结了婚，生了孩子，丈夫在家里种地，自己也跑出来工作，孩子丢给家里老母亲照顾。这个女人似乎下了决心要重新开始人生，好长时间不和家里联系，结果丈夫病死了也不知道，老母亲无依无靠，带着外孙女跋山涉水地到城里来投奔女儿。”

孙正明白了他的意思，说：“所以，李婷在门口遇见的大妈就是这个女人的老母亲带着外孙女？”

路遐苦笑着摇头：“这个时候遇见的，恐怕已经不是本人了吧……是什么，我也不知道。”

孙正扬起眉，等他做出更合理的解释。

路遐避开孙正的目光，咳了一声，又转回话题：“总之，这个女人被突然出现的老母亲和还是个婴儿的女儿吓坏了，自己苦心塑造的形象就要被她们的出现给完全破坏了，自己又会再一次成为被嘲笑的对象了。而且她只是个清洁工，哪儿能找到住处给母亲和孩子呢，于是，她偷偷把她们安排住在了医院里面。”

孙正睁大了眼睛，恍然大悟：“你是说，她瞒着别人，让母亲和孩子晚上到四楼的中医室去睡？不，那时还是普通内科，也就是说还有诊断床。”

路遐投去一个赞同的目光，又继续说：“四楼内科室提供了住宿，母亲和孩子晚上还能到女厕所洗澡。但是这个无比虚荣的女人每天都过得心惊胆战，因为医院里渐渐传出了四楼夜晚有婴儿哭声的传言……”

“所以，之前四楼女厕所有水声是因为她的母亲和孩子在洗澡或者洗衣服，这样说来，晚上女厕所听到婴儿的哭声也是正常的，因为她的孩子就在那儿。”孙正接道。

“而这天晚上，刘群芳去四楼上厕所，正好听到了婴儿的哭声，吓得回了护士站，也同时吓坏了那个女人，所以当晚她的反应比刘群芳还大。”

“等一下，”孙正打断路遐，“有没有可能，刘群芳那天晚上发现了事情的真相，只是没有在记录里面写出来？”

“你是说，她在维护这个女人？”路遐看他一眼，又笑了，“这样的女人根本就不值得任何人为她撒谎！那晚老母亲可能碰到了什么不太会用的电器，电路老化起火，这个狠毒的女人大概想着正好一了百了，狠心把门锁上，让孩子和老母亲活活烧死在里面！”

孙正皱着眉头听他讲完最后一段，质疑地问：“你怎么确定是她把母亲和孩子困在里面的？孩子的尸体呢？这女人又去哪儿了？”

路遐环视一周，语气不容置疑：“我们被困在这里，就是最好的证据。”

“你真的觉得是陈娟故意不开门，让她们被烧死在里面吗？”孙正还有些疑问。

“是的。陈娟这样虚荣的女人很容易迷失自我，女人有时可以狠毒得惊天动地。”路遐的脸也似乎被热得红红的。

“狠毒得可以烧死自己的母亲和孩子？”孙正还在争论，“即使她迷失了自我，但你难道不相信人心总是向善的？”

路遐扬起嘴角：“即使她没有过这样的想法，但趁着大火，她也可能产生一瞬间的邪念……”

孙正没有继续为陈娟辩论，只看了路遐一眼，眼神里是不赞同。

路遐继续解释："抬出来的那具尸体，就是她被活活烧死的母亲。至于孩子和那个女人本人……我想，大概也是入'穴'了吧。困在这个'穴'里，永远面对着黑暗，永远也走不出去，就是对她最好的惩罚。"

孙正突然对"永远的黑暗，永远也走不出去"这个想法感到了一丝恐惧。他之前一直没有真正意识到自己的处境，此刻在这样炙热的环境下，心忽然凉了一凉，怔怔地看着路遐问："困在这里的人，都是应该受到惩罚的人吗？"

路遐一愣，马上说："当然不是，也有很多偶然的。你看，在这个医院，其实每天都在上演着过去发生的事情，消失在医院里的人其实每天都在医院来回走动着，重复着消失前的动作，就好像两个平行世界，多数时候不会发现，只有气场突然改变，在某个时刻和你相吻合，你才会遇见。即使已经入了'穴'，也不一定会遇见每一件发生过的事。就像李婷和刘群芳后来在医院又遇见了那场大火的再现，也是偶然的。"

孙正陷入了沉思，眼里一向坚定不移的光芒逐渐暗淡下去。

接受现实，拼命挣扎，最后绝望，这是人在黑暗的绝境中最常见的心理反应。如果孙正真正意识到现实，开始绝望，那么他们可能永远走不出去了。路遐只好故意大声咳嗽两声，吸引孙正的注意，然后尽力提高音量，说："但是，正是她们后来这次事件，让我们有了逃出去的机会。"

孙正抬起头来看着他，已经热得满脸通红，路遐从他身上仿佛也看到了自己现在狼狈的状态，却不得不继续保持十分的精力，说："我们还有机会。你看这个记录：她们到了四楼，马玉进了女厕所却再也没有出来。这个时候出来的，不是马玉，而是大火当晚事件的一个重演。"

滴答，滴答……好像那个湿漉漉的人滴着水在向我们走来。

婴儿在笑……面前不见五指的黑暗里，滴答滴答的水声，还有咯咯的稚嫩的笑声……

“你看，这个时候，是那个大妈洗完澡，带着那个孩子从厕所里出来，孩子可能被大妈逗乐了，所以在咯咯地笑。”路遐安慰着孙正，“这么解释，是不是觉得没那么恐怖了？”

孙正瞪他一眼：“只有你才会觉得这种故事恐怖！”

路遐无奈地耸个肩，又继续翻看记录。

终于，这笑声渐渐小了，滴答声也似乎朝走廊更深处去了，渐渐弱下去。

“咔嗒”一声。是开门声。

“这个时候，应该是她带着孩子进了当时的普内三科，也就是后来的中医室。”

那边的楼梯好像有人在上楼，噔噔的。

上楼的声音越来越大，已经快走到四楼了。

“是陈娟！”群芳姐突然大叫起来。

“陈娟也跟着上楼了。刘群芳好像很敏感，一下就认出了那是陈娟的脚步声，陈娟消失了这么久，也亏她还记得。”路遐一字一句地分析着。

孙正已经在大口喘气：“然后就起火了，再之后……刘群芳就说她听到了陈娟的哭声……呼……不行，我们得赶快出去，我真的觉得好像已经烧到了脚下，路遐……”

路遐也被呛到，一边大声咳嗽着，一边用手指在记录上移动着，然后停在了最后几行字上。

婴儿的脸，黑乌乌的眼珠，手……

她在哭……

敲门……

妈妈……孩子……陈娟……

一把推开了门，一股热浪猛地从门后袭来。

顺着路遐的手指，孙正仿佛也看到了曙光，眼神都亮了起来："刘群芳！虽然大火那晚门被锁住了，但是后来那次，刘群芳推开了门！她进去了！"

路遐使劲点头，一手拽起孙正的胳膊，站了起来。刚站起来，就被呛得头晕眼花。两个人只好立刻扑倒在地上，对视一眼，觉得又好笑又着急。

孙正大脑理智的一部分告诉自己，他正在做一件疯狂的事：在一场看不见的火灾里匍匐前进。如果他依旧保持着之前的理智和批判精神，他一定会坚持待在这里，看看这莫名其妙的灼烧感和那场火灾是不是有半分联系。

然而求生的本能，以及旁边这个家伙，却拖着他不断以狼狈的姿势向门边爬去。

"只要……等到刘群芳推开门的那一刻……我们就可以出去！"路遐被呛得发不出声音，拼命做着口型告诉他。

孙正点点头，不用看口型他也能明白。可是他突然又想到什么，停了下来。路遐回头奇怪地看他一眼。孙正艰难地发声："那么，开门的时候……我们会看见什么？"

推门而入的刘群芳？

路遐怔了怔，立刻做口型："什么都不会看见！你闭着眼睛，冲出去。"

孙正咬了咬下唇，继续跟着路遐向门边前进，心里却变得犹疑不定起来。他说不清楚自己是不是在害怕些什么。

人对于未知，总是恐惧的。

还差一步到门边，突然听到"咯嗒"一声，一阵微风般的凉意迎面而来。路遐的表情凝固在脸上，他猛地拽着孙正站了起来。孙正恍惚之下还没完全意识到发生了什么，一只手就遮住了他的眼睛。“闭眼！”

孙正还没来得及做任何反应，只觉得背后传来一股无比大的力把他使劲往外一推，那一瞬间，有一种彻骨的寒意袭遍全身。门已经开了，他就这么闭着眼睛跌跌撞撞地被推出了门外，然后那只手就松开了。

身后传来“砰”的一声。孙正这才反应过来，扶着墙转身。黑暗里，他的手猛地一下触到了烧得火热的门。

他愣住了。门已经关上了，路遐还在里面！

“路遐！路遐！”孙正拼命拍打已经滚烫发热的门，门那边传来了低微的咳嗽声。“路遐！”孙正伸手想去拉门把手，被烫得缩了回来。他咬了咬牙，猛地握住滚烫的把手，但是怎么都拧不开。他又侧过身来用身子去撞门，门似乎晃了晃，却没有开。

四周是无尽的黑暗，只有门板晃动的声音，在整个四楼楼道里回响。

怎么办？！

此刻他的心中笼上了一层几近绝望的阴霾。路遐怎么办？怎么会只出来了我一个？

“路遐，你听得到我说话吗？！”孙正用尽力气大声叫道。

“这么大声……当然听得到。”里面传来路遐的声音，语带调侃，但显得有气无力。

“你等着，我想办法把门打开！”孙正听到路遐的声音，稍微安了一点心。

“你怎么这个时候脑筋就不好使了呢，孙大高材生。”路遐似乎贴着门在说话。

孙正也贴到门上：“你说什么？什么意思？”

路遐似乎在里面敲了敲门，孙正感受到了他的方位，看来是趴着的，于是蹲了下去。

“你玩过游戏没有？”

“什么？！”孙正又急又气，这个时候了，路遐还在胡扯些什么！

“我们现在就好像两个进入游戏世界的人，这周围的一切……咳咳……我们摸到的，看起来都好像是实体……但其实，也不是……”路遐似乎说话也变得越来越艰难。

孙正没有心情听他瞎掰，左右张望，想找点什么来开门，却只看到四楼走廊深深的黑暗，如同他此刻逐渐阴沉下去的心情。

“你听我说，”路遐在里面拍了拍门，“我们入‘穴’了，一旦到达特定的时间，过去的事情开始重演，那我们接触到的，看到的，都是过去式。过去打不开的门，未来永远也不会再打开；过去会出现的人，就会不停地在这里出现，遇上了，就自认倒霉，所以……”

“所以这门就打不开了吗？”孙正气冲冲地说，“我不知道你的那套关于什么‘穴’的古怪理论是从哪里得来的，我现在就去找开门的工具，你坚持住！”说完他站起身来。

路遐在里面似乎也急了，用尽力气拍打着门：“你别乱跑！”

孙正假装没听到，心急火燎地想找到办法把门打开。四周是一片伸手不见五指的黑，除了看不见，还是看不见。充满凉意的空气让他的神经完全紧绷起来。

要去哪里找？要怎么帮路遐出来？如果……如果，路遐出不来了，怎么办？

他简直不敢想下去。一直不肯接受现实的他，此刻被一种前所未有的恐惧和迷茫笼罩着。这一切都超出了他的认识范围。

“正……”门里又传来了路遐的声音，“你听我说，不要关手电，找到下一个安全的地方……能出去一个是一个……千万不要乱跑……不知道会遇见什么……你听见没？”

孙正试图平静呼吸，握紧双拳，迈开了步伐，朝走廊深处走去。

路遐靠在门边，感到皮肤似乎被烧得干裂一般，呼吸也急促起来。然而门外面已经没了声音。

他不知道孙正听到他最后说的话没有——我是出不去了……你要好好

地逃出去啊……

只有他自己知道最后一刻为什么没能出去。他反应快，先把孙正给推了出去，自己却忘了闭眼。

那一刻，他的脚步就定住了，再也迈不动……又怎么可能迈得过“那个东西”呢？

他说不出来自己看到了什么，推门而入的刘群芳？一想到那个画面，他的右手还止不住有些颤抖。他知道如果自己一直被困下去，最后也会变成和他们一样。

他们是不是也曾如此不停地在医院里寻找出路？也在这个如同深渊般的困境里挣扎，不断看到残存在这个世界最后的景象？那些东西……最后自己是不是也会和所有入“穴”的人一样被消耗殆尽，时间从此定格，日复一日地重复着入“穴”前最后一刻的事情？

还好，孙正还有机会出去。只是，在这偌大的医院里，不知道还有什么东西在等着他，他一个人，能走出去么……

路遐感到呼吸已经快接不上来了，火烧般的感觉开始向身体蔓延。迷迷糊糊中，他感觉门板在轻微地抖动，门外似乎传来女人撕心裂肺的哭声……大概是那个狠毒的女人吧……

她在哭什么呢？孙正现在又在哪里？

路遐已经快僵硬的脸上露出最后一丝苦笑，哈，我这个时候居然还忍不住担心孙正。他吃力地抬起右手，向衣服里摸去。

就在这时，门颤动得更加剧烈了，就像是谁在拼命地拍门。

没用了。

路遐想着，却感到一阵冰凉向自己迎面袭来，他微微抬起沉重的眼皮，怔住了。

真走运，一天看见这种东西两次。

这是他最后的想法。

背后的门突然一松，豁然开朗，带着路遐整个人向门外栽去。

前所未有的清凉和新鲜空气让他陡然清醒过来。他赶快用最后的力气向外缩了缩，让整个人都从中医室里出来，脚上还带着火烧火燎的疼。而那扇门，又“砰”地关上了。

路遐筋疲力尽地躺在地上，望着头顶上一片乌云般的黑暗，脑子却没法停下来。

“路，路遐？！”离他不远的地方，另一个人正大口喘着气，吃惊地看着他，手电光还在他脸上来回晃动。

路遐躺在地上，扭过头去，试图做出一个不难看的笑：“这个门……真神奇啊……”

孙正飞快地跑过来，把路遐扶起来，脸上阴晴不定：“你，你怎么出来的？”

路遐眨了眨眼睛：“你猜。”

“猜什么猜！”孙正似乎想到了什么，睁大了眼睛，“难道我真的……”

“你什么？”路遐撑着孙正坐了起来，“我终于知道是怎么回事了。”

孙正看着他，等着他的答案。

路遐把手电筒关掉，说：“那个起大火的晚上，陈娟为什么上楼？”

“是因为她知道刘群芳发现了这件事，她要上楼去找她的母亲和孩子。”

“没错，当她到楼上的时候，母亲和孩子大概已经睡了，门也锁了，但是她却发现里面起火了。”路遐忍着烧伤的痛说。

孙正的眼睛亮起来：“这么说，你知道不是陈娟放火，也不是故意不开门的了？”

“对，我确实错误判断了。”路遐点点头，“陈娟到的时候，火已经烧起来了，她拼命地拍门，想叫醒睡在里面的母亲和孩子。”

“你怎么发现的？”孙正问道。

“我听到了……不知为什么，我听到了她的声音，她一直在拍门，却被我们忽略了。刘群芳也听到了，我之前没有仔细思考刘群芳冲进门之前所说的话。”

“她在这儿！她在这儿！”群芳姐却在激动地叫着，“她在哭，她在哭……”

“妈妈？还是孩子？”群芳姐突然扔下手电，高声喊着“陈娟”，一把推开了门，一股热浪猛地从门后袭来。

“母亲惊醒过来，发现已经被大火包围，门又从里面上了锁，她的女儿在门外拼命地想救她们。”

“那句‘妈妈还是孩子’是什么意思？”孙正追问道。

路遐稍稍动了动：“这是一个给陈娟的选择题，如果你只能救一个人，是救你的妈妈，还是你的孩子？”

孙正愣了一下，马上说：“为什么不能两个都救？”

“因为，”路遐苦涩的表情隐没在黑暗中，“她的妈妈已经走不动了，火已经烧到了她的膝盖，要么，她进去把孩子抱出来，但就再无可能把母亲抱出来；要么，她进去把母亲抱出来，但孩子也救不出来了，火已经烧得太大了。”

孙正惊讶地看着路遐，问：“你怎么知道的？”

“因为，我看到了。”

“什么？！”孙正完全无法相信路遐这句话。

“如果是你，你怎么选择？”路遐抬头问孙正。

“我？我……”孙正迟疑了一下。

路遐一下子笑了，却笑得有些不自然：“你其实根本不用选择。”

“为什么？”

“因为你的母亲总会为你做出选择。”路遐又动了动被烧伤的脚，“母亲即使全身着火，也会牢牢地把你的孩子抱在怀里，忍着全身被烧的疼痛，爬到门边，用尽全力把门打开，把孩子推出去，再关上门，不让你冒任何危险再进去救她……”

孙正手中的手电筒一下子掉在了地上。

路遐指了指自己："所以，我就是这样才捡回了一条命。"

"你看到了？"孙正不敢相信，"那么黑的环境，你真的看到了？你看到了什么？"

路遐摇了摇头，说："你不会想知道的。"

孙正似乎有所触动，微微叹了一口气。

路遐拍拍他的肩，说："这个起火的中医室，没有怨魂，只有一个无怨无悔的母亲，和因为无比后悔而入'穴'的另一对母女。"

"不，有两个无怨无悔的人。"孙正纠正他，眼眸仿佛在黑夜里闪着光。

路遐没有作声，似乎也陷入了沉思。

两个人好长一段时间都没有说话。寂静的医院此刻竟没有那样压得人喘不过气的厚重感。

04

忽然，路遐动了动，激动地想用力站起来。

"怎么了？"孙正一边问一边把他扶起来。

"刘群芳怎么推开门的？那一瞬间你怎么出去的？"路遐的声音因为激动而颤抖。

"什么……你是说，她怎么推开门的？"

"对！在那个时候，重演的是火灾当晚的事，门应该是上锁的，就像在那之前和那之后我们都打不开一样，门应该是不可能从外面推开的！"

"那……"孙正的口气里带着不确定。

"她听到了陈娟的声音，又好像还看到了那晚的事，之前我认为她还没有入'穴'，所以能够推开门很正常，但是，如果那个时候她已经入'穴'了，那门是怎么打开的？"

孙正似乎也想到了什么，扶着路遐的手一下子抓紧了："你是说，她，她……"

"没错！她是我们现在看到记录里，唯一违反了这个定律的人，她是怎么办到的？如果我们可以找到答案……"路遐止不住兴奋，"也许，我们也能找到突破这个'穴'的关键，我们就可以出去了！"

路遐正为此兴奋着，孙正却有些担心地望着路遐，问他："你还能走吗？"

路遐试着动了动腿，咧开嘴："还能。"

摸着黑，路遐一只手搭在孙正肩上，另一只手撑在身旁的墙壁上，慢慢地站起来，站到一半，腿却一阵发麻，一软就要往下倒，还好孙正及时伸手把他扶住了。

"嘿嘿。"路遐笑了起来，"我是不是很重呀？"

孙正咬着牙不理会他："我们必须找个地方把你的腿伤处理一下。"

路遐按住他的手："不急，我应该能走，我们先去刘群芳的办公室。"

"刘群芳的办公室在哪儿？"

"还不知道她负责哪个科室，我们得查一查。"路遐尽力让自己站稳一点，缓慢地移动着被烧伤的腿，伸手往孙正身上摸去。

孙正"啪"的一声打掉他的手，黑暗里看不见表情，却听得出有些愠怒："你摸什么？！"

"哎哎，摸一下怎么了，又不是女人。"路遐有些好笑，用刚刚从孙正身上摸出的东西拍了拍孙正，"我摸的是记录簿，何必这么敏感嘛！"

孙正一下子没了声音，过了一会儿，亮起一小团灯光，再慢慢扩大开来，他终究还是十分配合地打开了手电筒。

路遐一手拿着记录簿，翻开十分吃力，刚想松开撑着墙壁的手，整个人就靠着孙正的背，却感到孙正一瞬间趔趄了一下。他嘟囔了一句"文弱书生"，把手里的记录簿硬塞到孙正手里，抢过手电，用下巴抵了抵孙正的肩，说："我照着，你赶紧翻，看看有没有这方面的记录。"

孙正被蹭得痒酥酥的，动了动肩，哗哗地翻起手中的记录来。

昏黄的手电光照着墙边这小小一角，在狭窄走廊的对面墙也晕出一团小小的光圈来，影影绰绰的，两个人互相扶持着的影子映在其中，如此阴森森的黑幕里，竟也透出一分暖意。

“慢着！”路遐打断了正欲再往后翻的孙正，“我想起来了。”

“什么？”孙正疑惑地转过头，却十分突然地撞见路遐因为靠得过近而放大数倍的侧脸，还覆着一层薄薄的细汗，又连忙低下头去。

路遐没有注意到他，自顾自地说：“我记得，院长，就是我叔叔请我来调查的时候，提到过如果在阅读记录簿的过程中有任何疑问，可以去三楼档案室，那里有很多以前遗留下来的资料。”

“也就是说，应该有刘群芳遗留下来的资料？”孙正精神也来了，“我们走吧。”

只听得身边看不见摸得着的路遐苦笑了一下，用一种很无奈又很无赖的口气说：“恐怕你要这么扶着我下楼了。”

孙正瞟了赖在他肩膀上的这个家伙一眼，一言不发地伸出手从背后扶住路遐，就往黑暗里走去。

这样也好，至少我们在一层层地往下走着。

路遐就这么半靠着孙正，一瘸一拐地走着，快到楼梯口的时候，他又问了一句：“你怕不怕上楼的老张？”

身下的肩膀明显有轻微的抖动，孙正停顿了一下，扶着路遐的手忽然抓紧了：“你不觉得有点不一样？……我觉得……哪里不一样了？”

路遐转了转脑袋向四周看去，浓重的黑里依旧是浓重的黑，阴沉的寂静里依旧是阴沉的寂静，没有一丝生气，密不透风，仿佛处在被世界抛弃的空间，除了手电筒那一束微弱的光，告诉他们这是破旧医院的楼梯一角。

“哪里不一样了？”路遐没有明白孙正的意思。

“我觉得，好像更安静了，更黑了……”孙正说着说着，好像也自觉说得莫名其妙，毫无道理，声音小了下去。

路遐依然摸不着头脑。

“就好像黑夜里那般黑，和墓地里的那般黑的区别……”孙正描述不清，只好放弃，“哎，算了，是我多心了。”说完，又在心里嘲笑自己也变得过分疑神疑鬼起来。

路遐却没有就此放下心来，提醒孙正提高警惕：“2000 年大火的发生时间是在午夜，那么现在应该是午夜过后，大多灵异事件发生的时段就是在午夜至凌晨三点之间，这段时间，是某种东西最容易出来活动的时候。”

虽然遇见了很多难以解释的现象，但孙正对鬼神说仍然十分排斥，路遐旧病复发又一次抛出那一套鬼神研究让他不禁皱起了眉头。

路遐没有注意到孙正微妙的反应：“但就算是某种东西大量活动的时间，你的感觉不是应该更觉得有什么东西蠢蠢欲动似的，像黑夜里隐藏着什么不安……而不是整个世界一下子安静下来吗……”

“又不是写小说……你怎么这么当真。”孙正打断了路遐走向越发奇怪的描述，“只是错觉罢了。我们继续往下走吧！”

刚想迈步下楼，手电筒晃悠悠地照着通往三楼的楼梯，孙正突然没来由地感到心里一阵刺痛，脑子有些发晕，仿佛那照着的一片楼梯，都成了灰色的画面，像老旧黑白电影里昏暗的场景。

一瞬间错觉让他觉得这里弥漫着仿佛谁的遥远的记忆里的絮絮低语，隐没在光线边缘无尽的黑雾里。

果然是有些……奇怪的……

他没有告诉路遐，平稳了一下呼吸，继续踏出了走向桐花医院三楼的第一步。

两个人的脚步声既缓慢又沉重，孙正觉得自己在一步步靠近什么，却又把这种诡异的念头死死压在脑后。

花了好大的工夫，两人一搀一扶地终于走到了三楼，脚步声的回音如同扬起的一抹微尘，扫过楼梯的最后一阶，消失了。

两个人都没有出声，仿佛连呼吸声都听不见了。

孙正终于知道这是一种什么样的感觉了——整个世界都已经死掉的感觉。

他的嘴唇微微颤动着，却发不出声音来。

“我们走，档案室就是拐过去的第一个房间。”这个时候，耳边路遐的声音拯救了他，让他一下子感觉到这个世界里唯一的生气。

路遐拖着一条腿，一手撑着墙壁，一手搭在孙正肩上，缓缓挪动着。刚走了两步不到，两个人又同时停了下来。

好像踩到什么东西，黏黏的，湿湿的。可是什么东西会这么突兀地出现在三楼的走廊上呢？

两个人同时低下头去看自己的脚下，手电光凝住了。

血、血迹？

一大摊的血迹，像是刚刚淌下的，手电光之下，分外触目惊心。

谁的？怎么会突然出现在这里？

孙正刚刚稍微有些接受这个非正常的世界观，突然出现的血迹似乎又把他带回了现实的情景，脑子里两种思想扭成一团，最终他还是做出了正常人会有的反应：“谁受伤了？！还有人在，我们快去帮忙！”说着，他扶着路遐就想往前走。

路遐猛地把孙正按住，这力道前所未有地大，让孙正差点整个人重心不稳向后倒去。

“慢着！你再仔细看看。”路遐的声音里也是前所未有地严肃。

孙正承着路遐的重量，稍微放低身体，路遐手中的手电筒向地面照去。

这里并不是唯一的一摊血迹。

深红色的血，长长地在向走廊深处蜿蜒，在地板上擦出或深或浅的印记。

一条长长的血迹，它的尽头是什么？

手电光缓缓顺着血迹向前方延伸，途中地面上也有一大摊一大摊的血，如此多的鲜血让人越发不安起来。

“沙沙”“沙沙”。

黑暗里什么声音搅动着心神。

“沙沙”“沙沙”。

血迹还在蔓延。不祥的预感也在两人心头蔓延。

好像医院所有的鬼魅幻影都在此刻远远避开了，只有这沙沙的声音和血迹如同暗夜里的一道阴森森的笑，尾音刺激着逐渐僵直的两人的神经末梢。

昏黄灯光终于也照到了尽头。

几乎就在不到一秒钟的时间，路遐以最快的反应扳下了手电筒的开关，孙正出乎寻常默契地使出全身的力气几乎扛起路遐就向拐角第一个房间冲去。

房门居然还是开着的！

两个人直接滚了进去，孙正大口喘着气扣上了门。

快逃！那一瞬间连尖叫声都堵在了嗓子眼。

血迹的尽头，是一团东西。在缓缓地爬着，缓缓地挪动着。

“沙沙”“沙沙”。

好像人的躯体，扭曲的形状却又不是任何正常人能做出的形状。

长长的血迹，就是“它”拖过的痕迹。

那样在地上慢慢地爬着，蠕动着，无所顾忌地，似乎在“它”的范围内，这所医院里一切的东西都消失了。

“沙沙”“沙沙”。

“它”是什么？“它”要爬向哪里？“它”，会不会回来？

一片空白之后，脑海里又瞬间涌出无数的问题，刚刚那一瞬间停止工作的大脑累积了太多太多。两人对视一眼，路遐甚至还没有恢复打开手电筒的力量。

已经不想再看到了……

如果那个时候，“它”突然回头了，会是什么样子？

他们都不敢想下去。

还没有弄清楚那是什么东西，两个人的本能已经做出了最快的反应，大脑和身体都在尽可能逃避着那个东西。

路遐渐渐舒缓了下来，却发现孙正还在大口大口地喘气。“正，你怎么了？”他以极低的声音问道，似乎害怕惊动在门外的某个东西。

“心里很痛……喘不过气来……”孙正捂着胸口，侧倒在地上，双腿都蜷缩起来。

路遐慌忙俯下身去：“可能是产生什么不适反应了……这种事我也听说过，‘它’实体化了。”

孙正侧过脸来，表情痛苦地问道：“什么意思？刚刚那个东西是什么？”

路遐摇摇头：“我也说不清楚。传说中有很多鬼会呈现自己死前的样子，如果硬要给个科学解释，这样的鬼发出的电波会很强烈，一旦和生物的电波产生共鸣或者冲突，就有可能使人产生不同的反应。”

孙正有些困难地扬了扬嘴角：“哦？是吗？”他只是半接受了这种说法，但依然心存疑虑。

“那你说……”停了半晌，孙正皱着眉头问，“这家医院里，谁会这样在走廊上……爬着，呃，然后死掉了？”

“这个……”路遐似乎之前就在思考这个问题了，但却毫无头绪，什么人会以这种奇特的姿态死在一家人来人往的公立医院里，难道不应该是什么太平间里的白影，手术床上的黑影吗？那一地拖得长长的血迹牢牢地占据了他的脑子，总觉得有什么，是他现在还无法理解的。

孙正似乎稍微好了一点，舒缓了一口气，终于能慢慢站起来，又抚了抚还隐隐作痛的胸口，感到路遐在黑暗中伸着一只手在拍自己，无奈地伸手把他也给拉了起来。

“好了，现在该怎么办？”孙正拉着还有些摇摇晃晃的路遐，问道。

“我们一起找找刘群芳的资料。”路遐再次打开了手电筒，屋子里亮起一束微弱的光来，“不过，要再找一个手电筒，这样我们可以分开查找。”

手电光在档案室里扫过，中间立着一排排的书架，上面是成册成册的资料，按照类型不同似乎还做了标记，有设备档案，合同档案什么的，三面墙上还放着有锁的铁柜子，光线里满是弥漫的灰尘，在空气中飞舞着。

再向右边照去，隐隐约约有一道小门，门开着，黑乎乎的一片。

“那边应该是附属的办公室，我们去那里找。”

两个人仿佛暂时忘记了门外的恐惧，又仿佛看到了一点希望，互相搀扶着往那边的办公室里走去。

刚一踏进办公室，两人就被满地乱七八糟的文件吓到了，好像有狂风卷过般，纸和文件夹到处都是，还有几个被腾空的盒子，也杂乱地摆着，地上简直没有一点空隙。

“是不是之前谁在整理什么资料？”孙正一边问道，一边小心地扶着路遐，让他在办公桌前的椅子上坐着。

“不像啊……”路遐手中的手电光扫过地上的文件，“你看那张上面的日期，是 2000 年的了。”

“2000 年？”孙正蹲下身去，捡起一张纸来，最下面果然写着 2000 年的日期，似乎是一张普通的职工考绩单，没有什么特别的。

路遐在那边不能动脚，只能动手，他拉开一个个抽屉，寻找能够备用的手电筒。

“会不会是谁在找什么资料？”孙正又翻起几张来看，似乎都是员工的资料信息，只是因为已经被翻得乱七八糟，也不知道具体是什么方面的资料信息。

“啊！太好了！”那边路遐发出一声欢呼，伸手就递给孙正另一个手电筒，又不知从哪儿翻出了一块面包，问，“饿吗？要吃吗？”

孙正接过手电筒，有些犹豫地看着面包：“还能吃吗？”

“怎么不能吃？！”路遐已经自顾自地掰了一块下来，“我反正已经饿坏了。”

“我待会儿吃。”孙正还没有完全平静下来，拿着手电筒，有些不安地翻着地上的文件，“我觉得有点奇怪，医院会定期整理以前的资料吗？为什么今天这么多员工资料都被翻了出来？”

“唔……母吃刀（不知道）……”路遐嘴里含着块面包，模糊不清地说着，刚转回头，就被桌子上的两张纸吸引住了。

孙正对地上的一堆资料产生了极大的兴趣，一张张收拾起来，按照编号排列。“你看，路遐，这资料里面的很多员工都是离职或者已故的，刘群芳的资料会不会也在这里？”

半天也没有听到路遐的回答，孙正疑惑地抬起头来。路遐正盯着手里两张薄薄的纸，目不转睛地看着，神色十分严肃，专注得简直忘记了自己现在身处的环境。

孙正走过去，看到桌子上一个满是灰尘的盒子下面，压着一个已经拆开的信封——刘群芳（收）。他惊讶地把目光转向路遐手中的信纸。

信上的字因为年代久远和保护不佳，很多已经浸了水，十分模糊。他绕到路遐的身后去看信上的内容，开头的称呼让他更加吃惊——

孙女群芳：

很高兴收到你的来信。

我已经退出很多年了，渐渐远离了那些东西，却没有想到你会来信问这样的问题。

记得你从小就不喜欢爷爷的工作，也不跟爷爷亲近。大概你也和很多人一样，觉得爷爷是个装神弄鬼唬弄人的神棍吧。爷爷不会解释，也不知道怎样跟你解释。因为很多事情，除了自己是见证人，没有人知道，也没有人相信，有时候甚至会自我怀疑。大多数时候，我们都是孤军奋战的，遇见了许多危险，有许多人就这样牺牲了，也有许多人就这样毁掉了一生。但通常人们只把这些当作意外、失踪。当初带爷爷入行的两个前辈，有一个在江西芦溪附近（你还记得爷爷去江西去了很久，没有赶上你10岁生日那次吗）失踪了，还有一个至今还在精神病院里疗养。

……

我劝过你，你忘了吗？你的工作是你妈妈给你介绍的，记得你第一次拿工资回来，兴高采烈的。很抱歉，爷爷那时泼了你冷水。我说你身上阴气重，犯凶煞，那个地方不能待，让你赶紧换工作。结果那个春节你都不愿意来爷爷家吃年夜饭。

听你妈描述过那家医院的环境，我很确定，那就是我一直“工作”的那样的地方。你还记得咱们城里最南边有一个废弃的砖厂吗？你小时候问我，隔壁失踪的张阿姨去哪里了，我指了指那个砖厂，说她在那里，结果你回去告诉妈妈，却被你妈妈打了一顿。

每一个城市里，每一个人群所聚集的地方，都会有罪恶的产生，这些罪恶都会流向这个城市的某一角，滋养着“它”。有许多不小心闯进那里的人，就这样被“它”吞噬掉了，永远困在那里。

爷爷的工作，就是去解救还有机会出来的人。

……

你不要着急，也不要轻举妄动。爷爷已经派了个很能干的人去帮助你。大概过几天他就会到了。他叫路晓云，今年25岁，高高瘦瘦的，到时候也麻烦你帮忙安排一下。

……

爷爷和“它”斗了这么多年，现在才知道，爷爷错了。

……

刘穆然

2001年4月10日

路遐看完信，有些发愣，喃喃念着：“哥哥……终于有你的消息了……”

“什么？！”孙正张大了嘴，“你说什么？”

路遐这才回过神来，叠好信纸，说：“那个路晓云，就是我的哥哥。”

“你、你哥哥？”孙正有点没反应过来，“你哥哥怎么会和刘群芳的爷爷扯上关系的？”

路遐脸上带着一些崇拜说：“哥哥是专业的，我就是混着玩儿的，什么都不懂……现在，我总算找到了关于哥哥的一些消息了。”

“你哥哥，和她爷爷一样……干这行的？”

“可以这么说吧。他 2001 年突然说要去一个地方办点儿事，头几个月还断断续续收到他的消息，可到了 2002 年就消息全无了，一直过了这么多年，至今没有找到他……”

“你不是说是因为这家医院的院长是你叔叔……”孙正突然瞪大了眼睛，“你骗我？！你根本不是什么院长的亲戚，你只是来找你哥哥的？”

路遐露出一个无可奈何的表情：“但我确实找过院长询问我哥哥的消息，你看，我上个月突然收到这个，也不知是谁寄来的……”他边说边从衣服里摸出一把钥匙，“之前在那个房间以为要烧死了，我还想把这个给你。”

孙正生气地打断路遐，路遐手里的钥匙就“叮”的一声掉在了地上。孙正皱着眉头说：“所以一开始你就是有目的要骗我跟着你要寻找的路线走？那么我们进入这么个鬼地方，是不是也是你预谋好的？”

路遐苦笑着俯下身去拾起钥匙，说：“不是。我也没想到。”

孙正狠狠盯着他，不说话。

路遐歉疚地看着孙正，沉默了半晌，呆呆地递过手中的半块面包：“来……你还是吃点儿东西吧……”

孙正瞪他一眼，转身就向外面走去。

“等等，正，你要去哪里？！”路遐大惊失色，却又没法自己站起来。

“我不能跟着你的路线走了，我要自己找路出去。”孙正一边大声说着，一边朝门口走去。他刚走到门口，突然又觉得脚下黏黏腻腻的有什么，低下头去用手电光一照——

“等等！你忘了外面那个东西了吗？！”路遐着急叫起来，“你……”

远远看着孙正的路遐，陡然间觉得呼吸都要停止了，嘴里再没法发出声音来。他看见一摊血从档案室的门缝里慢慢地，慢慢地渗了进来。

“沙沙”“沙沙”。

孙正脸色惨白地低着头盯着脚下。而他面前的那扇门，轻轻地，仿佛一阵风吹过似的，自己打开了。

“沙沙”“沙沙”。

孙正看着踩到的那摊血在黑暗里蔓延开来。然后，他觉得有一阵微凉的风吹来，他拿着手电筒，将光束从地面向上移。

一张脸，一双眼睛，正看着他。

05

“正！！！”路遐猛地站了起来，却因为脚伤，又扑倒在地。他努力向前爬了几步，抬起头来。

没有孙正。谁都没有。

档案室的门还是关得好好的。

地上也没有血。

孙正不见了。只有路遐一个人。

路遐怔怔地看着那道门，眼睛都揉痛了，孙正还是没有出现。他好半天才回过神来，接受了这个现实：孙正消失了，和“某种东西”一起消失了。

他用手撑着地，脑子里转过了无数个猜测：孙正被鬼带走了？孙正变成鬼了？孙正自己跑掉了（可是怎么跑得那样快？）？孙正……孙正……其实没有孙正这个人，是自己幻想出来的？

越想越荒谬，越想越不着边际，他竟一下子失了镇定。

路遐拍了拍自己因为着急和慌张而乱作一团的脑袋，默念着：“冷静啊路遐，冷静冷静，正一定还在某个地方……”

任何世界，都有它自己的一套规则。这里的“世界”，也一定如此。只要找到它的规则，就有找到孙正的办法。

路遐如此说服了自己，扶着椅子慢慢爬了起来，坐回到椅子上，又看到桌子上那个信封。

“哥哥，如果是你，会怎么办呢？”

路遐记忆里的哥哥依旧是 2001 年的模样，身上永远覆着一层他说不透看不穿的神秘感。哥哥有时看别人的眼神，总像穿过了人，看着别的什么。

“妈妈，哥哥晚上不睡觉！”

小时候，他这样跟妈妈告状，妈妈捂着他的嘴，一把把他抱进怀里：“别胡说，你哥哥病了，让邻居知道会把你哥哥当成妖怪赶走的！”

路遐常把半个脑袋藏在被窝里，偷看“生病”的哥哥。路晓云屈膝坐在窗边，侧着脑袋看窗外的夜。没有月亮没有星星，哥哥到底在看什么呢？

黑夜活着，而哥哥，活在黑夜里。

有时候，路遐半夜里醒来，会发现哥哥不见了。路遐隐约察觉哥哥和常人是不一样的。哥哥身上似乎隐藏着什么力量，让他对外界的一切事物都漠不关心。后来渐渐长大，路遐才隐约知晓了哥哥的一些秘密。

想着想着，路遐的嘴角不由露出一丝苦笑。如果自己有哥哥一半的天分，现在就不会这样束手无策了。路遐自嘲地看着自己，腿依然疼得厉害，没法行走。就算他现在能扶着墙行走，出了档案室，找到了孙正，可一旦遇见什么危险，行动不便的自己反倒还是个拖累。

脑子里又浮现孙正眼含怒意地瞪着自己，端正的五官都皱在了一起的样子，路遐默默地想：“还惹他生气……”他仰头靠在椅背上，望天深深叹了一口气。可只沮丧了一秒，他猛然坐了起来，抓过手电筒。

孙正刚才说什么来着？

地上有很多员工的资料，还都是 2000 年左右离职或已故的……

他把手电光移向杂乱的地面，有些纸上还留着孙正的脚印，旁边整齐地放着一叠孙正整理出来的资料。

路遐弯下身去，探手把那叠资料拿了过来，随手翻了几页。果然是孙正严谨认真的风格，那么短的时间内，已经把人员资料从其他资料里提了出来，并且全部按编号有序地排列好了。第一页到最后一页，全部都是 2000 年到 2002 年这个时间段的。

他又想起了孙正的疑问，是医院定期整理资料吗？但是为什么只有这个时间段的？为什么又刚好是现在整理？桌上那封信也是，为什么恰好在这个时候有人在翻刘群芳的东西呢？

路遐有一种不好的预感。孙正的陡然消失会不会和这个有什么联系呢？他想了想，开始仔细翻阅起这些孙正留下来的东西。

每张纸上除去员工的基本信息和工作职位以外，还附有离职信息，有的还附有详细的离职原因和资料。资料末尾都有一个小小的编号，似乎是一些重要物件和参考资料的存放编号。到 2002 年末就没有了。

路遐手中的手电筒的灯光似乎暗淡了些，看来电池快用完了。他皱紧了眉，目光又回到那份资料，总觉得哪里不对。这么多资料，如果是有目的地拿出来，会是为了什么呢？他注视着资料上的文字，手指下意识地在上面摩挲着。

一页一页地再翻一次。一个一个地再数一次。

果然……是编号！这些编号的数字应该是有连续性的，但是 B04 到 B07 之间的却没有了。而且这其中也没有在同一时间段消失的刘群芳的任何资料。

路遐终于能够得出结论：有人在找一段资料，并且要刻意隐藏那部分资料。就在不久之前。

资料里有什么？又为什么要隐藏？是谁在隐藏？他又不想让谁看见？

难道……是我?

路遐来这里之前，确实与院长见过面。那个花白头发的陆（而不是“路”）院长笑吟吟地接待了他，还说虽然没有他哥哥的消息，但是很欢迎他调查医院的问题。

“我这里有几本资料和地图，档案室还有一些陈年文件，你如果有需要，我随时都能提供……桐花医院啊，有的问题确实很令我们头疼，现在既然转成私立了，这些问题我们自己解决起来也比较方便嘛……你如果能调查出一些线索当然更好了……”

院长特地提到了档案室，资料和地图也是他提供的。现在想来，作为对路遐行踪的第一知情人，这位陆院长是很有嫌疑的。

他是在试图隐藏和路晓云有关的什么东西吗？是不是有一些关键性的资料刚刚被人拿走了?

有种被人设计的怒意从路遐的心里直蹿到嗓子眼，他低低咒骂了一声，把那叠资料摔到桌上。难怪觉得不对劲！不过，那个院长千想万想也肯定没料到，他路遐运气背到还没展开真正的调查，就自己入了“穴”。

还不算太迟！

路遐精神忽然一振，立刻转向了桌上那个放在自己面前的盒子。

盒子下面还压着那个信封，也就是说，他们还在清理盒子里的东西，刚刚清理到有刘群芳的这个文件夹……

他一把将盒子拉到自己眼前。

可惜，盒子里的东西看来已经被清理得差不多了，留下的那封至关重要的信简直是他撞了大运。翻开刘群芳的工作证，他看到最底层躺着一张照片。

照片上是一个二十多岁的女人和一个小男孩。女人扎着整齐的马尾，留着齐刘海，看着镜头的眼睛里流露出一种自信。

路遐又对比了一下工作证，这个面容秀丽的女人应该就是刘群芳。她身边的那个小男孩，圆圆的脸上一对圆圆的眼睛，一头柔软的黑色短发，小巧的唇微撅着，带着一种孩子气似的骄傲。

路遐把照片翻过来，发现背后还写着一行歪歪扭扭的字：

群芳阿姨，叫严医生和那个奇怪的叔叔来看我！！！

言语十分霸道，又带着一些撒娇，从称呼上来看，应该是那个小男孩写的。

“严医生”和“奇怪的叔叔”？

能被叫作奇怪的叔叔的人……路遐很直接地联想到了自己的哥哥，路晓云。

如果指的真的是路晓云，那么哥哥确实到过这家医院，见到了刘群芳。不仅如此，应该还待了挺长一段时间——至少认识了这个老实不客气的小男孩。

不过，严医生……路遐抓过那叠资料，飞快地翻着，却没有姓严的人员的资料。

也就是说，这个医生可能还在这里工作，或者已经离职了，但资料却被抽走了。路遐忽然冒出一个想法，搞不好这个严医生就是抽走这几份资料的人呢……

孙正觉得很冷，冷得他猛然睁开了眼睛。

好黑。

这是在哪里？

刚才……刚才……他脑中闪过一张脸，和那双眼睛。

不、不可能的……孙正用几乎快僵硬的手拍了拍自己的脸，直到感觉到痛感。不是做梦。但是……

他慢慢坐了起来，黑雾完全将他笼罩，压得他喘不过气来。他突然想起自己手里还抓着一个手电筒。

啪。

一束灯光从手电筒前端射出来，那瞬间的明亮让孙正的眼睛有些无法适应。他难受地闭了闭眼，好不容易才能渐渐看清周围的情况。

这是……一条走廊？

两边弥漫着阴沉沉的雾气，灯光仿佛随时都会被那隐秘的黑暗侵蚀。他怔怔地站了起来。不知从哪里蜿蜒而来的凉风，沿着他的裤脚爬上了他的背脊，冷得他出了薄薄一层惊汗。

他甚至不敢挪动脚步。没有路遐嬉笑自若的声音，他此刻只感到对陌生而诡秘的环境的深深的畏惧。

手电光幽幽照着走廊的前方，照着的白蒙蒙的一小团，似乎已是走廊尽头。

尽头是什么？一道通向未知的楼梯口？还是一个拐向更深处的走廊？

他不知是冷，还是恐惧，不由自主地打了个激灵。

背后又是什么？他不敢回头。路遐说，不要回头，那只会增加你的恐惧。

可是越想，越会忍不住想要回头。

他突然觉得有窸窸窣窣的声音从背后传来。宛若是沿着地面缓缓而来的声音，又宛若是沿着墙面鬼鬼祟祟袭来的声音。

是什么？他紧张地想，又或者是错觉……

细微的凉风似乎又在钻入他的四肢百骸了，他几乎是被迫地挪动着脚步。一步，两步，他惊奇自己走路竟然是没有声音的。

那映在走廊尽头墙面的电筒光圈越来越大。他头一次觉得，如果路遐出现就好了……

忽然，他停住了脚步。已到尽头，走廊的尽头没有楼梯口，也没有拐角。

有一道门。

他看着那道门，不由自主地退后了一步。

很破旧很破旧的门，连把手也是极其古旧且生锈的金属把手。这绝不是建造桐花医院那个年代的东西。门上布满了斑斑血迹，暗红的血迹有的像是洒上去的，溅得到处都是；有的如同从某处渗出来的，滴到下面，流出一道道的血红色线来。

除去血迹，还有数不清的划痕，深深浅浅，长长短短，看上去似乎像是……用指甲划的……可是，那要多大的力气，才能让指甲在这种陈年的木门上留下如此深刻的印迹?!

门的边框上，歪扭却完整地黏着一道红线，不知道是什么材质的红线，也不知是用什么粘上去的，沿着门四面的边框，整整齐齐地把门给围了一圈。

简直是……简直是……

孙正有种想转身逃跑的冲动，可是目光却又仿佛被什么吸引，再度回到门上。

门的后面会是什么呢?

好奇的念头突然冒了出来。他着迷似的向前走了一步。

忽然，他听到一种很轻微的，抓挠的声音。什么东西在门的背后抓挠着门。大力地抓着，挠着，用指甲，或者用没有指甲的手指尖……

那声音缥缥缈缈，却又毛骨悚然，像是在抓挠着孙正的后背。孙正感到自己怦怦的心跳，他知道自己很害怕，但他还是被那道门吸引住了。

他又走近了一步，门上的痕迹，门背后的声音，都仿佛在引诱他向前靠近。

他伸出一只手，穿过冰凉的黑雾，去触摸那道门。

啪!

孙正垂着手，呆呆站着。

手电光低低地照着地面，光圈向前方延伸而去。那扇门消失了，前方再一次变回了熟悉的令人窒息的黑暗。

孙正有些迷茫地用手电筒向四周照了照，发现自己似乎又回到了某条长长的走廊，周围暗流涌动，每道门每个墙角缝似乎都隐藏着什么难以言说的秘密。那些不安的揣测，诡秘的幻想，就从这些手电光难以触及的地方，悄无声息地钻入他的衣服，紧紧地箍着他。

他拍了拍脑袋，想让自己清醒些。或许只是受了惊吓，镇定下来，应该就能回到了那扇门前，不，就回到了档案室……

但是他的眼前依旧是一条走廊。

刚才看到的那些血液鲜红的颜色猛地涌入孙正的脑海，眩晕的感觉一下子笼罩了他，他本能地伸出一只手，靠墙撑住了即将摔倒的身体。他费了好大的劲，把那个景象从自己的脑海里赶远了一些。

他知道，自己必须保持神志清醒和头脑清晰。否则，脑子里的那根弦就会断掉，疯狂和混乱就会占据他。

大概，有许多这样不小心入“穴”的人，就是在黑暗和惊疑中疯掉的吧？

这一点路遐当然没有告诉他，但是孙正已经从自己不太稳定的状态里察觉到了。路遐，如果路遐在就好了。他忍不住又一次这样想。自己从什么时候起变得这么依赖别人了？他苦笑一声，不是自己坚持要独自寻找出路的吗？

好容易平复了心情，孙正决定先弄清楚自己在哪里，再进一步行动。他感觉自己身后似乎也是一面墙，他鼓起勇气转过身，手电光也晃了一圈，转了过来。

不是墙，是门，很大的一扇门，手电光向上移，他看清了标牌：

手术间（四）。

手术间？这是在几楼？哪个地方？

他更加疑惑了。如果说遇到那些奇奇怪怪的东西还勉强能够解释，那么他突然从档案室到那扇神秘的门前，再突然站在了这个手术室前，这又该怎么解释？

想到地图和记录簿在自己身上，孙正稍微安了安心，从包里摸出地图，打开来，慢慢地在地图上寻找“手术间（四）”。

“一个人果然有点困难……”这样的想法刚刚冒出来，就马上被他挤出了脑子。

找了一遍，没有找到。孙正动了动发酸的胳膊，又打起精神继续寻找。

看来桐花医院的手术室应该都移到新的外科大楼去了，谁会在破旧的主楼建手术室呢？这么想着，他的目光被地图上的几道红色大叉吸引了，之前因为完全不考虑这些地方，所以没有注意。

现在他终于看到，其中一道红色大叉的下面，就写着“手术间（四）”，因为被红色遮住了，所以一时还难以辨认出来。

竟然还是在三楼，但却是在走廊的另外一边，和档案室隔着一整条走廊。可是，红色大叉……是什么意思？

他一下子想起路遐曾提到过，这里是有些“不吉利”的房间。不吉利，什么叫作不吉利？其他的手术间都不在这栋楼，这里为什么会有个“手术间（四）”？

孙正看了看手术间的门把手，似乎与刚才那扇神秘的门是一个年代的。他感到背后一股寒意爬了上来。

不管是怎样的不吉利，他必须马上离开这里，找到下一个安全的地方。他又看了看地图。

三楼只有一个地方安全：普通外科（三）。

他确认了一下大概位置，又鼓起勇气照了照地面。噩梦般的血迹不见了。那个沙沙蠕动的“它”，也不见了。

没有时间思考这些匪夷所思的现象了。孙正把地图塞回口袋，朝普通外科（三）跑去。逃离了那个有着大红叉的手术间，他头一次觉得松了一口气。站在普通外科（三）门口，他伸手就去开门。

啪。

奇怪，好像被什么电到一样的感觉。

但孙正没有犹豫，拧了拧把手，门开了。他冲进了门后的另一片黑暗里，用手电筒大致扫视了一圈普外三室，心里有点不确定起来。

除了普通外科的一些办公桌、书柜外，这里没有任何路遐所说的“遮盖物”。那这里怎么会是“安全”的呢？

因为一时失误走进中医科时的烧灼感，还深深印在他的记忆里。

或许，有什么是路遐还没有提到的吧？路遐现在怎么样了？他一个人在档案室，脚也不方便……

发现自己又不由自主地想到了路遐，孙正拍了拍脑袋，让自己集中精神。“先找一找那扇神秘门到底是怎么回事吧……”他自言自语地说着，拉过椅子坐了下来，又一次翻开了地图。

这一次他仔仔细细找遍了地图，也没发现桐花医院主楼有类似那个走廊的结构。

桐花的主楼每条走廊尽头是有房间的。比如三楼的两边尽头分别是“手术间（四）”和档案室遥遥相望，其中一面楼梯对着的就是厕所。但是从地图上的情况来看，没有任何一层楼的走廊尽头会是墙。

那刚才他究竟是到了一个什么样的地方？也许，仅仅是一个幻觉？

虽然自知这种理由完全说不通，那时黑雾缭绕如坠幽冥的感觉也还真实地存在着，孙正还是这样暂时说服了自己。

他又想到了记录簿。说不定记录里面会有什么信息可以解开这个疑惑吧？他翻出了记录簿。

整个事件还是从三楼的那条血迹开始……

关于桐花三楼的记录比较好找，他先从1999年到2002年那本开始翻起，一页页寻找着带有“三楼”“印迹”之类的关键词。中途他停下来好几次，却每次都失望地发现主题并不是关于桐花三楼某种“东西”的故事。

好不容易，在李婷那篇记录后面几页，孙正终于找到了一份看起来有关的记录。字迹清晰工整，似乎这次是文化水平较高的人写的。他注意了一下记录人——

严央（2001年—2002年，实习医生）。

STORY3 小男孩

3楼–2楼

窗台上有一对小小的湿脚印，脚尖朝内，
好像要从窗外走进来一般……

01

桐花医院暗事件记录1999—2002（九）
记录人：严央（2001年—2002年实习医生）

2001 年 4 月 20 日。

师兄走之前就对我说过，实习医生的日子是很难熬的。医生不把你当医生，什么下手的活都叫你做；病人把你当医生，什么责任都往你身上推。你夹在中间，左右不是。

到了桐花，居然还要写什么奇怪的记录。谁说外科医生吃香的？有多吃香？刚来报到，这一层楼护士姐姐们就乐呵呵地跑过来，扔下这么一本东西，说："小严，你新来实习的吧？大学生，有知识，外科的，还见多识广，这个就交给你写了！"

我翻了一下前面的内容，什么玩意儿，狗屁不通！我堂堂医科大的大学生，就被这些牛鬼蛇神给糟蹋了！不过……鬼故事，要是讲得好，我还是愿意听的，越耸人听闻越好，但是没有技术含量的，逻辑太混乱的，没有意义。

好吧，第一个故事，可能有添油加醋的成分，疑神疑鬼的成分，胡乱凑数的成分。

那是刚来医院一个月左右的时候。

记得那几天一直下着绵绵细细的小雨，整个医院湿漉漉脏兮兮的，主楼的地板不知滑倒过多少人，就地送医倒也方便。

那天早上，依旧是小雨，我到三楼普外三室时，刘医生已经来了。他是这家医院的老名医，我在他名下混还算好运气。老名医确实勤勤恳恳，每次都提前十多分钟来上班，他一坐诊，我就只能闲着做点杂务。

看了看刘医生还在聚精会神地应付那个腿瘸病人，我于是走到靠窗的书柜，想拿出《新概念英语》的磁带来听听，突然我觉得视线晃过的某个地方有点奇怪，但又说不出哪里有问题。

是哪里呢？这种微微异样的感觉。我扫视周围一圈，书桌，窗台，书柜，还是很正常的……咦，窗台？

我探出头去，愣住了。

窗台上方有遮雨棚，雨滴滴答答落在雨棚上，但窗台上是干的。可是，那上面有一对小小的湿脚印，脚尖朝内，好像要从窗外走进来一般。我向地上看去，地上各种脚印混成一团，不能确定是不是曾经有过这一对脚印。

可是……我忽然觉得全身有点发凉，这里是三楼啊……看这个脚印大小，也不过是个七八岁的小孩，怎么会从窗外走进来？楼外的管道距离普外三室至少隔了两三个房间，而左右隔壁的窗台上都没有脚印。如果不是从楼下顺着管道爬上来的……我不禁打了个寒战。

“刘老，今天你有没有看见一个小孩……从这个窗户进来？”我小心翼翼地问刘医生。

他一愣，看向我指的窗台，随即训斥道:“你这小子，每天混日子不说，还装神弄鬼的干什么！”

我怏怏闭了嘴，抬眼却看见刚拿着东西进来的刘护士面色惨白地站在门口，手还微微颤抖着。发现我的目光，她放下东西，匆匆出去了。

啊，对了！这或许是那个调皮的“高乐高”搞的鬼！

“高乐高”叫高乐天，是我的第一个病人。我是倒了八辈子霉才会认识这么一个小孩。

第一眼看到高乐天时，倒觉得他长得活泼机灵，可是刚坐下来没一会儿，他就不老实了，抓过我桌上的病历开始撕。我把资料拿回来，他嘴一撇就闹起来，砸桌子踹凳子的，他妈妈在后面赔笑说：“医生你将就着点儿，他就这脾气。”

算了，这是我的第一个病人，还是个小孩子，我忍了，看着他跷着二郎腿一抖一抖的，得意洋洋地把我平时做的笔记撕成一条一条。

奇怪的是，一遍检查下来，这孩子活蹦乱跳，正常得很。

是不是我经验不足，有什么问题没看出来？我正有些惴惴不安，他妈妈把我拉到一边，悄悄说：“乐天其实没病。”

我差点跳起来：“没病来医院干什么？！”难怪刘医生这么放心将这小孩交给我。

“你就给他随便开点什么药，让他在医院住过这三五天吧！医生，拜托了！”他妈妈言辞恳切，看起来不像开玩笑。

“什么意思？”我问。那小孩撕完纸，开始翻柜子里的东西。

他妈妈拉了拉我的衣袖，低声说：“他每年这个时候都会这样，也都会来医院住几天，医院都知道的……”

我虽然仍然疑惑，但既然她这么说，刘医生也吩咐过要我按家长意思办，我便给高乐天开了三天的吊瓶。

然后，小男孩被他妈妈拉走了，还顺手抱走了我一盒精装巧克力。

高乐天到了住院部，犹如一方霸王。他进门就抢电视，硬是逼着整个房间的叔叔阿姨陪他看了一下午动画片；他还到处翻东西，找零食，邻床的病人都给使唤去端茶倒水；他稍有不乐意一哭二闹三上吊，全住院部围观。高乐天邻床的三个病人都很快办了转床手续，谁也沾不得那个小霸王。

这都是我下班前听护士说的。据说这已经是第三年了，每年他都要在这个时候来闹腾这么一次。他妈妈又跟医院上面有关系，奈何不得。

所以，我也不得不怀疑，这脚印是那孩子半夜从窗台翻进来留下的了。

但是，一个八岁的孩子，怎么可能……

第二天，我受不住诸位护士苦苦哀求，去看了眼那小孩。高乐天见我来，老嚣张了，满床打滚，捂着肚子说肚子疼，指着我大叫庸医！他妈妈在一边又着急又惊慌，一会儿给他揉肚子，一会儿问他想吃什么。

这样的孩子，一看就是宠出来的。

我大笔一挥，再给他打两天吊瓶。高乐天立刻大哭起来，可惜演技欠缺，挤不出眼泪。他妈妈吓坏了，赶紧下楼去给他买香蕉。

临走前，我看了一眼他的鞋子，果然跟窗台上的小脚印有点像。

想糊弄我？我语重心长拉过他的手说："严医生给你讲个故事好不好？你想听'背靠背'的故事，还是'晚上找朋友的小女孩'的故事呢？"

高乐天肩膀一缩，瞪着我不说话。

我拍拍手，十分得意地回去了。

刚走到主楼楼下，就听见“咚”的一声，那小孩把他妈妈刚刚买来的香蕉扔了下来。我看着那在小花园里摔得稀烂的香蕉，又是心疼又是气愤。

这天刘医生告假，晚上值班我来替。下班后，医院里的人渐渐散了，直至夜黑，灯一层一层地熄灭，除了一楼急诊室和护士站还亮着灯，只有黑洞洞的楼梯口和雨棚被冷雨打得噼啪作响的声音。

好静啊。我一个人坐在急诊室，百无聊赖。只有听到护士站偶尔传来的嬉笑声才让我感到一丝生气。

墙上时钟的滴答声让这间急诊室愈发寂静起来。窗外亦是一片漆黑，冷风夹着雨从半开的窗户飘进来，像是谁的低低私语。这真是讲鬼故事的最佳时间，不，这简直就是鬼出没的最佳时段！

我一下子想到桐花医院阴暗的走廊里那长期穿梭的不知从何而来的阴风。传说在这里值夜班的医生，会突然听到一阵急促的脚步声响过空旷的走廊。护士都说，那是刚在医院死去的鬼魂，在医院内追着什么。

有的时候，也会发现不知何时关上的门无声无息地打开了，不知已经这样敞开了多久，也不知门外在黑暗寂静之中潜入的时候带了什么“东西”进来，或许已静静在你身边站了很久，你却丝毫未觉……

这么想着，我浑身一阵发冷，转过头去看着门，猛喝一口牛奶压惊。大不了一晚上就盯着这门了！

就在这时，不远处护士站的电话铃声让我一下子松了一口气。

可是，电话响了好几声，却没有人接。她们不是在那儿吗？然后，电话铃声又突然断了。

该不会是急救电话吧?！这群护士在干什么?！我正担忧着，电话铃声又响了起来。

丁零零，丁零零。

你们快接吧！我听着那电话铃声，不知为何觉得烦躁起来。

门突然“哗”地打开了，吓了我一跳。刘护士站在门口，脸色惨白:“小严……你、你们普外三室的电话……”

“什、什么我们的电话?”我一头雾水跟着刘护士走到护士站。

护士站里人倒齐全，几个护士全都像见鬼似的看着我，围着电话，动也不动。

丁零零，丁零零。

电话还在响。

我走过去，疑惑地看向电话，心陡然漏跳一拍——电话上的来电显示，是我们普外三室的内线号码。也就是说，是我们普外三室打过来的！可这个时候，普外三室应该没人了啊！

我看看那些护士，她们都惊得缩成一团。好吧，为了表现男子气概，我一把拿起电话，把听筒塞到耳边:“喂?”

那边没有声音。

“不会吧，午夜凶铃?”我试着开玩笑，想让气氛缓和一下。

嗞嗞嗞嗞……

一阵噪音在电话那头响起，听得我浑身起鸡皮疙瘩，却又不能在护士们面前露出害怕的神色。“谁啊?”我又问道。

嗞嗞嗞嗞……

像是……像是磁带里的那种噪音。这声音令我十分不安。我一下扣了电话，转头对她们笑着说:“谁开这玩笑啊，也太老套了。我上去看看啊！”

虽然这么说，我却真不太有胆子上去看。

“对了，他们巡夜的没有发现什么吗？”刘护士开口了。

另外几个护士摇了摇头。

“护士长呢？”我又问她们。

“我就是。”刘护士站了出来，“我陪你一起上去看看。”

惨了，她这么说，我还真不得不上去了。我瞟了瞟黑幽幽的楼梯口，心里叫苦。

“走吧！“她略带着不容置疑的口气说，又转身叮嘱了那几个护士几句，朝楼梯走去。

刚走到楼梯口，那迎面而来的森森黑暗就让我喘不过气来。我打开手电筒，为了放轻松，开始与刘护士聊天。

“那个……不好意思，我初来乍到，还没请教护士长尊姓大名？”楼梯里空荡荡的，脚步声尤为明显，还伴随着空旷的回声。

“我叫刘群芳。小严，你大学刚毕业吧？我其实就比你大几岁，不用那么客气，叫我群芳都行。”她笑起来，气氛一下子宽松了许多。

“群芳姐，这么年轻就当上了护士长啊！”我一面跟她说着，一面注意着楼梯四周。

“小严，你觉得这医院奇怪么？”

“啊？”我正胆战心惊地适应着黑暗，被她一问，吃了一惊，“哪、哪里奇怪？”

“今天看见的脚印也不奇怪么？”她似乎早料到我的反应，转过头来看着我，眼睛在黑暗里十分明亮。

我没有说话。

“你相信世界上有鬼吗？”她又一次问道。

“作为一个医生，我是不相信的。”我老实回答，但带着心虚。

没有鬼，但是这阴森森的楼梯上却总是有一股令人心寒的气息。

她低下头去，仿佛用很小声的声音在说什么。我隐约听到的是“如果有……那就好了……”之类的话。

我也没在意，鼓起勇气继续向上迈步。

刚走到三楼，我就莫名觉得不舒服起来，又想起走廊间的脚步声和诡异的穿堂风，更是浑身不自在。群芳姐却似乎毫不在意，径直就往普外三室走去。

站在普外三室门口，我觉得寒意一丝丝地从背脊上蔓延开来，除了面前那丁点儿的手电光，我觉得黑暗里似乎有眼睛在静静地看着我们俩，静静地看着，站在不知名的某处。

忽然，屋里响起“咚”的一声巨响，打破了这压抑的寂静。

群芳姐迅速伸手去拧门锁，却发现门锁竟然是开的，门轻轻一推就开了。

我用手电光在这间不大的房间里扫了一圈。书柜，椅子，桌子，一切安好无恙。

我心里的不安却越来越严重，肯定有什么东西……我猛然想到了，手电光束移向了地面——

脚印。

一排湿漉漉的脚印。

我和群芳姐面面相觑，她的脸色更加惨白。我擦着冷汗，壮起胆子走了进去。

果然，窗户开着，冷风呼呼地吹进来。窗台上有两个新脚印，脚尖向内，像是从外面进来。

仍然是小孩子的脚印，七八岁的样子，湿漉漉的一排。

我顺着脚印移动着手电光，一路从窗台下来，向着门走，最后，在门口停下了。我又赶紧走出去，向门外附近照了照。

我和群芳姐的脚都是干的，没有留下脚印。而这个湿脚印竟也是走到门口就消失了。

难道那“咚”的一声是什么东西打开了窗户走到门口？那么门开了以后，那个东西又走到哪里去了呢？

“群芳姐，你赶紧去问问巡夜的有没有看见什么人，我再在附近找找！”我对群芳姐说，脚却在发软。

群芳姐应声就往楼上走去，我留下来，做了一些该做的事。

第二天，我简直是在噩梦中醒来。一到医院，跟刘医生报了到，我就急冲冲往住院部赶去。

我要找高乐天这小子问个清楚，是不是他在捣鬼！

高乐天正在看动画片，看得捶床大笑，周围是一大堆零食。他一见我进来就哈哈大笑：“丢人，丢人！”

我瞪他一眼，丢什么人！

那小子得意洋洋地扬起脑袋，说：“你不用在我面前掩饰，我全都知道了，哈哈！”

“果然是你搞的鬼？！”我一步冲到他面前，拎起他来。

他在空中手舞足蹈：“不是！不是！我听说的！哈哈，我把那个虫子扔到小护士的衣服里，她就全告诉我了！”

我把他摔到床上：“你懂什么！”

他眨了眨眼睛：“你知道为什么那个脚印走到门口就消失了吗？”

我不屑地看他一眼：“为什么？”

他盯着我：“因为你们打开门了啊！”

因为……那一瞬间，我的大脑一片空白了。高乐天看着我，却又不像在看着我，那双八岁小孩的眼睛里的眼神，却不像八岁的小孩。

他拍手大笑起来："他就这样附在你背上了嘛！"

我的第一个故事就是这样。虽然我说它是故事，但它是真实的故事。

我讲的鬼故事，从来都是真的。

那个晚上，到底是谁呢？一个能进入我的办公室的人，一个熟悉我工作时间的人，一个想要接近我的人……

写到这里，我转过身去，挠了挠背。

别说背上，就说背后，连个鬼影子都没有嘛！

叫我去听这些鬼故事，还不如去听《新概念英语》呢！

02

孙正翻完这篇记录，只觉生生被那个小孩吓出一身冷汗，却没有找到他想要的关于地上那个血迹和那道诡异的门的信息。

他有些沮丧地看着摊在桌上的记录。也不知道这篇记录是要传达一个什么意思，他真是一点儿头绪都没有。

难道我真的比路遐笨吗？

他被这个突然冒出来的想法吓了一跳。

突然，他听到一阵轻微的敲门声。孙正惊了一惊，刚刚看完的故事还让他惊魂未定，这会儿他真希望自己听错了。

可敲门声又响了起来。

敲门的会是什么东西？是人？还是……鬼？

孙正盯着那扇门猜测起来。紧闭的门，外面未知的东西……“路、路遐？”他试探性地轻轻叫了一声。

似乎有微弱的呻吟声传来，孙正稍微向门口移近了一点儿，想听得更清楚。

没错，有微微的呻吟声，还有断断续续的敲门声。

孙正紧张地握紧了拳头。是路遐吗？是他受伤了？

不、不对，他怎么知道我在这里的？

那是谁？是……是鬼？

他转身想回到座位上，却无法忽略那呻吟声和敲门声，像是在向他求助。那究竟会是谁？会是什么？

他蹲下去，试着用手电光扫向门缝，想看看能不能看见点儿什么。

但是什么都没有看见。

孙正的内心进行着激烈的斗争。桐花医院三楼似乎十分凶险，从到达三楼起，他就接连不断地遇见了太多惊悚诡异的情景，他不确定自己还有没有能力再承受下一个刺激。

医院里没有别人，应该没有别人了。但如果……如果真的还有谁，受伤了，遇险了……终于，孙正下定决心，站了起来，朝门走去，可每走一步，他都感到一阵心惊胆战。

只把门打开一条小小的缝就好。这么安慰着自己，他轻轻拧开了门把手。

路遐挠着脑袋，看着地上的一大堆资料。他已经整理出来了一堆，可依旧没有找到丢失的那一部分。

唯一的线索，就只有眼前这个盒子了。

他的目光回到盒子上，他把盒子举起来，前后左右看了个遍，终于在盒子的一侧找到一个小小的编号。

好在这个盒子留了下来，这样，他就可以根据这个编号找一找前后编号里的东西。

时间一分一秒地流逝着，路遐心中忧虑的阴影也越来越大。孙正不知去向，也不知道遭遇了什么危险，在这个“穴”里待得越久，人越容易失去本来的面目，渐渐变成像那种“东西”一样的怪物。

他撑着刚刚费了好大劲拆的一条椅子腿（幸好这里有比较高的椅子），一瘸一拐地向档案室里靠墙的那堆档案柜走去。

按着盒子编号的顺序和刚才那堆资料里的顺序，路遐大致确定了自己要查找的是哪几个柜子。靠近了，用手电光仔细照照，果然发现几个柜子上有被动过的痕迹，一部分灰尘被拂去了，而其他几个柜子上还扑满了厚厚的灰尘。

柜子都有上锁。路遐突然想到自己怀里的那把钥匙，一个奇怪的想法冒了出来——难道，那把钥匙是用来开这个柜子的？

他从怀里摸出那把浅色的钥匙。在家里他就琢磨过这把被寄来的钥匙，颜色和材质都非常不同寻常，钥匙泛着贝壳般的光芒，材质细腻，像是用上好的宝石制作的。

得值多少钱啊！他默默感叹道，然后用钥匙一一去试那几个锁孔。

可惜，锁孔太小，没有一个能塞进去。

路遐皱着眉头又将钥匙小心翼翼地放回怀里收好。看来只能来硬的了。他又摸出刚刚翻箱倒柜弄来的细铁丝，开始撬锁行动。

费了一些工夫，他终于撬开了那几个柜子。一大堆陈年的东西掉了出来，有工作证、考绩单，甚至还有计算器、复读机等一大堆杂七杂八的东西。

他大致翻了一遍，并没有找到什么有用处的东西，不禁有些失望。难道，真正有用的已经被拿走了吗？

就在这时，他听到一个熟悉的叫喊声，带着惊恐，从不远处传来——

“路遐！”

路遐一个激灵，那是正的声音！

孙正怎么了?!!

路遐拄着那根椅子腿，转身就往门口走去，可刚走了两步，他又停了一下。

真的是孙正？刚刚在门口突然消失的孙正，怎么……

正犹豫着，猛然又是一声巨响，像是一扇门被猛地关上的声音。

不管了！路遐心里一急，不知哪里来的力气，那只受伤的脚也忽然有了生命力，虽然一瘸一拐，却走得非常快，他简直恨不得能甩开这条腿跑起来。

“哗”地猛力拉开档案室的大门，路遐焦急地左右张望，在哪里？在哪里？正的声音是从哪里传来的?

突然，他看到走廊的另一端，有微微的光亮在闪烁。是手电筒的光亮!

他举起手电筒照向那黑暗的走廊尽头，只见一个极像孙正的身影似乎正拼命抓着门把手，然而另一只手像是被什么抓住了一样，正在死死把他向外拉。

“正!!!”

路遐叫了起来，奋力向那边疾走而去，那只烧伤的脚已失去了痛感，只想快一点儿，再快一点儿!

孙正听到了他的声音，转过头来，脸色苍白得吓人，眉头间聚满了惊惧和紧张，刚想开口，却似乎被什么猛地拉了一下，手不小心一松，整个人失去重心向前栽去。

千钧一发之际，孙正用手指钩住了门把手，咬紧了牙关，太阳穴青筋崩起。

是什么东西在拖着孙正？路遐一面力不从心地拖着那只脚向那边快速走着，一面去分辨那黑暗中的东西。

是之前看到的……那个在地上爬的东西吗?

不是……不是……

因为过于激烈的动作，手电筒的光根本没有办法集中，也使路遐无法正确辨别那个力气如此之大且试图拖动孙正的东西究竟是什么！

“正，你等着！”

孙正看着路遐跌跌撞撞地往这边赶来，自己的手已经被门把手勒得失去了知觉，只凭着本能紧紧地抓着。

他冲着路遐张开嘴，想说什么，却发现自己根本发不出声音。

明明只有一条走廊的距离，路遐却头一次发现是如此遥远，他看到孙正动了动嘴巴，似乎想对他说什么，但是根本听不到声音。他想说什么？

路遐仔细看着孙正的口型——

小……小心？

终于，孙正的手再也坚持不住了，整个人被那股巨大的力量拖倒在地。

在这一瞬间，路遐看清了拖着孙正的东西——

什么都没有！什么，都没有！

没有任何东西在拖着孙正，但却似乎有一股无形的力量，正抓着孙正拿着手电筒的那只手的手腕，拖着他向楼梯口而去。

“正！！！”路遐嘶声叫着，眼看就快追不上了。

要是、要是……

他突然想到了什么。

“正，你接着！！！”

一个小小的东西在黑暗里闪过一道白色的弧线，向孙正的方向落去。

孙正只觉得半边身体都因为在地上拖过而火辣辣地疼，下意识地伸手去接住了那最后的救命稻草。

冰冰凉凉的，小小的一块东西。

他想也没想，就把那块东西向紧抓着自己手腕的那个地方刺去。

力道一下子消失了。

孙正仿佛也用尽了全身的力气，侧身倒在地上，动也不动。他手里握着的，是在黑暗里亦闪着白珍珠般光泽的，钥匙。

路遐终于赶到了孙正的身边，孙正侧躺在地上微微地喘着气，仿佛再也站不起来了。

路遐把那个临时拐杖放到一边，小心翼翼地把手垫在孙正的肩膀下，想将他扶起来。他只觉得孙正好像动了一动，然后自己就突然被一把抱住了。

那个人死命抱着他，手牢牢抓着他的背，头倚在他的肩膀上，虚弱地喘着气。

路遐能感觉到孙正的心跳很快，汗水从脸上流下，他有些手足无措，手僵硬地不知该放向哪里，想转过去看孙正，但只微微瞟到一点，就十分不好意思地将脸转了回来，仿佛窥见了什么不该窥见的神态。

“正……好了，没事了……”路遐僵了半天，只得用空出的那只手像哄小孩一般拍了拍孙正的背。

抱着他的这个人遇见了什么，受了多大的惊吓，他全然不知道，只是从未看见一个像孙正这样的人有这样需要他的时候。

他还以为自己很讨人厌呢。

“等、等下，我快窒息了……正……”孙正抱得太用劲，路遐有点儿喘不过气，简直快被勒窒息了。

孙正一下子松开了那个让他一瞬间就能安心的怀抱，面红耳赤地转过脸去，说：“不好意思，我太激动了。”

怀里一下空了，路遐也不知是松了一口气，还是失落，说：“你没事就好。”

“我，看见了很多奇怪的东西……”孙正抬起脸来，神色有些尴尬，“有点、有点……”

路遐咧开嘴来，露出两个酒窝：“我理解，我也吓坏了，来，我再给你安慰！”他张开双手，敞开怀抱。

孙正白他一眼，推开他的手，又想起什么，把手里那个泛着贝壳色泽的钥匙拿了出来：“这个是什么？”

“我之前跟你说过，不知道是谁寄给我的一把钥匙，好像跟我哥哥有很大的关系。”路遐放下手，眼中依然闪烁着因为孙正平安归来的兴奋。

“这么重要的东西，你就不怕把它摔坏了？”

“……我怕。”

“……”一阵奇怪的沉默。

“其实它是砗磲制成的，”路遐支吾着打破沉默，“我记得砗磲好像可以驱邪，所以，就扔给你了。”

孙正盯着路遐的脸，内心泛起一种十分复杂的情绪，沉默了半晌才问道：“为什么救我？”

“呃……这不是很正常吗？”

“上一次，你冒着生命危险把我推出门外，这一次又把这样重要的东西毫不犹豫地扔给我，值得吗？”

“原本这个世界就只剩下我们两个人了，如果我们都不能互相照顾的话，还有谁能够依靠呢？”路遐试图解释。

孙正依然盯着他，还想问出点儿什么来。

路遐似乎有点儿不好意思，轻咳了一声。一阵尴尬的沉默之后，他突然想到了什么，抓起孙正那只被拽过的手臂来，一个黑色的指印，赫然森森地印在手腕上。

两个人惊疑不定地看着那个指印。

终于，孙正说了一句话：“是小孩子的手印。”

路遐默默点了点头。

“刚刚我在这个普外三室，”孙正指了指旁边的房间，“听到有敲门声和呻吟声，就像谁受了伤。于是我开了门，才刚开了一条缝，就觉得被什么东西一下子抓住了手腕，一股大力把我往外拉去，幸好我情急之下用另一只手勾住了门把手……”

“你、你怎么敢开门？”路遐露出一副“孺子不可教也”的表情，“除了我的声音，其他的你都不能相信，不，连我的声音你都不可以相信，也许现在你面前的我都是别的什么东西变成的。”

“真的吗？”孙正睁大了眼睛，戳了戳路遐，“还变得挺像的。”

路遐第一次听见孙正这么开他玩笑，“噗嗤”一下笑了出来，顿了顿，又觉得气氛有点过于轻松了，忍住笑认真地说：“这里还是很危险，我们先进这个普外三室，你把你遇见了什么都细细地告诉我。”

两个人互相搀扶着又进到普外三室，紧锁上门后，路遐十分警惕地借着手电筒的光仔细扫视了一遍整个房间后，不由得“咦”了一声。

“地图上标的真的是这个房间？”路遐低声问孙正，目光还不时在房间四处游移。

孙正指了指桌上，记录簿和地图都摊开在那里。两个人走到桌边坐下，路遐迫不及待地去看地图。

“奇怪……这个房间到底特别在哪里呢？”他确认了房间，却没有放下心头的疑惑。

孙正本来就对在四楼走错房间的事耿耿于怀，说：“会不会这份地图根本就是错的？”

路遐被他一提醒，又想起在档案室的发现，内心矛盾起来。

“不过，我还有更重要的事情要跟你说。”孙正神色严肃地拉过路遐，“在从档案室出来之后，我遇见了非常奇怪的事情。”

路遐回过神来，听到这话题，立刻来了精神：“嗯嗯，快说，那个、那个爬的东西没把你怎么样吧？”

孙正心里其实很想知道，路遐这么兴致勃勃的样子，到底是在关心还是纯属好奇心旺盛，嘴上却只是说：“没有，当时来得太突然，我大脑完全一片空白，但是等我反应过来，周围却不一样了。”

他把和路遐分开之后的事情详细地讲了一遍。路遐最开始还是带着小小的兴奋，听着听着，嘴渐渐张大得快合不拢。孙正不耐烦地做了个“闭上你的嘴”的手势，他才乖乖把嘴闭上，但神色却愈发凝重起来。

终于讲完，路遐磕巴了半天才开口问道：“正……你、你不会因为那个爬的东西，惊吓过度了吧？”

孙正眉一挑：“你以为我在说胡话？”

“当然不是，”路遐讨好地笑着，露出两枚酒窝，“只是，这种事情未免太科幻了。怎么可能从档案室忽然到了那个走廊，又忽然到了手术室前面呢？”

“我觉得从进医院到现在所有的一切都很科幻。”

路遐尴尬地笑了笑：“呃，也是啊……但是在我所知范围内，这种事情是没有解释的，毕竟和入‘穴’这些不一样。”

“那么，医院有没有哪层楼是这样构造的？走廊尽头没有楼梯，只有窗户，旁边有这样看起来很老旧的门的？”

路遐凝神想了想，摇了摇头。

“那么，除了这栋楼呢？医院背后还有几栋楼，那里面会不会有？”孙正追问道。

路遐眼珠子转了转，先点头，又马上摇头，说：“这栋楼是绝对不可能的，对面的内科住院部的构造倒是有点相似，但是因为翻新过，不可能留下那么老旧的一扇门，还有血迹什么的……”他咂了咂嘴，做出一个被那扇门的描述恶心到的表情。

孙正瞥了路遐一眼，无视他夸张的表情，继续问道：“那手术室呢？你对这里的外科手术室了解多少？”

路遐还是摇头：“不了解，手术室按理来说应该都在新的外科大楼里面，不过不排除这里有旧桐花医院留下来的手术室。你没有进去看吧？”

孙正无奈地耸个肩：“我没有傻到到处乱闯的程度，再说，地图上，那里标了一个红叉。”

路遐看着他，眼中渐渐流露出一种愉快的神情，然后“噗嗤”一声偷笑了出来。

孙正摸不着头脑，不自在地问：“你笑什么？”

路遐摆了摆手，说：“没什么，我在想，幸好你没有真的到处乱走，也没有出什么事，不然……我就少一个人肉拐杖了！”

孙正把那根椅子腿儿扔到桌上，“哼”了一声说：“我看它比我可靠，你还是关心关心它有没有受到惊吓吧。”

路遐笑眯眯地把椅子腿移到一旁：“它没你舒服，也比不上你温暖。”

孙正告诉自己忍住不理这个轻浮的家伙，正色说：“不要高兴得太早，你忘了我刚刚就是在这里出事的？我们现在依旧不安全，你还是想想办法吧！”

路遐笑意未减：“你不生气了？不一个人行动了？”

孙正瞪他一眼。

路遐却凑得更近：“你也发现两个人行动比较好吧？你怎么忍心把我一个残疾人丢在那里呢？”

这句话勾起了孙正埋在心底的小小不安，他只得开口说：“那个时候，我有点儿冲动……现在……我只是觉得两个人一起比较安全，也能想到更多办法。”

路遐点点头：“那你愿意和我一起找我哥哥啦？”

孙正一本正经地说：“我理解你的心情，但是你哥哥消失了这么久，线索也很少，我们最好是一边寻找出路一边搜集和你哥哥有关的线索。”

路遐被浇了冷水，撇了撇嘴，瞟到摊开的记录簿，抬头问孙正：“你之前在看记录？找到线索没有？”

“没有找到门和血迹的线索，但是，那篇记录讲的正好是这个房间的事。”

路遐低下头去看记录，目光停在了记录人上。

“真巧，这个记录也是由一个姓严的医生写的。”

“有什么问题吗？”孙正凑过去。

“我在档案室翻到一张照片，上面是刘群芳和一个男孩，背后就写着‘叫严医生和那个奇怪的叔叔去看我’这么一句话。”

“那个小男孩，难道是叫高乐天？”

"什么？"路遐不解地看向孙正。

"你看了这篇记录就知道了。我怀疑那个小男孩有问题。"

路遐带着这个疑问看起了这篇严医生的记录。看到一半，他又翻回去再看前面，然后又接着看，就这样翻来覆去折腾了好几遍，孙正终于不耐烦了："你能不能先看完？"

"不是，我觉得这篇记录，很奇怪，很奇怪。"路遐嘴上解释着，眼睛却没有停止在记录上移动，眉头也越皱越紧。

终于看完了，他长吐出一口气，目光炯炯地看向孙正，问道："你有没有发现这个记录的问题？"

"什么问题？"

"你不觉得，这个记录和其他记录不一样吗？这个记录里面，没有消失的人。"

孙正似懂非懂，看着路遐，等着他进一步解释。

"你看，在之前我们看过的记录里面，都有一个现实存在的人消失了，我们把它归因为入'穴'。老毛的记录里面，老张消失了；刘群芳的记录里面，火灾之后陈娟消失了；李婷的记录里面，刘群芳消失了。"

孙正看向路遐手里的记录，点点头，说："在这个记录里面，确实没有消失的人。"

"是的，这个故事更像那种传统的鬼故事，不是讲述一个真实的人的消失，而是讲述一个虚幻的鬼，或者什么东西的存在。脚印，电话……"路遐顿了顿，"我怀疑有问题的是这个严医生。"

孙正没有说话，似乎在思考。

路遐又接着说："你看，档案室里也有古怪，刘群芳和一些其他人的资料被拿走了，并且正好都是在 2001 年前后，也差不多是我哥哥失踪的时间。而这个严医生，按照这上面说的，是 2001 年到 2002 年的实习医生，那么他应该是在 2002 年左右离职的，但我也没有找到他的资料……"

"你是想说……医院想隐瞒什么？和你哥哥有关？也和这个严医生

有关？”

“对，我觉得问题的关键现在在这个叫严央的人身上，刘群芳，我哥哥，一切都指向他。”

03

普外三室里因这一时的思考而沉默下来，除了手电光所及的那桌上一小面，其他地方都淹没在黑暗里。整个房间被划分为大块大块的阴影，静立的柜子和设备都化为浓重的黑影，长久潜伏在这个房间里，似在夜里会有微微跳动的脉搏，甚至隐隐呼吸。

窗外也映着重重的黑幕，桐花的主楼如同被一块巨大的幕布从上而下密不透风地罩住了，黑暗在幕布里扼杀了不为人知的故事。

终于，路遐打破了寂静，他轻轻用手指节敲着桌面，试着分析——

“现在有几种可能：一、这篇记录背后的真实情况就像老毛写的那篇一样，也有人消失了，但被严医生动了手脚，掩盖了事实；二、严医生没有撒谎，写的是事实，但是有关键问题他忽略掉了；三、严医生没有撒谎也没有忽略事实，这个根本就不是一个值得我们思考的记录，这就是那个小孩子的恶作剧。你觉得呢？”

孙正被路遐一连几个猜想给噎住，好半天才说：“有没有可能，严医生和小孩都有问题呢？严医生做了假，小孩子也搞了鬼？”

路遐被他这么一提，一拍桌：“有可能！那个小鬼既然后来寄了照片，看样子跟严医生关系还挺好的，不像记录里说的那么糟糕，但是这一切跟我哥哥又有什么关系呢？”

两个人又同时陷入了苦苦的思索中。

路遐拿过那本记录簿，一字一句地仔细看着。

那个晚上，到底是谁呢？一个能进入我办公室的人，一个熟悉我工作时间的人，一个想要接近我的人……

"正……我觉得……"路遐迟疑着开口了，"这句话很熟悉，你有没有印象？"

"什么？"孙正看过去，摇了摇头。

"像是在哪里看到过，"路遐的视线停留在那句话上，"严央很像在暗示什么。"

孙正没有开口，他实在看不出有什么特别。

"这篇文章，整个儿都透着一股不对劲儿的味道，如果把这里的几个关键问题联系起来，电话、脚印、'咚'的一声，而小孩……那个叫高乐天的小孩其实可以与这个事件没有任何关系，严医生却试图让我们把他和这件事联系起来……这种手法，这些问题，我都觉得很熟悉。"

"熟悉？"孙正对路遐用了这个词表示不解。

路遐忽然一把抓住孙正的手，激动地说："我知道了！我们完全想错了！这个严医生，我想不到他竟然这么聪明！"

"怎么回事？"孙正依旧摸不着头脑。

路遐激动的情绪尚未平息："我们把太多注意力都放到故事的内容上了，我们太关注那些鬼怪了，而没有从整体上来看这篇记录。"

孙正仍然表示不明白。

"你有没有觉得这种手法很像一部很有名的侦探小说？"

孙正挣脱路遐的手，显得有些不耐烦了："什么侦探小说？我很少看那些书的。"

路遐露出鄙视的表情，无奈说道："看来我又要浪费口舌了。你知道著名作家阿加莎·克里斯蒂吗？我一直都很喜欢她，《罗杰疑案》虽然是她的早期作品，但是这个手法算是比较经典的，其中很多情节我还能分毫不差地背下来。"

孙正皱了皱眉，示意他省去废话进入正题。

路遐只得跳过背景介绍，继续说：“严央写的这个故事本身，其实没有太大意义。他用拙劣的手法模仿了阿加莎的经典案例，其实是想暗示我们很多事情。”

“很多？”

“没错，很多。一篇短短的故事，他暗示了我们很多东西，还隐藏得相当深。”路遐的语气里含着一丝佩服。他在桌上找了半天，终于找到一支看起来还能写的圆珠笔，然后把记录翻到空白页，开始一边写写画画，一边解释起来。

“我们从《罗杰疑案》开始吧，我先简单给你讲一下故事的情节。故事里的‘我’，也就是谢泼德医生，在一个晚上接到电话，告诉他一个庄园的主人罗杰被杀了，于是他赶到罗杰家里，和管家一起撞开门，发现了罗杰的尸体。”路遐顿了顿，在这里做了个记号，“管家去通知其他人，而‘我’留下来，‘做了一些该做的事’。”

看见孙正一边皱着眉头一边听，表情里多少带着奇怪，路遐不以为意，继续说道：“这个凶杀案现场的窗台上，留有罗杰儿子的脚印，而管家作证说在‘我’当天走后一个小时左右，还听到房间里传来谈话的声音，于是这个牵涉到遗产的凶杀案似乎有好几个嫌疑人……”

孙正为久久听不到重点而烦躁起来，路遐拍了拍他示意不要急，然后把记下来的要点移到孙正面前：“你看。”

上面写着：电话、谈话声、窗台的脚印、医生的不在场证明、证明人管家。

而严央的记录里的重点，也被路遐写在下面：电话、“咚”的一声、窗台的脚印、医生的不在场证明、证明人刘群芳。

孙正细细对比了一下，迟疑地开口：“我承认这些看起来很相似，但是，这些元素也并不是很少见的啊，很容易同时出现在一个事件里吧？”

路遐给他一个“我就知道你多疑”的表情，又在原记录里勾了两句话，说:“你说的对，一开始我也完全没有想得那么远，但是，严医生的记录里有几句奇怪的话引起了我的注意，你看——”

> 我留下来，做了一些该做的事。
>
> 那个晚上，到底是谁呢？一个能进入我办公室的人，一个熟悉我工作时间的人，一个想要接近我的人……

“你难道不觉得，这两句话其实完全没有必要写出来吗？而且，我可以肯定地告诉你，第一句话是《罗杰疑案》里面的原句，而第二句话是化用了里面的原句，这是在侦探波洛揭穿谜底的时候说的一句话——”路遐看见孙正脸上露出好奇的神色，笑了笑，摇摇头，“我先告诉你波洛是怎样找出凶手的。”

他又在纸上写起来:“波洛发现的第一个关键是电话，他发现那个电话是一个人从另外一个城市打来的，并且那个人说当时无人接听；第二个关键，是罗杰买的一个口述录音机不见了。为什么不见了呢？口述录音机里一定有什么证据。也就是说，医生接到的电话里其实并没有人真正告诉他罗杰被杀了，而且实际上管家听到的罗杰在房间里的对话，很有可能是口述录音机里面放出来的，不是真实的对话，只是之后这个凶手把留在案发现场的口述录音机拿走了。这个时候，波洛就说了那样一句话。”

路遐抬起头来，摸了摸脑袋:“不好意思，我记不下原话，但大概意思就是：一个之前去过另一个城市的人，一个知道这个口述录音机的人……一个在管家通知其他人的时候能单独待在现场几分钟的人……事实上这个人就是‘我’——谢泼德医生。”

孙正的眼神明亮起来，终于有些明白了:“这个小说里的凶手其实就是‘我’本人，那么严央故意写下这两句话，是希望看这篇记录的人能够联想到《罗杰疑案》?”

路遐点点头:“这是他想告诉我们的第一个信息。为什么他套用的是

《罗杰疑案》而不是其他小说?”

孙正一下子想到了关键:“难道他也是想暗示,这篇记录里的整个事件其实也是他自己策划的?”

“对,就是这样。你看,现在我们将两篇故事对应起来,‘我’就是对应严医生自己,他要暗示这一切都是他自己策划的;那个小孩高乐天,和小说一样,是误导我们的嫌疑人;刘群芳,是在当时被严医生支走的管家。但是,你有没有发现,我们手里的这篇记录,缺了一个最重要的东西?”

孙正被问得一怔,试探性地回答:“电话?”

路遐摇摇头。

“脚印?”

路遐再次摇了摇头,手指仍然有节奏地敲着桌面。

“口述录音机?”

路遐笑着摇头,手停止了动作,侧头提示孙正说:“这些都是可以制造出来的,但是最重要的一环却是无法制造的。”

孙正一只手撑着头,苦苦思索了一下,问:“那个被杀死的罗、罗杰?”

“没错!”路遐终于点头,微微一笑,“《罗杰疑案》里必定有一个被害者,我们这篇记录里,却没有。这才是这篇记录里隐藏的,消失的人。”

“消失的人?什么意思?”

“这篇记录想告诉我们,还有一个人存在。一个他不能写下来的人,不能让看到这个记录的一些人知道的人。”

“是不能让医院知道的人?”

“也许。而且,这个被隐藏的人的存在,解释了其他一切疑点。”路遐的神色渐渐凝重起来,“电话,可以是这个人在严央的办公室里打的;脚印,一开始我们就被误导了,脚印完全可以是室内制造的,可以是这个人用小孩的鞋在窗台上印下的,也可以是他抱着小孩踩上去的。我怀疑,这个人……是我哥哥。”

“你哥哥?”

“和刘群芳，那个小孩，还有这个医生都有联系的人，我只能想到我哥哥。就像严医生自己说的一样，一个能进入他办公室的人，必然是熟悉他的人，能得到他钥匙的人；一个熟悉他工作时间的人，也必然是常常和他在一起的人，一个想要接近他的人，这个也许……总之，严央似乎费尽心思想要暗示，这个故事里面没有鬼，只有一个人影；在他的身后，也没有鬼，而是站着一个人。这个人一直和他在一起。”

路遐的手指移向记录里的一句话：

别说背上，就说背后，连个鬼影子都没有嘛！

“一般正常人说话，不是应该说‘别说背上，就说背后，连半个人都没有’之类的吗？他为什么强调不是背上而是背后？为什么用鬼而不是用我们正常的词语？”

孙正看着那句话，心里有些不以为然，可嘴上还是说：“这个……可能吧……”

“好，现在我们可以还原那天晚上发生的事情了。”路遐没有发现孙正怪怪的表情，“这天晚上，严医生接到了电话，这其实是楼上的那个人打过来的。然后严医生和刘群芳上了楼，在门口听到‘咚’的一声，这个声音，完全可以模仿罗杰的案例，是某个录音机发出来的。他们推开门，那个人自然已经不在那儿了，脚印也已经制造出来了。刘群芳应当是知情的，也可能是不知情的，只是出于情节设计，严央在记录里把她支走了。好了，是不是觉得这个故事揭开一看，很无聊，更谈不上任何悬念？”

孙正不可否认地点点头。

“但是真正对我们有用的信息，现在才开始。你觉得严医生这么写的动机是什么？”

“要留下信息，暗示给某些能读到这篇记录的人关于你哥哥的信息，又不能让其他某些人读出来。”

“嗯，我也这么想。而且……我的那套阿加莎，都是我哥哥给我买的。”

“难不成你觉得他们是要给你看的？”孙正撇了撇嘴，挑眉看向路遐。

“这个……”路遐拿不准，看着孙正，忽然眼珠子一转，“怎么，难道不可以吗？”

“未免也太牵强了吧！”孙正无奈地看他一眼。

“我觉得可能性还挺大的。”路遐侧着头微笑，“不然严央怎么知道看记录的人有没有看过《罗杰疑案》，能不能理解到他的意思呢？你看，你当时读这篇记录的时候是一点儿都没察觉吧？”

装什么可爱啊！孙正哼了一声，扭过头去：“那些小说有什么好看的！”

路遐忍着笑，继续分析说：“不过这也只是其中一个原因。如果仅仅如此，他没有必要花这么多工夫，他为什么弄这么多事情出来，让整个护士站都知道？”

孙正想了想，说：“他需要有借口来写这篇记录，如果没有任何奇怪的事情发生，也没有人消失，他这篇记录会被认为是编造的而不被采用。”

“没错！但是，还有一个原因。他们想在三楼调查什么，故意制造出三楼闹鬼的假象，以免在夜间有不必要的人出现，尤其是那些巡夜人，就算听到三楼有什么响动，晚上也不敢仔细巡逻，只会应付性地看一眼就走。”

“原来如此！”孙正感慨一声，但是又犹豫地问了一句，“但是你确定严央真的是这么写的？会不会我们误读了，想太多了？”

路遐耸了耸肩，承认了这个问题：“我也这么想。但是，如果这篇记录里的最后一条信息能够被验证，那么就说明我们是正确的。”

“最后一条信息？”孙正吃了一惊，接着不由笑了出声，“这位严央医生的记录，是不是也太复杂了点儿？”

路遐也笑了，却又迅速恢复了正常，叹了一口气说：“只恐怕这最后一条信息，已经被人拿走了。”

“什么？”

“我觉得严央肯定留了什么关于这个医院的东西给我们，而且我推测这个东西不是和刘群芳有关，就是和那个小孩有关，但是……那个放有刘群芳资料的盒子里，只剩下那封信和那张照片了。而且那个小孩……”路遐说着，抓起孙正的手来，露出那个黑乎乎的小孩的手印。

“难道，他在之后入‘穴’了？”孙正一颤。

路遐又一次叹息一声：“这么具有攻击性的东西……那孩子到底遇见了些什么了？难道我们的线索就断在这里了吗……”

孙正哗哗翻着手中的记录，有些迟疑地开口说：“我在记录上也没有找到关于这个房间和这个孩子的别的记录……而且，我刚发现，有一个比较严重的问题……”

“什么问题？”路遐侧过脸来。

孙正将手中的记录递到路遐面前，又将另一本记录翻开到第一页，指了指，说：“你看，第一本记录到2001年五六月以后，就没有了，一共只有十篇；第二本记录却是直接从2002年二三月开始的，也就是说，中间那几个月发生的事情，没有记录。”

路遐一把抢过两本记录，刷刷地从头翻到尾，又从尾翻到头，然后猛地将记录甩到了桌上，转头神色凝重地说：“这哪里是比较严重，这是非常严重！！！正，这就真的意味着我们目前最有用的记录没有了，线索也断了！”

“可是，第二本后面也还有记录啊！”

“那些记录最多只能让我们知道哪里发生过什么事，但是，唯一知道怎么出‘穴’的我哥哥的那段时间的记录，已经消失了！”

“严央为什么不记录下来呢？”

路遐又瞟了一眼被他扔在桌上的记录：“我哪里知道！”

孙正皱着眉头想了想，好半天才犹豫着开口：“严央留下的线索被拿走了，档案室的资料也被拿走了，记录断了，也就是说，我们现在什么线索都没有了吗？”

路遐点了点头，脸色也变得有些惨白，他摊开手中握着的那把砗磲匙，带着沮丧的口吻说:“现在也无从知道这把钥匙到底有什么含义了……”

孙正似乎还无法接受现实的严重性,又一次开口确认:“也就是说,我们现在,找不到出去的办法了?出不去了?”

路遐又一次点了点头,竟说不出别的话来。

孙正的手抖了一下,从他认识路遐以来,那个人就总是笑嘻嘻的,带着一深一浅的两枚酒窝,似乎永远沉浸在某种愉快的气氛当中。就算是入“穴”以后,他眼中也依然闪烁着充满希望的光芒,更未曾说过一句令人泄气的话。而他在关键时刻绝佳的判断力和分析能力,即使是孙正,也不得不为之叹服。

然而这个时候,身边这个人的目光,渐渐黯淡了下去,他紧闭的嘴唇让孙正终于意识到,也许他们真的走到穷途末路了。

即使是路遐,也这样束手无策了。

路遐的脑子里正飞快地转过入“穴”至今的无数场景。还有许多谜,都没有解开,也无法解开。他喜欢绝处逢生,也享受解谜的快乐。但是现在他们却困在这里,走到了真正的绝处,也失去了一切线索。

三楼的走廊极为凶险。从五楼一路走下来,三楼出现了许多不为人知的“怪物”和具有攻击性的东西,情况也越来越复杂。他不知道如果就此走到二楼,会不会出现更为可怕的东西?更何况他们现在手中的资料也是不完整的,能否安全度过剩下的一段路程,仍然是疑问。

虽然手表停止了工作,但他也估计得出来,从入“穴”到现在,起码得有六七个小时了,最是人困马乏的时候。两个人一路处于高度紧张状态,除了路遐吃了点儿面包,孙正真的是滴水未沾,粒米未进。

他是不是也快撑不住了?路遐转头看看孙正,正与孙正的目光相遇。

两个人都在思考同样的问题。

两个人的眼里都映着对方苍白的脸色,酒窝从路遐的脸上消失了,镇定也从孙正的脸上消失了。

房间里静得可怕,黑暗的阴影此刻终于悄无声息地潜入了他们的神经,深入骨髓。

路遐被孙正黯然的目光搅得十分不安，将视线移向了普外三室的那道门。

要出去么？出去会有什么？

沙沙爬的扭曲的怪物？不知从何而来的小孩的游魂？……

他们的勇气似乎也渐渐被这死寂的黑暗吞蚀了，两个人渐渐难以想象，移动脚步走出这道门所要面对的世界，他们是否能够承受。

只觉得又累又饿又困，浑身就像一瞬间被抽干了，一点力气也使不上了。

再这么下去……路遐突然惊觉到自己现在的心境，竟在不知不觉间被某种绝望的情绪感染，他转过头去，想借着跟孙正谈话，打起精神来，却发现孙正趴在桌子上，竟然睡着了。

孙正枕着手臂，发出极浅的呼吸声，背部也随着呼吸微微起伏，脸上笼罩着一层困倦和抹不去的不安。

在这种情况下都能睡着，想必是疲乏紧张到了极点吧！

路遐注视着孙正的睡脸，露出一丝苦笑，握紧了手中的那把钥匙。路晓云，你到底在哪里？

那个许久未见的名字，带着记忆也渐渐爬上了他的思绪。

04

老旧的酒厂，浓浓的酒味，爬满青苔的潮湿的墙面，破碎的蓝色玻璃窗和歪歪扭扭的栏杆。

墙角里冰冷的气息，和伸手不见五指的黑暗。

“小川，小川，你在哪里？”

他的声音回荡在整个空旷的房间里，那些破碎的酒坛都似化作了狰狞的手爪，从四面八方向他抓来。

“小川！小川！”

周围响着他自己惊慌失措的声音，跌跌撞撞地，脑海里浮现的都是酒厂破败的墙壁和半敞开的门，每一道门后，都仿佛藏着一双眼睛。

黑暗里只有他一人奔跑的脚步声，不，不是一人，好像有无数人，跟在他身后，无声地……

“小川，我们不找小菜了，我们回去！我们回去！”

小川不见了。一点儿声音都没有。

拳头挥向四周，全都落空，黑暗涌上来吞没了他的拳头，他的声音，就连他的身体都完全被吞没了。

哥哥是骗人的！他说小菜在这里，他是骗人的！

不对……哥哥警告过，不要来这个酒厂，这是个闹鬼的酒厂。

闹鬼的酒厂……

“路晓云，你还不出来！路晓云！”门被拍得砰砰直响。

他不该炫耀他的哥哥能看见鬼，他也不该炫耀自己胆大。

“路晓云，路晓云！！！”

他突然噤了声，瞪大了眼睛看着前方。

那个人的身影完全隐没在黑暗里，若不是开口说话，他根本完全不能察觉这个人已经存在了很久。

“滚开！”

冷漠的声音，带着十分的不耐烦，是十分熟悉的声音。

什么东西一下子松开了自己，他向黑暗里扑去，扑到了那个人的腿上。

那个人的身上似乎也沾满了这种冰冷的寒意，他蹭上去。

“哥哥！”

只觉得被拎了起来，扔到了那个人的背上。

沿着墙，沿着阴沉沉的黑暗，他靠在那个人的背上，慢慢地向前走着。

默不作声地走着，走着……

直到……阳光……

路遐一下子被明亮的阳光刺了眼，睁开了双眼，才发现自己就在孙正的旁边，也趴在桌上睡着了。

然而阳光已消失了很久，桐花医院如同墓地般的阴沉和黑暗依旧毫无缝隙地笼罩着这个世界。

他撑着额头，似乎不敢相信自己竟然睡着了。

睡了有多久？

他用手电筒照了照四周，竟然什么事也没发生。他又摸了摸自己，身体还是温热的，触感还是真实的，自己还没有变成那些“东西”。

竟然，还梦见了多年以前的哥哥。

他还以为危急时刻大叫一声路晓云就会有用，然而路晓云已经消失了很多年。

倘若是路晓云的话……又怎么会不管？

他隐隐觉得想到了些什么，一把抓过桌上那本记录。

孙正觉得有人在推自己，还叫着“正”“正”。他十分厌恶那种恶心的叫法，于是揉了揉眼睛，不耐烦地想叫那人闭嘴，然后他一下子就清醒了。

“路、路遐？”

那个人离他很近，有些好笑地看着他：“怎么了？你梦见什么了？”

孙正晃了晃脑袋，神志终于清晰了起来。“我睡着了？”他似乎不敢相信自己居然在这种情况下睡着了，还睡得这么熟。

路遐摊了摊手，耸了耸肩：“没办法，大概孙大高材生你是信心十足吧！”

孙正奇怪地看他一眼，这家伙什么时候又用起了这么怪怪的调子。

路遐不以为意，推了推他，问：“正，假如你出去之后想要干什么？”

孙正一愣，怎么会突然问这个问题？

“你说啊……”路遐又挤了挤他。

“我……我不知道……”孙正仍然没有反应过来。

可是出去之后？出去……他被自己脑海里的茫然吓了一跳，他竟然不知道出去之后要干什么！他的脑子里竟然已经满满的都是桐花医院。他掩饰住自己的表情，反问路遐：“你呢？”

路遐一抿嘴：“相亲去。”

“相什么亲？”

“听说入过‘穴’的人都短命，我得赶紧完成人类基本使命，留下优秀物种，免得老妈成天哀叹他的大儿子。”

孙正心里却越发泛起一股不祥的感觉。路遐怎么会开始胡扯这些的？之前的他根本不会谈到这些问题，而是二话不说直接行动。难道，路遐也觉得他们走投无路了，只能靠这些闲谈来打发最后的时光了吗？

想到这里，孙正心里一阵悲凉，他试探性地问路遐：“那，如果我们出不去了呢？”

路遐睁大了眼睛仔细看了看孙正，两只亮亮的眼眸盯上孙正的脸，直看得孙正心里发毛。然后，他换了一副一本正经的表情说：“没办法，那就只有勉强找某个人，刘群芳做媒，老张老毛群鬼为证，档案室拜堂，手术室洞房，领养门外的小鬼当儿子，做一对鬼夫夫。”

鬼、鬼夫夫？！

孙正又愣了一下，然后反应过来，红着脸骂道：“神经病！”

路遐哈哈笑着，拍了拍手：“你那么激动干什么啊，又没说找谁，再说……我有了新发现。”

路遐笑着拿出那本记录簿放到孙正面前。柳暗花明，他情绪正十分高昂，只道自己活跃气氛开了一句玩笑，却没注意到孙正十分不自在的神色。

“严医生既然能写出这篇记录来，必定不会让我们就此断掉线索，我哥哥也必定不会就这样放着我们不管，你再仔细看看这篇记录。”

孙正接过那篇严央的记录，手还微微扣着桌边。

“严央确实留下了最后的信息，但我们之前猜错了。他最后的信息不在那个小鬼身上，在这里。”

“什么意思？”孙正不解。

路遐露出一个意味深长的笑来，又用手指了指记录。

孙正翻了一遍记录，摇头表示仍然不理解。

路遐保持微笑，提示孙正：“之前有一个问题，为什么严央一定要套用《罗杰疑案》？”

孙正自然而然地就回答了出来：“因为他要暗示凶手就是他自己，而且《罗杰疑案》是他们和你都很熟悉的小说。”

“不愧是高材生，学得快，记得也很好嘛。”路遐点点头，一顿，语气却一变，说，“但是，很多侦探小说里其实都有这样的设计。事实上，还有一个原因。这个原因就是我们忽略的一个重要的道具，一个在《罗杰疑案》里面起着关键作用的道具。”

他看着孙正，目光里闪烁着光芒。

“那个口述录音机？”孙正一下子被点明，迫不及待地提了出来。

“对，如果真的是按照《罗杰疑案》的手法，那么严央一定有一个能够录音的东西，而且，你有没有发现，这个严医生，特别喜欢提到他的《新概念英语》磁带？”

孙正想起那个年代确实大多都是用磁带，《新概念英语》磁带在这篇记录里出现的次数也足以让人记得它，他点了点头。

“我刚才重看一遍，发现了疑点。你看最后一句，这句话看起来是不是很多余？”

叫我去听这些鬼故事，还不如去听《新概念英语》呢！

“是很多余，怎么？你觉得有什么其他的含义？”

路遐顿了顿，郑重地说：“他在叫我们去听他的《新概念英语》磁带，用那个能够录音的东西来听。”

孙正这次真的笑了出来：“路遐，虽然你分析得头头是道，但我真的觉得你想太多了。”

路遐似乎也在自我怀疑，没有出声。

“再说了，那个东西是什么？我们到哪里找?《新概念英语》的磁带又到哪里找？那是好几年前的东西了，人都走了，医院不早就扔了吗？”

路遐微皱着眉头，也在思考着孙正刚刚提出的几个问题。突然，他的脑海里闪过一个画面——档案室里他翻出来的那堆东西里面……

“有，我知道了！那个盒子里有复读机！那一定是严央当时学英语用的复读机！就是它！”路遐一下子激动地站起来。

孙正有些茫然地跟着站起来。

“我们现在去档案室，把复读机和磁带找到，他们一定在里面留下了什么信息。”路遐精神振奋地对孙正说。

孙正的目光随之移向了那道门，他下意识地退了一步。

路遐注意到了孙正不自然的表情，很能理解心有余悸的心情，便走过去，拍了拍孙正的肩，露出一个大大的笑脸：“有我在呢！”

孙正盯了他一眼，心里抱怨：“你在能有什么用，能驱邪吗？又不是一块巨型砖礤。”

路遐不知道孙正正把他想象成一整块砖礤，不等孙正同意，很自然地就整个人往孙正身上靠去，脑袋直接搭到他肩上，说：“放心，有什么我在背上给你挡着呢。”

孙正被路遐的下巴硌得不舒服，动了动肩膀，无奈地指了指桌上：“你至少先把记录和地图装好吧。”

路遐就着这个姿势，伸长了手把东西都拿过来，一股脑塞到孙正外套两侧的口袋里，一手拿着椅子腿，一手打开手电筒，爽快地说：“走吧！”

“咯嗒。”

两个人小心翼翼地打开门，万分戒备地望了一下外面，才轻轻地迈步出去，走廊的凉风让他们同时打了个冷战。

路遐握着手电筒照着地面，用极低的声音附在孙正耳边说：“不要怕那个鬼小孩。”

孙正回以极平常的声音：“我不怕他了，我只是觉得他很可怜。”

路遐刚想开口，忽然听到一种极其轻微的声音，手下意识地抓了一下孙正的肩。

“怎么？”孙正一下子警觉起来。

路遐不想吓着孙正，一边竖起耳朵听得更仔细，一边保持平静地说：“没什么。那个小孩，你怎么会觉得他可怜？”他觉得背后凉幽幽的，那个低微的声音在耳边徘徊不去。是什么声音呢？难道这个三楼还有别的什么？

“我其实……”孙正顿了顿，“觉得每个人都很可怜。”

好像……是咳嗽声。老人的咳嗽声。

路遐悄悄把手探进怀里，去摸索那把钥匙。砗磲只能驱邪，说白了，就像是烟雾弹，效果是短暂的，敌人是不会就此消失的。

“路遐？”孙正停下脚步，半靠在墙边。

“快走，不要停！”路遐赶紧推他，耳朵依然在留意那个声音，“什么可怜？”

孙正没有察觉到异样，又扶着路遐，慢慢沿着墙壁向前走。档案室的标记就在前面，黑乎乎的一片。他的脑子里一直回荡着正对着他们的走廊尽头的手术间（四），那个标记了大红叉的地方，不知为什么，让他的心里隐隐觉得不舒服。

为了缓解这种高度紧张，他回答路遐说：“这些入‘穴’的人并没有犯什么大错，有的根本就是无辜的，可是，就这样被永远困在这里，比活着更痛苦，比死亡更可怕，连一个小孩也不放过，难道不是很可怜吗？”

路遐分了神，果然……是咳嗽声，隐隐约约地从普外三室那头的楼梯那边传来。记得刚才那个小孩也是拖着孙正往那个方向……看来待会儿不能走那边楼梯下楼，冒着危险也要从这边的楼梯下去。

孙正已经慢慢摸到了档案室的门，他舒了一口气，继续道："刘群芳的爷爷提到的那个'它'是什么？是不是就是'它'把这些人带进这个'穴'的？如果他们能抓出这个'它'，也许就不会有人再受害了……"

门"嘎吱"一声推开了。

两个人刚想迈步进去，背后突然传来一声巨响——"咚！"

孙正吓得手一软，差点儿就把路遐摔在地上。两个人头也不敢回，和上次一样狼狈得直接连滚带爬进了档案室。

心跳还未缓和下来，两个人面面相觑，眼睛里都映着惊疑不定。

这次又是什么？

听起来像是什么从楼梯上摔下去了……路遐心想。

总觉得是什么东西掉下来的声音……孙正若有所思。

三楼真的不宜久留……两个人同时想道。

路遐一下子想到什么，指着孙正说："你快帮我看看，我背上有没有什么东西？"

孙正吓得一滞，壮着胆子问："什、什么东西？你难道是觉得背上突然变重了？"

路遐一皱眉，立刻摇头："不是，不是，只是叫你帮我看一下，以防万一。"

孙正又好气又好笑，这才去查看了一下路遐的背上，确认什么都没有，也没有留下任何黑色的印记，两人这才放心，想到了这次回档案室的目的，孙正问道："你说的东西呢？"

"在那边！"路遐手向不远处地上的一堆东西一指。

孙正顿时有种被当交通工具使唤的感觉，一面驮着背上重物向那边艰难行走，一面说道："我们得找到抗生素和血清，先想办法治治你的脚。"

"当然当然。"路遐这么说着，语气里却听不出多少期待。

孙正从杂物堆里拾起了那个复读机，发现上面还贴着几张《还珠格格》的贴画，顿时有些哭笑不得。

路遐看了一眼，笑着说："那几年正是《还珠》红遍大江南北的时候嘛，应该就是那个小男孩贴的。"

孙正拍掉上面的灰尘，打开了那个破旧的复读机，发现里面有一盘磁带，取出来，上面写着"新概念英语"。他又检查了一下，发现复读机里没有电池。他把那个复读机和磁带递到路遐眼前，眼神里带着质疑："你的意思是，严央和你哥哥用这盘《新概念英语》录了什么东西，然后叫我们去听？"他看到路遐点点头，眉头却皱得更紧，"只有一盘磁带？"

路遐接过复读机和磁带，神情愉快："这还不能说明什么，如果磁带里真的录下了些什么，就不应该这么容易找到。"

"你觉得还有其他磁带？都放在哪里呢？"

"如果还在医院里，那就是一个好几年医院都不会动，甚至不会注意的地方，即使定期整理，换了主人，也没人会想要去碰的地方。比如刚刚这个地方。"

"是分散放的吗？为什么会把这些磁带留在医院里却不带出去呢？"

路遐耸了耸肩，表示自己也不明白，又扬了扬手中唯一的那盘磁带："幸运的是，我们还剩下手中这一盘，里面应该有线索提醒我们找到下一盘。至于为什么这么重要的资料他们还留在医院里，我也不清楚。"

路遐异常激动地拿着那盘磁带，翻来覆去地看，孙正没好气地打断他："不要高兴得太早，它看起来也就是一盘英语磁带，能不能放还是问题，更别说里面有没有我们要找的内容了。"

路遐拍了拍孙正的肩，笑眯眯的，酒窝里都溢满了欣喜："没问题，肯定行！"

他们把桌上台灯座里的电池拆了下来，塞到了复读机里，那个古老的复读机的屏幕闪了闪，露出字来，显示的是时间：

2002 年 1 月 20 日　03：03：00

档案室里一瞬间有一阵小小的沉默。这个时间带着某种言不清道不尽的含义，仿佛拂去了昔日少女的面纱，如今露出老妇的一张面孔，竟有些沧桑且悲凉的意味。

路遐将那时间牢牢记了下来，然后把第一盘磁带放了进去。

两个人靠在桌边，静静地听着。

磁带嗞嗞响了几声，响起了一阵标准的女声英语，大意是《新概念英语》第二版第三册如何如何。

孙正露出一个古怪的表情，看着路遐，觉得两个人在这种情况下费尽心机找出一盘英语磁带来听英语实在是愚蠢至极。

路遐按住正欲起身的孙正的手，眼睛仍然紧紧盯在复读机上，嘴里说："你相信我，他们的信息不会一开始就出现。"

就这样大约听了几分钟英语，声音突然就断了，变成了模糊的嗞嗞声。

两人同时对望一眼，凑得更近了，几乎脸靠着脸，彼此的呼吸都能清楚地感觉到。

嗞嗞，嗞嗞。

终于，嗞嗞声也弱了下去。

"喂，喂！"一个年轻男子的声音从复读机里传了出来。

05

孙正和路遐对视一眼，在彼此的眼中都看到了激动的光芒。如果没猜错的话，这个说话的人应该就是严央。

"你确定这个能录下来？"声音似乎离得远了一些，看来是那个录音的男人转过方向和另一个人说话，“我的英语磁带啊……”

“你没有录影机和摄像机，普通相机没有作用，手写记录不可靠，只有用这个了。”另一个听起来平平淡淡，没有任何语气变化的年轻声音传了出来。

孙正一下子感觉到路遐握紧了他的手，整个身体都因为激动而微微颤抖，他立刻判断出来，这个声音就是路遐的哥哥，路晓云的声音。

“可是……”严央的声音听起来十分不干脆，“我真的要提着这个复读机大半夜的在医院跟你到处走吗？”

路晓云似乎无视了这个问题，伴随着磁带嗞嗞的声音，响起了两个人的脚步声。其中一个走得很平稳，另一个应该是提着复读机的严央的脚步声，因为有些晃动，磁带的音效更加模糊，而他急促追上的脚步声几乎盖过了其他声音。

然后听到他不满意地嘟囔一句：“好歹等我做完介绍啊，这样别人听了会觉得莫名其妙吧？”没等路晓云说话，就听见严央已经自顾自地对着复读机说了起来，这次声音相当清晰响亮。

“嗯，是这样的：我叫严央，就是一直提着复读机的人，也是这个医院的实习医生，正在积极准备考研中……走在我前面的这个人，叫路晓云，哈哈哈，不要以为是个女生哦……”

“哦”声发到一半突然变个调消了音，路遐判断这个严医生应该是被自己的哥哥冷冷瞪了一眼。

医生的声音恢复了正常：“他，嗯，自称是个无业人员……但我看他很有钱，搞不好偷偷摸摸在做什么黑道的事。好了，最关键的问题是，我们现在在做什么呢？一切得从头讲起……”

孙正不耐烦地推了推路遐：“可不可以快进？”

路遐摇摇头，很认真地说：“不行。这个严医生到底是个怎么样的人还没有确定，为什么和我哥哥在一起？我哥哥的失踪和他有什么关系？没有弄明白之前，他对我们的作用就不能忽略。”

孙正只好无奈地同意继续听下去。

复读机里，脚步声空旷地响着，和之前疾步而行的脚步声略有不同，此时的脚步声显得相当有节奏，一步步地踏在什么上面。

在上楼！两个人很快判断出来。

听得出严央一面保持快步上楼，一面说话的声音还能中气十足四平八稳，可见相当有功力："就在最近这段时间，我发现我们普外三室门口有个年轻的男人总是靠在门外的候诊椅上睡觉，但是从来都不进来问诊，衣着整洁又不像是流浪汉，这么一连十几天，我终于忍不住上前和他聊天……差点就以为，他是个神棍……

"后来护士长找到我，我才知道这个人是她爷爷派来的所谓的什么高手，调查这个医院的失踪人口。当然我是完全不相信什么神鬼的，但是刘护士长苦口婆心耐心劝导，让我跟他一起行动，做助手，打掩护……因为我是这个医院最闲的人……当然，我绝对不是因为觉得刺激好玩才答应刘护士的，完全是因为觉得十分有必要拯救那些失踪人口，比如刘护士一直在说的陈娟什么的……"

"所以这下他们的关系清楚了。严央应该是后来刘群芳介绍给我哥哥认识的，我哥哥根本就不需要什么助手，真是多此一举……"路遐说道。

"但是你哥哥一个陌生人在医院里怎么可能随意活动，他以前的工作都是干什么的？"孙正开始对路晓云好奇起来。

"其实我也不清楚，他还在大学的时候就神出鬼没的，据说是有接别人的委托工作。"

孙正的眼睛亮了起来："难道他的工作就是去那些地方救那些失踪的人出来吗？这么说，'穴'是可以出去的？"

路遐也未完全确定，迟疑地说："从我之前观察和打听到的来说，应该是这样。我哥哥好像天生体质有点儿特殊，能感觉什么，不过我也说不准，而且问题是，即使其他'穴'里曾经有幸运被找到的人……这家医院我还从来没有听说过失踪的人有出去过的。"

孙正刚刚燃起的一点儿希望又熄灭了，他泄气地补充一句："但愿你哥哥什么特殊的体质能救出什么人吧。"

磁带里，严央还在继续："虽然我不太明白他那一套'穴'什么的理论，但是今天还是跟他一起行动了。嗯，我们现在已经快要到达三楼，现在是2001年4月22日晚上11点45分……"

孙正一下子按住路遐的手："倒、倒回去！"

"怎么了？"

孙正来不及解释，直接按了倒退键。

"……但是今天还是跟他……45分……"

他指了指磁带，示意路遐仔细听。

路遐没有明白孙正的意思，奇怪地问道："怎么了，他说的这句话有问题吗？"

"不是这句话有问题，你、你再听听，那是什么声音……"孙正摇摇头，又按键倒了回去。

严央的这个句子又被来回折腾了一遍，路遐表示仍然不明白。

孙正瞟他一眼："难道你耳朵不好？"他再次倒回这个句子，正好借着复读机的功能，按了慢放。

路遐不平地说："磁带噪音这么大，在医院录音效果本来就不好，我怎么能听出什么来，是你耳朵太尖……"

"嘘！"

"但……是……今……天……嗒……还……是……跟……他……嗒嗒……一起……行动……嗒嗒……了……嗒嗒，嗒嗒……现在是……11点……嗒嗒，嗒嗒……45分……"

听到这里，路遐和孙正都不知不觉坐直了，觉得背上一阵寒意。

磁带的背景音里，有第三个人的脚步声。而且，这个脚步声离严央和路晓云应该有一段距离，像是在奔跑。

“他，是不是没有听到？”路遐指了指磁带。

孙正点点头，又不确定地摇了摇头，再次按下播放键。

这下，他们的注意力全集中在了磁带的背景音里，严央说了一长串话，他们几乎都没能听进去。

听得出严央和路晓云是深夜里沿着医院的楼梯向上爬，除了磁带的噪音和两个人的脚步声，周围没有别的声音（不包括刚才突然出现的第三个人的脚步声）。

严央和路晓云的脚步声在空荡的楼梯间回荡着。

孙正和路遐几乎已经从这个声音里看见了他们自己的身影。他们也在这个医院的楼梯上，在这个漆黑无人的空间里，一步步在楼梯上走过。

没有人，也没有别的声音，怎么会听不到那个突然出现的脚步声？

“喂，你等等，我们到底要去几楼啊？”严央在磁带里问道。

另一个人的脚步声明显慢了一点儿，然后响起他平平淡淡的声音：“四楼，刘群芳说有问题的那个厕所。”

“那个……是女厕所啊？！”

“现在是晚上。”

“晚上？难道晚上就可以随便出入女厕所吗……女鬼也是有尊严的啊……”这句话似乎是严央的自言自语。

孙正又“啪”地一下按了停。

路遐不解地转过头来看着他：“又、又怎么了？”

“你觉得他们现在大概在几楼？”孙正问道。

路遐估算了一下磁带开始的时间和爬楼梯的速度，答道：“三楼？或者快到三楼吧！”

孙正同意地点点头，也不解释，直接将磁带往前倒，按下慢放键。

“四楼……刘群……嗒嗒……芳……说……有……嗒嗒……问题……的那个……嗒……厕所……”

路遐脸上的表情变得有些紧张起来。

“没错，这个脚步声变大了，说明离他们很近。”孙正判断道。

“可是，他们好像完全没听见，就连我哥哥也没有注意到吗……”路遐皱起了眉头。

“而且……”孙正顿了一下，“还有一个更奇怪的地方……”

他又摁了播放键。

“难道晚上……就……爷爷……可以……随便出入……爷爷……女厕所吗……女鬼……爷爷……也是……爷……”

磁带在这里被停下了。孙正和路遐看着彼此，欲言又止。

什么也不必说，这里的声音很明显。一个男孩的声音。磁带里的两个人却完全没有注意到的声音。

“这个声音，他们都听不到，也就是说……”路遐终于开口了，“这个不是现实里的人发出的声音……半夜里，哪家的小孩会在这里游荡？”

“这个小孩就在他们身边，你哥哥也不知道？”

路遐耸了耸肩：“你以为是看电影啊，我哥哥只是感觉比较灵而已。但是，这个小男孩和抓你的那个是不是同一个呢？”

孙正下意识地缩了缩那只还留有印迹的手，摇了摇头表示不知道。“我在那个时候，只听到了呻吟声，所以不能确定……”

他们又继续转向那个复读机。

磁带里，路晓云的脚步声似乎突然停了。严央匆匆走了几步，应该和路晓云停在了同一个地方。

“怎么啦？”严央的声音清晰地从磁带里传出来。

路晓云沉默了一会儿，忽然说：“这个三楼的楼梯上，是不是死过人？”

磁带内外都同时有短暂的一秒的沉默。

严央结巴着说：“你、你怎么知道……”

这句话还未说完，他突然没了声音。一段嗞嗞的噪音过后，只听“嗯嗯”两声闷闷地发出来，磁带里再也没有两个人对话的声音，只有他们重新开始上楼的脚步声。

路晓云捂了严央搞不清状况的嘴。路遐心道。

严央收到路晓云的眼色住了嘴。孙正心道。

数着他们的脚步声，一步步的，十三声过后，脚步声轻了。

整个过程中，孙正的神经都绷得紧紧的，表情因为紧张都快僵硬了，直到旁边一只手伸过来，握了握他的手，才让他紧绷的神经有了些许安慰。

他们俩都听到了。此刻那个声音再清楚不过。

就伴随着路晓云和严央的脚步声，如影随形。

孙正和路遐对视一眼，十分确定这个脚步声来自三楼，此刻离路晓云和严央很近。他们仿佛能看到某种危险不知不觉地靠近了磁带里的路晓云和严央。

两个人的脚步声再度响起，从那有些空旷的声音来判断，两个人已经在三楼走廊上了。

只听轻轻的“咯”的一声，有门被打开的声音，然后门再度被关上。

“呼——”严央长出一口气，然后磁带发出重重一声怪响，孙正和路遐都不由自主一动，后来才立刻反应过来是严央把复读机扔在桌子上了。

“快憋死我了！”严央一声抱怨，停顿一下，声音低了下来，“你、你从哪儿听说三楼那个事的？”

响起拉开椅子的声音，然后另一个人说：“没有听说过。”

严央似乎不相信地哼了一声，接着说：“就算那个老人从楼梯上摔下去摔死了又怎么样？尘归尘，土归土，人嘛，就是氮、氧、碳、水、蛋白质、脂质、无机质、碳水化合物……死了不就有机物变无机物，什么鬼啊都是臆想出来的……”

路遐看见孙正听到这段话点了点头，但瞬间又露出怀疑的表情，自己在一旁偷偷笑了。

磁带里，路晓云完全没有搭理严央的长篇大论，依旧问道：“什么时候摔死的？”

“大概，大概三年前？我听护士们讲的，说是个盲人，年纪又大了，不小心从楼梯上摔下去，当场就死了。”

孙正一下子握紧了路遐的手，路遐不用看也知道，他又听到了什么。

“很近，很近，你没听到吗？”孙正有些着急起来。

“什么？”

“怎么你耳朵那么差，那么近，他们怎么也听不到？”

“什么？”路遐皱起眉头。

“他在叫‘爷爷’啊！他就在他们旁边啊！”孙正低声叫道。

“‘爷爷’？难道……”路遐话未说完，就听见磁带里又开始了对话。

“和你那个小孩有什么关系？”路晓云的声音毫无起伏，语气平平地听不出他的情绪。

“想不到你这么八卦，还这么没情趣地八卦。”严央故作低沉地说，“我告诉你，他就是高乐天的爷爷，三年前高乐天来看病……哎哟，哈哈！”

严央突如其来的笑声，让孙正紧紧抓住了路遐的手。

严央歇了口气，继续说：“听刘医生说高乐天大吵大闹肚子痛，要他爷爷去给他买香蕉，他爷爷眼睛是瞎的呀，一边疼着哄着，一边拄着拐杖就往外走……哎哟，哈哈，你、你老是挠我脚干什么，哎哟，好疼！”

空气凝固了一秒，只听磁带里路晓云依然平淡地回了一句：“我没有。”

路遐也握紧了孙正的手。他们简直可以想象到严央此刻目瞪口呆，一脸惨白，看着路晓云说不出话来的表情。

磁带里猛然一阵翻箱倒柜似的声音，大概是严央挣扎着从椅子上摔下来，接着就是一长串噼里啪啦连续拍打的声音。

只听严央嘶哑着一阵大吼：“路晓云，过来帮忙啊！”

接着，磁带里的声音就完全是一片混乱，无法辨别具体发生了什么状况。

“和我一样的情况。”孙正低声说着，看不清他脸上的表情，“那个男孩在抓他。”

路遐没有说话，他看着孙正欲言又止。磁带里听得出来两个人虽然慌张，但是这种情况对于路晓云来说应当是司空见惯的，所以他并不担心。路遐忽然想，如果当时没有听到孙正的声音，没有扔过去那把钥匙，现在会变成什么样，他不敢想象。

路遐意识到这是一种后怕。站在局外人的角度，听到路晓云和严央的行动，又更深地感到危险的无处不在。

有一种微妙的感觉漫上他的心底，他握着孙正的手动了动，想悄悄松开，却感到另一只手的颤抖，又不知不觉握紧了些。

06

磁带的 A 面终于走到了尽头，“啪”的一声断掉了。孙正手动给它翻了个面。大概严央和路晓云当时正忙于处理危机，磁带到头了也没发现，中间一段并没有录下来，路晓云如何解决这个问题的也无从得知。

一段空白和噪音之后，磁带那头重新出现的声音已经渐渐平息下来，随着门“砰”的一声关上，里面恢复了寂静。

“这么一折腾，巡夜的不会发现了吧？”严央显然惊魂未定，喘着气，声音还有些颤抖，“你在门上弄什么？”

“没什么。以后就没什么东西会进这个房间了。”听路晓云的语气，刚才他简直就像是置身事外，那场危机对他毫无影响。

“你乱贴些什么啊！被医院发现我们就惨了，怎么能随便乱来……”严央一下子急了，说了两句，似乎又想起刚才的危险，声音渐渐低了下去。

“这就是普外三室为什么是安全的原因吗？”孙正转过头问路遐，“你哥哥弄了什么东西？”

“我也不知道他弄了什么东西……”路遐看着孙正，竟然有些不自在地把脑袋转到一边去。

孙正也没在意，凑近了磁带，点点头说：“那个男孩的声音消失了。”

“你看，这是什么？”磁带里，严央继续说着。

“你不用把脚放得离我这么近。那是小孩的手印。”

“果然，果然……”严央的声音里带着一些恐惧，“是、是鬼吗？我总觉得那个高乐天身上有阴气，他不是人！”

“是吗？”路晓云平静地问道，明显否定了这个问题。

孙正和路遐也对视一眼，果然是那个小孩入“穴”了吗？

严央还在努力说服路晓云：“你不相信？我来告诉你。我专门打听过那个小孩的事，那天是他爷爷带他来看病的，出事的时候，楼下的杨护士，就是长得有点可爱的那个，当时就在场。她说她亲眼看见他爷爷牵着他出来，那孩子还对她笑了笑，说‘护士姐姐好’。因为那孩子长得挺漂亮，所以她印象深刻。他爷爷走到三楼楼梯口的时候，也不知道是谁撞了一下，一下子就摔下去了，滚了十几阶楼梯，流了一楼梯的血，当场就死了。而且……”严央压低了声音，“他们说，他们亲眼看到小孩一下子就消失了，就在他们面前！只是后来又出现了，所以大家都以为是看错了。嘿，你看，这小孩后来怎么冒出来的？多半是变成鬼了。”

磁带里，路晓云没有说话。

“你也听说过吧，有人专门养的那种鬼娃，吸别人的气什么的……他为什么每年都要来医院这么一次，还专挑这个时候？多半是阴气抵不住啦，要回来避一避，补一补……”严央倒是越说越起劲，似乎已全然忘记了刚才的遭遇。

“初出茅庐的年轻人，又胡来，又胆大，还没记性。”路遐轻声评论了一句。

孙正看他一眼，心想你对自己的评价还挺准确的。

路晓云没有接严央的话，路遐知道他哥哥会习惯性无视一切无聊的问题。

“刘护士也倒霉，那孩子吵着要来探险，她还真敢带他来，说什么要在我的办公室吓我，结果这两天倒是满足了这个鬼娃吸收阴气的目的……”

“刘群芳只带他来过一次。”

空气再度凝固了。

“真的？”

“你是在害怕吗？”

“没、没有！你不用过来！”隔着磁带和嗞嗞的噪音，也能听出严央语气里带着惊惧，“那第一天那个脚印，是什么？”

“怎么回事？那天的脚印不是那个小孩刻意弄上去的？”孙正也听出了问题，转头问路遐。

路遐看着孙正的脸，突然脑袋里又像被什么击中了一下，停了好一会儿才开口说：“不知道。连他自己也不知道，看来这里面还有问题。之前我们解开的那个记录里面，还有严央自己也不知道的东西存在。”

孙正顿时觉得毛骨悚然，路遐在一旁看着他泛白的脸色，又开口了：“正，我可能有点迟钝，我刚刚意识到……”

磁带又开始嗞嗞响起来，孙正做了一个让他噤声的手势。

路晓云在磁带那头沉默了很久。

“是什么？”严央再度问道，提高了音调。

“他大概在找他玩吧。”路晓云终于开口了，但却只吐出这么没头没尾的一句。

“什么？”

磁带里响起椅子的声音，似乎是路晓云站了起来。这次他说话的语气里多了一分冰冷的意味："这个医院不对劲，出事的太多了。和其他'穴'相比，气息也不对，这里是个没有出口的无底洞。"

话里的寒意仿佛直接穿透了几年的时光和陈旧的磁带，直透到孙正和路遐的心底。

这是路晓云有些发怒的征兆。路遐心里暗暗道。

而孙正感到的是一层层笼上来的阴影，连路晓云都说这里是个没有出口的无底洞，他们难道还有出去的可能吗？

"你按照医院的要求，写一个记录。我会教你怎么写，不要告诉别人这件事，我要调查这个医院的问题。"路晓云的语调依然是冰冷的。

"啊？可是……"

啪。

磁带一下子断在这里，又响起英语朗诵的声音。

"下一盘磁带的信息呢？"孙正一下子焦急起来。

路遐按住他："不要急，应该在后面。他们应该会在后面重新录一段告诉我们第二盘磁带的信息。"

"那么……"趁着这个空隙，孙正提出憋在心里的疑问，"你哥哥那句话是什么意思？"

路遐一怔，立刻反应过来孙正指的是那一句"他大概在找他玩吧"。他动了动嘴唇，想说什么，却觉得嘴里十分苦涩，有些说不出口。

"是什么？"第一次看见路遐这种表情，孙正越发好奇起来。

"如果……我没猜错的话，"路遐一边说着，一边将磁带按停，"高乐天他家原本应该是一对双胞胎。"

"双、双胞胎？"

"入'穴'的肯定不是高乐天。"路遐郑重地说，"在录这盘磁带的时候，我们就已经听到那个孩子的声音了，但是在这之后他们还收到了高乐天的照片，也就是说，入'穴'的……是另一个孩子。至于鬼娃什么的说法，当然都是那个医生的胡扯。”

所以，那个在走廊里奔跑着的，那个在门口难过呻吟的，那个在窗台留下脚印的和那个躲在桌子下面挠着严央脚的……都是同一个孩子。

三年前，和高乐天一起来医院的，除了他的爷爷，还有他的双胞胎兄弟。

所以，当听到那个护士讲起高乐天的时候，他才会觉得哪里有点怪怪的。

他爷爷牵着他出来，那孩子还对她笑了笑，说“护士姐姐好”。

这个乖巧懂礼貌又漂亮的孩子，本来就不是高乐天。牵着这孩子的爷爷，滚下楼梯摔死了，而这孩子在那一瞬间就入了“穴”。护士亲眼看见他消失，却误把他和后来出现的高乐天当作了一个人。

“高乐天呢？他每年这个时候都来医院？他妈妈呢？怎么也一点儿不提起？不问问这个孩子？”

路遐摇了摇头，说：“也许是创伤性失忆症？当年的事，谁也不清楚，他妈妈或许问过找过，可又哪里能找到。在这个孩子面前又不能提起，这家人失去了一个老人和一个孩子，实在很可怜。”

“难怪他妈妈那么骄纵高乐天……”

“至少那个孩子的一部分，还活着。”路遐指了指自己的脑袋，“在他脑海深处的某个地方……那个孩子呼唤着他，在每年的这个时候……”

他大概在找他玩吧。

消失在三楼走廊的孩子，茫然无助地呼唤着爷爷，在走廊里来回奔跑却只有黑暗和恐惧，找不到出口。拉着他的手向楼梯飞跑的，也许，也只是想找人玩的那个小男孩……一个人在这个医院，日日夜夜，是怎么度过的？害怕？孤独？楼梯，走廊，窗台，入“穴”后的残影？现在，他又躲在哪个角落呢？

另一个孩子呢？躺在床上，吃着零食，看着动画。是不是在普外三室的门口，他弟弟一直都在等着他，等着他来和他一起玩……

“你哥哥原来都知道啊。”孙正感慨了一句。

路遐望了望昏暗的天花板，然而又能怎样，即使是路晓云，也毫无办法救出这个孩子。他又转头望向孙正，也许很多事情，如何勉强，结果也是一样的。

那么，他们的结果呢？

似乎每解开一个故事，他们总会不自觉地陷入一阵沉默。

故事背后的每个人，他们也许都下意识地代入了自己的影子。自己也会像他们那样，最终永远留在这里，消失得一干二净，多少年后，偶尔有人撞见自己的残影，惊吓一番罢了。

“我们……”孙正顿了顿终于开口，“听一下磁带吧。”他按开了磁带的播放键。

路遐靠得很近，他看着孙正没在阴影里的侧脸，捉摸不透孙正的心情，周围大块大块的黑暗，似已蠢蠢欲动。如果有一天，眼前的这张脸，终于被这黑暗完全吞噬，也终于变成了那样的东西……自己又能做什么？

心里竟然开始慌乱和紧张起来。

磁带在复读机里转着，一串英文之后，一个声音传了出来。

出乎意料的声音。路遐和孙正都一愣。

是个女人的声音，年轻，干脆，连噪音都很小。

“路晓云，严央，第二盘磁带我拿走了。里面有对我来说很重要的东西。谢谢你们为了我的事去调查四楼那个房间。但是我并不想你们为我冒险。我听了你们的磁带，我也知道这个医院有问题。请向我爷爷说一声抱歉。”

孙正和路遐对望一眼，同时明白，是刘群芳。

她拿走了路晓云和严央的第二盘磁带，却把第一盘留下了，并录了一段自白在里面。

看来第二盘的内容应该是和四楼中医室相关的磁带。不知道路晓云和严央得知之后会如何反应？

磁带里的自白还在继续：

“我从小到大都没有相信过我的爷爷。我从来不相信鬼神，我相信人可以凭借自己的努力得到想要的东西，为什么要臆想出一些东西来左右自己的命运呢？老人就是迷信，我是这么以为的。可是，我看到了她，为什么她这么努力，最后换来的都是嘲笑呢？人害怕鬼，敬畏神，到头来，人就连人自己也无法容下。你们所说的那种方法，我无论如何也要试一试，即使我会像你们所说的入了‘穴’什么的，也不用来找我，这是我自己的事情。对爷爷来说，我坚持的事情，他也没有让我放弃过，不是吗？

“高乐天的事情，你们不要再查了。其实大家都知道那个孩子的事，他妈妈当年闹事，医院已经封锁了消息，没有人会告诉你们实话。你们提到的什么邪门的东西，我想我大概知道一个。二楼化验室外面有个等候厅，里面有一盆吊兰，据说是当年院长亲自操刀从死亡线上救回来的病人送的，此后有的医生手术前会去那里沾沾运气，没有人敢随便搬动它。但是……晚上千万不要去，小心。

“对不起，骗你们去看那个演唱会，等你们回来的时候，我应该不大能见着你们了……代我和爷爷说一声：我很想他。”

磁带转了一转，“咔”的一声，终于走到了尽头。

孙正若有所思地说：“这也解释了为什么有你哥哥在，刘群芳还会入‘穴’。她从磁带里听到了‘穴’的秘密，用演唱会支走了他们两人，自己跟着李婷她们去调查了这件事。”

路遐点点头。

“所以……我们应该去二楼化验室看看那盆东西。”孙正说着，手又一次下意识地抚向手腕上那道黑色的印迹。他心里仍然有阴影。

路遐注意到了这个动作，笑了起来，一拍孙正的肩，说："好。那我们先看看地图。至少，我们离我哥哥他们越来越近了！"

孙正被路遐拍得差点儿撞上桌子，心里有些愤愤地拿出地图，摊开来。

两个人的目光同时停在了地图上，呼吸好像都被黏住了。

晚上千万不要去，小心。

"咳，"路遐率先打破沉默，"只是一盆吊兰，就算我们在这种情况下去，问题应该不大……所以，应该不必太担心。"

明显，完全没有说服力。孙正心想，他看向路遐："可是，不论二楼有什么东西，都很危险，不是吗？"

就像这个三楼一样。

"我们还有选择的余地吗？"路遐苦笑着问。

孙正回以同样的苦笑，他拉起路遐，没好气地说："走吧。"

路遐毫不迟疑地就整个人靠了过去。孙正被他的重量压得一晃，却没有注意到那一瞬间路遐看着他自己的脚那黯然的神色。

烧伤……

路遐轻轻扯了扯嘴角。他用手把裤腿向下拉了一拉，一手将复读机装在自己兜里，一手抄起手电筒，说："走吧！"

孙正扶着他慢慢走到门口，两个人极有默契地一个关了手电筒，一个拉开门。

07

门外空气涌入的一瞬间，孙正加快了步伐，路遐也同时打开了手电筒。

光亮有些刺眼，两个人凭着记忆朝着楼梯方向快速走去。

孙正感觉到背上那个人的重量，很重，但是，很可靠。

终于适应了手电筒光亮的时候，两个人已经走到了楼梯口。整个医院都浸没在无边无际的寂静之中，连之前老张老毛的脚步声，也完全消失了。

“对刘群芳来说……那件事就那么重要吗？”孙正突然问道，“她难道不会害怕吗？”

路遐一怔。

“你呢，路遐？”孙正转过脸，仿佛笑了一笑，“我好像也没有见你怎么害怕过。”

路遐没有说话，搭在孙正肩上的手却抓紧了些。

孙正似乎也不期待得到什么回答，借着路遐照着的那道光，沿着楼梯慢慢地向下。

阶梯上深深浅浅的光晕里，隐约看到阶梯发白的颜色。

那几乎是这个世界唯一的一点颜色了吧，就像现在和自己在一起的这个人，那也几乎是这个世界上唯一能听见的另一个心跳了吧。

“其实……”路遐突然开口了，表情全都淹没在黑暗里，“一个人常常都是莫名其妙就变得很重要的。如果，你突然意识到一个人非常重要的话，就会开始觉得害怕了……”

路遐停了一下。明明很小声地在说话，孙正却觉得那声音很紧，抓着自己，像路遐抓着自己肩膀的手。

还有温度。

“同样是觉得一个人很重要，刘群芳其实很害怕。”路遐说着，看着孙正，眼睛亮亮的，“我比她更害怕，孙正。”

路遐感到自己靠着的那个人的脚步停住了。孙正的眼睛垂了下去，好像想说话，但却没有说出口，肩膀动了动，又抬起了脚步。

路遐抬头看了看黑乎乎的天花板，叹了口气。

“没事，我们先出去再说。”在拐过一个弯，继续下楼的时候，路遐这么补充了一句。他也不知道这句话是说给孙正听的，还是一种自我安慰。

两人就这样沉默着，沿着楼梯和那束低暗的手电光向下走着。二楼已近在眼前，手电光圈的边缘已经接触到冰凉的地板，映出空气里浮游着的灰尘。

路遐的心情却始终未能平静。他以为自己应该如释重负长吐一口气，却发现这份堆积已久的负担不知何时又钻进了脑子，完全搅乱了他的思考能力。

他看着孙正的侧脸，却又觉得没有任何真实的图像通过眼睛传递到大脑。

如果不是因为这次事件，他们原本应该是两个毫不相干的世界的人。孙正那样一心学术的高材生，完全没接触过这样的情况也不算奇怪……或许根本不明白我在说什么？

自己，也只是突然在这个夜晚闯入的一个人，可能四处碰壁，可能偶尔相通，然而最终，这个地方接纳自己的时间，也仅在今晚而已。

就像手里的手电筒，在陌生的世界，也只能用微末的光亮探寻出一丝光明罢了。

“是在那边吗？”这个时候，孙正突然开口，让路遐吓了一跳。

“啊！是的，左边。”路遐迅速反应了过来，赶紧把手电筒向那个方向照去。

比自己预想的还要糟糕……他原来根本就没有把刚刚那件事放在心上。

“路遐……”孙正又叫了一声，声音里好像压抑着什么，“又开始了……”

“什么？”路遐配合着孙正，脚步慢了下来。

“那种感觉……刚到三楼那种感觉……”

到三楼时的感觉？

路遐原本脑子里的浮想联翩因为这句话一下子烟消云散。

那种毫无生气的感觉，整个世界都一瞬间死掉的感觉？连徘徊在黑暗里那些入“穴”后的残影都全部消失的感觉？

路遐开始感到孙正整个身体的不适应。路遐轻轻拍着孙正的肩，让他稍微舒缓一下，目光却四处警惕地打量着，他不排除这是某种东西将要再度出现的征兆。

他也不能让孙正再从自己眼前消失了。

确认周围没有奇怪的声音之后，路遐轻声对孙正说：“放松，我在这里看着，你只要朝着化验室方向走就好。”

孙正却觉得那种沉闷的感觉越来越浓烈，直袭上头顶，令他几乎有些头晕眼花分辨不清方向。模糊的视线之外，他只能感觉温度，呼吸，路遐。

“路遐……”他再次确认似的叫了一声。

路遐也已明显发觉孙正走路的方向变得歪歪扭扭，他努力将重量支撑移到自己扶着墙的手上，减轻孙正的负担，一边想说点什么让孙正镇定下来。

“正，你的肩膀给我的感觉很像一个人。”路遐故作轻松地说，尽量压抑着紧张的情绪，脑子里也暗暗思索着，到底是什么，让孙正总是产生这样的反应？

孙正迷迷糊糊回道：“什……么？”

完了，孙正的脑袋已经彻底不清晰了，正常情况下，他都会问“像谁”而不是“什么”啊！

“我哥哥。”

“又是你哥哥……”孙正感到自己的意识忽近忽远，仿佛有什么东西在遥远的地方拉扯着它，“难怪你总是赖在我肩膀上不下来啊……”

还好，还算清醒。

路遐哭笑不得地继续说着：“很像我哥哥当年背着我的感觉。那一次……也是在很黑的一个地方，我被困住了，关键时刻他就这么走过来，一个人，像什么都不能接近他，像个英雄……”

不过……也仅此一次而已。

“你哥哥……”孙正摁住自己隐隐作痛的额头，“长什么样？”

路遐看了一眼前方，化验室就快到了，目前也没有发现任何奇怪的东西，于是接道：“高高瘦瘦的，脸色苍白，还有黑眼圈……”

走廊里依然静得可怕。黑暗中是看不见的房间和看不到的房门背后。

脑袋一旦安静下来，对那些如同眼睛一般凝视着走廊的房门和他们背后黑暗里隐藏的一团团未知空间的无数异想就蜂拥而至。

加之这二楼不同寻常的气氛，更让猜疑肆无忌惮地占据路遐的思考空间。

他强迫自己和孙正谈一些看似平常的话题，让孙正保持最后一丝清醒，也让自己保持最后一点儿思考能力。他回忆起路晓云，然后和孙正继续聊着：“其实，他像你一样刻板，不怎么说话……”

冷淡得好像自己只是他不小心认识的一个人，不得不每天看见的一个人……但是在某个方面真是天才。理智，又冷静。

“所以，也像我这样，没有什么朋友吗？”这种时候的孙正似乎不经过任何思考，轻易地问了出来。

路遐噎住了。

“哼……”孙正继续有些摇晃地走着，化验室已经近在眼前，“路遐……”

路遐苦笑了一下，虽然很享受孙正无意识念着自己名字的感觉，但孙正明显已经完全像醉酒一般糊涂了。

“到了，正！”路遐推开化验室的两扇大门，孙正似乎最后的意识就是到达化验室，这一刻终于坐了下去。

路遐赶紧把他扶正了靠在墙边。

化验室外面的等候厅，应该说的就是这里了。三五排椅子，地上铺着一层浅色的地砖，左边是几个窗口，应当是取化验单的地方。

路遐用手电筒大致扫了整个大厅一圈，隐约看到有两三个地方都放有植物。

几年前的吊兰，不知医院易主之后是不是已经被扔掉了？又或者早就已经死掉了？他没有多少把握。

即使路晓云能预料到他会到这里来，也料想不到已经是这么多年以后，连医院也变了样。

孙正此刻正经受着剧烈的疼痛，他说不出这种难受的感觉从何而来，只觉得眼前的整个世界都变成了重影。

路遐发现孙正已经倒在地上，像上次一样蜷着身子。他有些手足无措，想把孙正扶起来，但看着他痛苦的样子，又生怕一动他会疼得更厉害。

孙正深吸了一口气，突然皱着眉说："那是什么声音？"

什么……声音？

因为路遐全部的注意力都放在了孙正身上，忽略了周围细微的变化。此刻他才听到那个声音。那个令他们毛骨悚然的声音。

"沙沙""沙沙"。

路遐把孙正拉了起来，不由分说抓紧了他的肩膀。无论那个东西将如何出现，他也不能让孙正再消失一次。

"沙沙""沙沙"。

熟悉的，那个东西的声音。

孙正动了动肩膀，忽然说："这个声音，好像离我们不远……"

"沙沙""沙沙"。

路遐大胆地拿起手电筒，沿着四周墙壁又慢慢地扫视了一圈。地面很干净，浅色的地砖上没有留下任何痕迹。

"沙沙""沙沙"。

他握紧了拳头，拉近了孙正，嘱咐他："抓着我，不要随便乱动。"

到底，在哪里？

"沙沙""沙沙"。

孙正忽然觉得什么东西滴在了头上。他摸了摸脑袋，又闻了闻手。

腥味……

“路遐，头上！”

两个人同时抬头。手电光照出的天花板上，有一大团血迹。血正滴滴答答地滴下来。

手电光沿着那团血迹移动，一条长长的，被什么拖曳而过的血迹就那么印在天花板上，向着房顶那面的尽头延伸。

孙正和路遐的心几乎停止了跳动。

那面的尽头也是一大团血迹，却没有那个东西。

声音，好像又突然消失了。

两个人几乎是互相拉扯着站了起来。

离开这里！

孙正抓紧了路遐的肩膀，正想扶起他，突然停了下来。他的整个世界都在这一瞬间停了。他的手上摸到了黏黏腻腻的一大团，浓重的血腥味扑鼻而来。

路遐也仿佛停止了呼吸，看着他，眼睛似乎一下都空了。

孙正看见，一个血团从路遐的肩后面缓缓地爬起来，伏在路遐的肩上。

一张脸，一双眼睛，正看着他。

STORY4 初恋

2楼—1楼

她就永远地……被封在了这堵墙里，带着微笑注视着某个地方……

01

好黑。空气好冰冷。这是什么地方？

啪。幸好手电筒还有光。

这里是……走廊？

孙正突然觉得这个走廊很熟悉。浓浓黑雾缭绕着的走廊，寂静别无他人的走廊。

那条，不知名的走廊。

怎么又来到这里了？是幻觉吗？孙正看了看自己的手，那一大团血迹消失了，似乎从来没有存在过。

刚才与他对视的那张脸猛然闯入了他的脑海。窒息一般的感觉攫获了他，他蹲了下去，痛苦地捂着脑袋。

不可能，不可能！怎么会？！

手电筒从他手里掉了出去，沿着墙壁滚了两圈，停了下来，照着对面的墙，光晕里，白白的一片，什么都没有。就像这个走廊，让他觉得如此虚无……

“孙正……”他确认似的念了一遍自己的名字。抓不到身边的手电筒，他趔趄了一下站起来，扶住墙。

“路遐……”他又不经意地叫出了另一个名字，脑子渐渐清醒过来——自己从路遐身边消失了，到了这里。

手电筒在不远处，孙正拖动着脚步向那边走去，却觉得双腿如此沉重，仿佛这黑暗承载了未知的重量，又仿佛浓重的空气化作了一摊泥沼，深陷其中的他几乎寸步难行。

看不见。看不见周围都有什么。感觉不到，感觉不到这里的生气。温度，呼吸，什么都感受不到。

孙正扶着墙慢慢地走着，忽然又停了。他摸到什么东西。和墙壁的触感不同，像是……木头。他沿着那个东西缓缓摸着，手上传来粗糙不平的触感，仿佛有很多刻痕。

是什么？

他有些焦躁起来，向前努力迈了一步，蹲下去，捡到了手电筒。手电光直直地照着眼前这个东西。

是那扇门！他不敢相信刚才自己竟然触摸了那扇门，那扇面目狰狞的门！血迹斑斑，布满无数的刻痕，血迹沿着歪歪扭扭的刻痕流下来，古老，破旧，如同一具陈尸般的门。

是谁，是出于多大的怨念，才留下这种诡异的刻痕？

似乎又有微弱的声音从门后面传来。有什么东西，在刮，在挠，那么用力，可这扇门还是纹丝不动。门后面是什么？那个刮着挠着的，是什么？

孙正侧耳听着。他注意到了门把手，金属带锈的门把手。他不由自主地伸出手去，触碰那个把手。他紧张得发抖，闭上了双眼。

“咯嗒”。

门把手向下动了一点点，就再也动不了了。

上锁的门。

他又用力拧了拧，依然拧不开。他更加急躁了，用嘴含住手电筒，两只手同时放在门把手上，用力向下拧。他不知为什么，这样想打开这扇门。

“啪”。

手还停留在触摸着什么的姿势，手电筒的光照着正前方，空洞洞的地面。孙正的手指无意识地动了动，似乎还不敢相信刚才那样清晰的触感，此刻居然毫无征兆地消失了。那扇门，又再度消失了！

眼前的场景，多么熟悉——无声的走廊，幽闭的空间，钻入四肢的冰冷麻木感。

脑子里有一个肯定的声音告诉他，这是三楼走廊。身后，也一定是那个手术室（四）。他几乎不用搜寻任何参考物，就坚信了这一点。就像有什么已经钻入了他的大脑和内心，无声无息地，那片黑雾也将笼罩他的全身，就像笼罩这栋医院大楼一般。

“嘎吱”。

思考在身后传来的一声轻微的响动后，戛然而止。似乎是，手术室的门打开的声音？难道门没有上锁？门开了？谁开的？或者……是“什么”开的？

手电筒发出的光也开始微微颤抖。孙正的背后涌起阵阵寒气，他握紧了拳头，僵硬着身体，背对着那道未知的、或许已经打开了的门，脑子里的念头绕过无数回路之后，终究都被恐惧吞噬掉了。

无风，无声，门开了？不，也许不是门，只是什么声音……又能够是什么声音？

事到如今，也没有什么是不可能的了。

不知不觉，连呼吸都屏住了。孙正脚不离地地轻轻转了个方向，他几乎已闭上了双眼，全身僵硬地转过了身，面对着那道门。

两扇门，一面闭着，一面半开着。里面充斥着与外面没有任何不同的——黑暗。

门呈现着半开的姿势，就像是一种邀请。孙正这么想着，反而倒退了一步。脑海里的某些图像窜了出来，他捂住头，连退三五步，绊了一下，连手电筒也掉在地上。

他发出一声惊惧和痛苦混杂的呻吟，摸索着抓起那个手电，跌跌撞撞地朝着记忆中楼梯的方向，落荒而逃。

“孙正！！！”

路遐嘶声叫着。他强烈希望自己的声音可以传遍整个医院，然后孙正就会从某个角落跑出来。他靠着墙，甚至都不知道自己是怎样一路摸索着从化验室走出来的，汗流了一身。那时候孙正看着他的那种震惊的眼神，似乎还在眼前晃动着。

怎么会消失的？明明自己抓得那么紧，不可能松手，也没有感到任何力量把他拉开……

路遐找遍了自己全身，还有天花板，地板，也没有任何那个“东西”的痕迹。

更没有孙正。

是幻觉吗？连孙正都是幻觉吗？他笑了起来，汗水流过嘴边，满嘴都是咸味：“怎么可能……”

但是，为什么？为什么他们会入“穴”？为什么孙正会消失？为什么这一切会发生？

他走得太快，也太累了，无力感一次又一次地袭上他的心头。

苍蝇在蛛网上的挣扎，他们在这里的苦苦挣扎，结局说不定都是一样。

他的手抚向自己的那条腿。烧伤？既然都是一样……

他的身影在走廊里越行越远，他忽然有一种预感，孙正，在三楼。

昏黄的灯光里映着墙壁上两个摇晃着的身影，忽然撞见，顿住，一时的怔忡仿佛壁影都陷入了黑白默片。

“正？！”

“路遐？！”

手电筒的光芒忽然剧烈晃动起来，壁上的人影像对不准焦距的镜头里的图像，杂乱地抖动着。

灯光忽然消失了，周围恢复了一片黑暗和寂静。

孙正感到自己像被打捞出的一条鱼，被一双手臂捞过去紧紧抱住了，怎么动弹都只是让呼吸能及的空气更少而已。

“太紧了……路遐！”他终于闷着出声了。

“我……”路遐立刻放开了孙正，嗓子有些哑哑的，“担心你……”

孙正伸手想推开路遐，动作又忽然一停，手放了下来，声音里透着疲倦：“我……没事。”他侧过头去，低垂着脑袋看着地面。

路遐隐隐察觉到那种不安，拉住孙正：“怎么可能没事？！”

孙正依然侧着头，脚步却慢慢开始移动，过了好一会儿，他才开口说：“路遐，我、我看见你就会想起……”

路遐的表情僵了一下，忽然明白了。“我明白了，你可以不用看着我说话的……”他尽量放低了语气，天晓得他现在背上汗毛根根竖起。

他无从得知孙正消失的一瞬间看见了什么，他也不敢想，只能把猜想都压了下去，假装不知道，假装自己什么事也没有。

是我吗？

他却又禁不住搜寻自己身上的每一个疑点，到底为什么，我难道有什么问题？下意识的，他又摸向自己的那条腿。

“我还可以离你远一点。”发现孙正不说话，路遐故作轻松地说着，向侧面跳了一步。

“不，不用。”孙正立刻抬起头，摆了摆手。

路遐却仍然保持着一段距离，只是探过身问道：“你，没遇到什么危险吧？”

“没有……不、不是，”孙正的声音里带着迟疑，手抚上自己的额头，“我脑袋还很乱，让我静一下。”

路遐乖乖噤了声。

两个人走得很慢，就像在散步。明明知道走廊里什么都可能出现，唯一能找出答案的地方就在不远处，他们却下意识地不愿接近那个地方。

路遐几乎能听到自己的心跳，他焦虑不安地为一些什么而紧张着。孙正的平安归来，实际上没有让他有一丝放松。

他知道，孙正总会发现的……自己身上的问题……还会有更多的问题出现吧？像之前那样的情况，绝对不是偶然。可，自己又为什么会这样？

他正想到这里，孙正突然停了，慢慢转过头来，手电光束里看得见他脸上奇怪的神色。路遐感到自己的心都快跳出来了。

“路遐……”孙正的声音带着一丝颤抖。

“怎、怎么了？”路遐应得不太自然。

孙正抓住他的手：“你的脚，你的脚，怎么回事？”

路遐挣开孙正的手，向后退了一步。

是的。走了这么长的一段路，心乱如麻的孙正也终于发现了不对劲。路遐在走路，两条腿走得很正常，很自然。对了，他还想起来，路遐刚才还从他身边跳开过。

他盯着路遐，强压下内心泛起的一丝恐惧。“你、你还是路遐吗？”他没想到自己竟然真的这么问了出口。

路遐反而笑了起来：“你是被吓晕了吗，我还能是谁？”

孙正注意到路遐的手抓着裤腿。“让我看看你的脚。”他皱着眉头，语气不容反驳。

路遐又嘿嘿笑了起来：“烧伤的脚，很难看的。”

孙正眉毛扬了起来：“真的是烧伤吗？”

路遐望着他，叹了一口气，缓缓拉起了自己的裤腿。

孙正的表情凝固了。他看着那条腿，觉得一阵窒息。

“从中医室出来的时候，还很疼，我以为是烧伤。”路遐的表情没有变化，“但是，我们从档案室出来之后，我开始察觉到这条腿恢复了知觉，但是，那种感觉很奇怪，就像是我在操纵着我的腿，但是……它走在地上的感觉，它对周围空气的感觉，都和从前不一样了，我从来没有过这样的感觉……”

“你可以行走？”

“可以。”路遐的脸上露出些许挣扎的表情，“但是，我拒绝用它行走。我宁愿我的腿被烧伤了，不能走……直到刚才你消失了，我才不得不……”

“难道，是因为接触到了那些、那些东西？”

“我觉得是的。在中医室的时候我和它们接触得太多，就像病毒感染一样。孙正，我也许……正在变成它们的一部分。”

“不可能！”孙正马上大声否定。

“我都能接受，”路遐恢复了他一贯的微笑，“你还有什么不能接受的？”

他停了一下，又继续笑道：“而且，不用负重前进，你不觉得很轻松吗？等我完全变成了它们，我还可以偷偷做个间谍，把你带出去。”

孙正紧皱起眉头：“你在胡说什么！”又在开一些自以为好笑的玩笑。孙正心里愤愤想道，“过来。”他没好气地叫路遐。

“怎么？”路遐看着孙正伸出来的一只手，不明所以。

“我扶你走。”孙正不由分说地将半个路遐的重量重新负担到了自己身上。

路遐噗嗤一声笑了：“好吧，孙大高材生，不要太勉强啊。”

孙正最开始受到的惊吓，这下才总算消除了不少。似乎还应该归功于这条腿。路遐放下裤腿的时候这样想着。

不出几步，化验室的门再度出现在眼前。

孙正的脚步顿了顿，路遐轻吐着气说：“二度进军，只许成功，不许失败。”孙正瞥他一眼，走了进去。

路遐挪动着脚步，笑容却渐渐从脸上消退了。

如果发现那个“东西”的出现和自己是有关系的，那，自己是不是不应该再靠近孙正？

他这么想着，而孙正也正轻轻地下意识地摸着手腕，摸着那道残留的黑色手印。

两个人带着一万分的警惕用手电筒认真扫视了整个大厅一遍，反复确定没有任何诡异东西出现后，对望了一眼。

“我们分头行动吧，这个化验室的等候厅还挺大的。”孙正提议说。

路遐扭头看他一眼，有些犹豫：“你……”

“我从大厅这边绕过去，你从那边绕过去，在对面那里会合，找一找那盆吊兰。”孙正不以为意。

恐惧和阴影都不是这么容易克服的。路遐即使知道孙正在逞强，却也没有道理阻止，他只好默然点了点头。

孙正忽然又想起什么，问道：“就算找到了吊兰，又该怎么办？难道你哥哥把磁带什么的放在了一盆吊兰里面？”

路遐耸耸肩：“这我可不知道。”

孙正瞪他一眼。这个家伙信心十足目标明确地来到这里，却完全不知道线索在哪儿。

“走一步算一步，我们没有别的办法了啊！”路遐摊手。

好吧，这家伙倒是一贯如此。

孙正在心里滔滔抒发着对路遐的不满，沿着左边墙角，开始搜寻起来。刚才大略扫视了一番的时候，他注意到这个等候厅两根柱子下，四面墙角中有三面墙角都放有植物，没有细看，但似乎有吊兰的存在。

他紧闭着嘴唇，不敢发出声音。虽然主动提议分开来调查，即使就在同一个厅里面，相隔不过三四米，这里依然是刚刚还遇见过……那种东西……的地方……

然而，面对路遐，就像刚才那样扶着他，自己的心里也还忍不住颤抖。

这个世界，简直是想把自己和一切都隔离开。

孙正感到头皮阵阵地发麻，四肢冰凉冰凉的。他竭力让自己的目光不再四处游移，那种莫名的恐惧让他总想抬眼看看他头顶，但是他又强压下那双抬起的眼皮。

专注，孙正……不要乱想……

总算走到第一个墙角，他几乎深吐了一口气。

手电光照着角落那盆植物，不是吊兰。他沿着墙面，继续向前走去。

“咔。”

孙正听到一声轻响，从自己脚下传来。他低头看了一眼，似乎是踩到的一块地砖碎裂了。他这才轻抚了下胸口，僵硬地一笑，刚才还差点因为过度紧张而叫出来。缓了缓，他又忍不住用手电筒前后晃了一晃，背后是化验室的窗口，阴森森的，看不穿玻璃板的后面，前面是墙角，过去就是一排窗台。

窸窸窣窣的声音从那边传来，还能看见一道手电光在那里晃动。

他忽然就安了心。

“正！找到了！”那边传来一阵欣喜的欢呼。

孙正用手电筒向那边照去，只见朦胧的光里，路遐提着一盆什么东西，细长的枝叶垂下来，阴暗的光线里，看着就像伸长的手指甲。

路遐咧着嘴向孙正笑着。那笑容几乎让孙正觉得刺眼了，他立刻放下这边的搜寻，朝着那边走去。

“怎么样？这里似乎只有这么一盆吊兰。”路遐把那盆吊兰递到孙正眼前。

孙正捧起那盆吊兰，枝叶挠得他痒酥酥的，盆沿的尘土落了他满手。

“看不出有什么稀奇啊！”孙正怀疑的目光投向路遐，“你确定那么多年前的吊兰，医院还留着？”

路遐耸了耸肩：“医院也没道理扔掉它啊……再说，磁带里刘群芳都已经说过了，这是没人敢动的吊兰。”

孙正轻笑一声，掂了掂手里这盆吊兰：“我可没看出来这盆吊兰怎么就不能动了，那些故事总爱妖魔化一些东西，其实根本就不是那些东西的问题。”

“不管怎么说，先把这盆吊兰拆开来看看。”路遐不由分说拿过吊兰，准备把它整个倒在地上。

孙正立刻拦住他：“有你这么破坏植物的吗？好歹……这也是医院里除了我们之外的另一条生命了……”

路遐噗嗤一声笑了出来：“难不成你现在还想着保护植物珍爱生命？这

个盆里说不定有什么蹊跷。医院曾经把这玩意儿当神一样供着，肯定有什么原因。”说完他就抓住那些张牙舞爪的枝叶，刚准备向下扯，又被孙正拦住了。

“你有点儿常识好不好？”孙正无奈地叹了口气，“这种植物几乎每两年就会换盆，盆子里有什么也早都不见了。如果它真的有这么邪门，被你这么折腾，怎么还没有妖魔鬼怪出现？”

路遐终于怏怏地放下那盆吊兰，把它摆回原位，望着孙正问：“你觉得呢？”

“你看的那些乱七八糟的书上有没有讲过关于某种植物会引来什么的情况？问题可能不在于吊兰的盆子或者什么，而是吊兰这种植物本身……”

“植物本身和它们的摆放位置自然是有凶吉区别的，但是这个和我们现在研究的问题不一样，这盆吊兰对医院意义特殊，是院长救的一个病人送的，所以上面是不是附了什么……总觉得越扯越玄了……”说到最后，路遐自己都笑了起来。

孙正却有些笑不出来。吊兰的问题查不出来，他们的线索就将再次中断。

路遐其实早就在心中发泄着对那个一看就不大靠谱的严医生的不满。竟然留下一盘结尾莫名其妙的磁带就跑掉了。吊兰？天知道吊兰上有什么鬼东西！路晓云你竟然也能容忍这么不负责任的人和你一起行动?!

“对了，”路遐灵机一动，“还有一个东西上面或许有线索。”

孙正扭头看他。

“既然这个吊兰这么神秘，记录簿里肯定少不了关于它的记录啊。”

“你是说……那本记录簿？”

“当然，”路遐笑眯眯地，“你不会以为它已经没有任何用途了吧？”

明明之前是你说它起不了作用了的。孙正撇着嘴没有说话，伸手从怀里摸出那本记录簿，两人翻了老半天，终于翻到了想要的信息。

桐花医院暗事件记录1999—2002（七）
记录人：齐天（1999年—2000年护士）

2000年12月10日。

这件事，我也不知道写出来合不合适。但如果能帮到忙，我会尽可能详细地把事情的前因后果写下来。

最开始是因为小田招惹了那个凶神恶煞的大妈。明明是好心想去帮忙给那盆吊兰浇水，谁知道那个大妈刚回来就看见，劈头盖脸对着小田一阵臭骂。我们看不出来那盆吊兰到底有多稀奇，只有那个老大妈把它当宝贝一样放在桌子旁边。

我们化验室的自然知道那个是不能碰的，可小田又不知道。她趁着中午稍微清闲一点儿上来玩，看我们还忙着整理血样，又不敢乱碰器具，闲着没事，只好帮忙浇花，谁知这一浇就出了问题。

医院里稍微待得久一点儿的，都知道这个脾气不好的刘大妈，是和院长同一年进来的老资格，都说她跟院长有老交情，不然她平时服务态度这么差，早就给开除了。

吊兰是病人送给院长的，也不知道她怎么讨了过来放在她办公桌旁边。

说来也奇怪，医院里自从有了这盆吊兰以后，境况倒也渐渐好了起来，偶尔接一些大点的手术，也顺顺利利。据说还有医生会来找这盆吊兰沾运气，都说是沾院长的光。

一看小田受了欺负，大家就在旁边八卦起来，什么这个刘大妈四十好几了还没结婚，都是那怪脾气闹的，人又长得不好，医院里工作了这么久也没个朋友啥的。

虽说都是小道消息，但在医院里待了这么久，确实没听谁说过她的好话。

我们一群人还在说着呢，刘大妈突然走了过来，当时那个脸色，那个眼神，我现在还记得——她的皮肤就像青灰的墙面，瞪着眼睛像金鱼眼似的，身上是那件几乎天天都穿着的雪青色毛衣，看着就让人不舒服。

她拍了拍桌子，对我们说："那个丫头还哭不？叫她来吃我的菜。"

大家早就看她不顺眼，小张回瞪了她几眼，然后我们几个就围着笑起来，就是想气气刘大妈。她果然气得脸都僵了，转身又走了。

真幼稚。

我经常跟我家几个弟弟妹妹打交道，一看就知道这个大妈什么意思。就像小孩子惹急了别人，又想赔罪，还要摆架子。

她的菜？好像谁稀罕似的。

她倒是学了我们那一套，我们几个平时玩得好的，中午午休就会把自己做的菜拿出来一起吃，那个大妈坐在一边，经常用那种金鱼一样的目光盯着我们，一个人吃她自己的菜。

往往午休还没结束，窗口就排起了长队。看小杨一个人忙不过来，我们赶紧吃完就返回窗口。小田也赶紧下楼去，结果走到门口，刘大妈又把她拦住了。小田吓得头都不敢抬起来。刘大妈鬼鬼祟祟地说了句什么，小田就飞一般地下楼了。

我当时就想去问的，但是马上有两个病人等着采血，只好等下班再说。结果下班后我们赶着去参加朋友的生日宴，就忘了这事。吃完饭，我和小田又在街上逛了好一会儿，准备回家的时候，小田突然发现她的钥匙不见了。

返回饭店找了一圈，没找到，小田都快急哭了，执意要回医院找。我看看时间，也就十点刚过，就陪着小田回医院了。到医院我就突然想起中午的事来，就问小田："刘大妈中午跟你说什么？”

“叫我去吃她做的菜。”小田有点奇怪地看我。

“不是这个，是后来你走的时候，跟你说什么？”

“哦！”小田的表情突然变得有点不自然，“我觉得怪怪的……她好像、好像在吓我。”

“那个老巫婆，她又怎么吓你了？”

“她说，这几天看见猫就赶紧走，千万不要跟猫一起玩。”

我当时自然没在意，和小田一起大笑起来，刘大妈吓人的伎俩也这么差劲，装神弄鬼的。

医院一楼的走廊空空荡荡的，护士站那几个护士看我们回来都很惊讶，我们把从饭店带回来的点心分了点给她们吃。我和小田在护士站和更衣间找了个遍，都没有找到钥匙。突然才想起，她中午去过化验室，说不定就掉在那里了。

我至今都后悔自己当初的这个决定。我要是硬拉着小田跟我回家就好了。

但是，一切都是刘大妈从中搞的鬼！我写这个记录，就是想说明，刘大妈肯定不是什么好东西！

我们找护士站的护士借了两个手电筒，壮着胆子就往二楼走了。

医院里值班的时候，我也常去二楼上厕所，但是我从来没有觉得医院有这个晚上这么安静过。

我们才走了几步楼梯，转头一看就发现背后已经是一片黑暗了，我还抱怨了一句“这鬼医院”。

“我们医院有这么黑吗？”小田当时还问我一句，我不记得回答她什么了。但确实，就那一层楼的楼梯，举着两个手电筒，都觉得昏昏暗暗地照不清楚。

那一路，我也觉得特别长，好像楼梯突然多了好几阶似的，就听见小田高跟鞋的声音一直响一直响。好不容易到了二楼，那个黑洞洞的走廊吓得我抓了她的手一下。

“早知道，就叫守夜的老王帮你拿得了。”我悄声跟小田说。

结果小田的肩膀突然抖了一下，叫了一声：“好痒！”

我俩都还没反应过来，只见她手里的手电筒晃了一下。

“怎么回事？”

“怎么毛茸茸的，还挠我……”小田说着，下意识地摸了摸自己的手。

虽说是虚惊一场，我们俩却不自觉地放轻了脚步，生怕惊动什么似的。走廊两边都是平时熟悉的科室，晚上乍看之下，却觉得很陌生，全都黑乎乎的一片。

“说不定……”小田看着走廊，又冒了一句，“是只猫呢！”

我当时就觉得哪里有点不舒服。

“真调皮。”小田自己咯咯笑了起来。这么说着，她的脚步却不知不觉快了起来。我只好跟着加快了脚步。走到一半，她突然又停下来，转过身来张望：“小猫，是你吗？”

我疑惑地跟着转过去。小猫？虽然说在医院夜里出现既没有声音，行动也很迅速的动物最有可能就是猫了，但是……

我用手电筒向走廊照了照，只觉得阴森森，但哪里有什么猫，赶紧又转过去继续往前走。

刚走进化验室外的大厅，我又感到那种陌生的感觉，其实手电光能照到的地方和平日里也没什么区别，但大概是大厅里突然少了排队的人，没了人气，一下子就死气沉沉了。

“小猫！”小田突然又转身叫了起来，我一时没反应过来，和她撞了一下。

我赶紧朝她的方向转头一看，只看见大厅里黑乎乎的一排排椅子的影子，由于光线实在太暗，一晃而过的时候，那阴影简直会让我以为那一排排椅子上，其实都坐着一个个的人。

就算有猫，大概也被她这动静吓得一下子跳远了。

“我都抓到它一点了，呵呵。”小田当时还笑嘻嘻的。

那个时候我也没多想，医院里偶尔多只野猫也不奇怪。天知道我那时要是提高警惕该多好！

我刚用钥匙开了化验室的门，小田就推门快步走了进去。

“可能在小张的桌子附近。”我一边说着，一边帮忙在小张的桌子附近找着，“注意不要碰坏了试剂！”

就听见小田那边动静很大，椅子什么在移动，我怕她打碎东西，就站起来看了一眼，却发现她弓着背不知道在干什么。

“小田？”

“小猫！”小田欢呼了一声，“哎哟，在那里吗？”

我当时有点生气，光想着那只猫竟然跑进化验室了，要是跳进了无菌室那还得了，却没想到这件事本身就有点奇怪。

“不要碰猫！”我当时叫了起来，也不知是不是想起了刘大妈说的话，“等会帮我把它赶出去！”

小田又不作声了。

我找了一圈也没找到钥匙，站起来，发现小田站在刘大妈的桌子那儿。我看她的样子有些奇怪，就走到桌子前想问个清楚。她当时就站在桌子对面，眼睛亮亮地看着什么，一动不动，好像还带着微笑：“那里，小猫！”

我前后左右四处都看了看，除了刘大妈的办公桌，就只有那一盆吊兰。

根本没有发现她说的那只猫的影子。

当时我就有点恼怒，都怪我，没有动脑子，那个时候还想说她两句，结果一转身，她又不见了。

“钥匙没找着，我们去把那猫赶出去吧！”我隐约看到她走到我旁边了，那脚步又轻又快，于是我转过身就朝门那边走去。

就这样，一前一后地我们往回走。我一直觉得她的脚步很轻，但是没有想太多。

快走到一半的时候，才听见她好像在后面，小声又高兴地叫了一声：“抓住你了，小猫！”

我感觉她的呼吸都吐到我的脖子上了一样，冰冰凉凉的。我当时心里正生气，觉得她怎么拖着我回来帮她找钥匙，自己却在抓什么猫。可是又走了几步，我才忽然觉得哪里不对劲，低头去看，顿时背后一寒。但那时已经太迟了。

小田应该是开着手电筒的。那她走在我后面，手电光里应该映有我的影子才对。但是我看到的，只有一片手电光。

当时我就起了一身鸡皮疙瘩，头都不敢回，就差没尖叫出来了。我感觉后面还是有那种轻轻的脚步声，我走了几步就开始向楼下跑。也不知为什么，就是有一种直觉告诉我要跑！

跑的时候，很多早就该注意到的问题才渐渐冒出来：

猫走路没有声音是正常的，但是，怎么从头到尾连一声猫叫都没有听到？怎么小田穿着高跟鞋跟在我后面跑，连脚步声也这么轻？

那种毛骨悚然，在黑暗楼梯间里飞奔的感觉，每当我想起这件事，就好像重新体验了一遍。

“齐天，你干什么跑那么快？！大半夜的！”

马玲这一声一下子把我惊醒了，听她说，她当时是看见我冲到她面前，喘着气都快蹲到地上去了。

“小田呢？”

小田？我转过身去，手电光一照，背后哪里有什么小田？

“小田？”我急得叫了一声。

这一声没有得到任何回音。

我有时觉得，那段时间大脑是一片空白的，等我反应过来的时候，我才明白小田竟然消失了。

“齐天，大老远就听见你在楼梯上跑得飞快……啊哟，你赶紧过来！”由姐的眼睛突然睁得很大。

我还想问小田，她一下子捂了我的嘴，摸出一个很小的镜子递给我，然后转过去用很小的声音跟那几个护士说：“今天晚上什么都不要问，不要提起小田，哪儿也别乱跑，要上厕所就忍着，咱们值完班马上走。”

看她脸色似乎很严重，我一开始还不明白她什么意思，但是当看到镜子里的我的时候，我尖叫了起来。

我的脖子上，有一对黑印。一边一个五指手印。

她们悄悄问我怎么回事，我当时太害怕了，连一句完整的话都没法说出来。我脑子里只不停地闪着那几个场景——

小田站在刘大妈的桌子对面，一动不动地看着那里。

小田走在我后面，向前伸出手，抓住什么，小声又高兴地叫了一声：“抓住你了，小猫！”

……

我绝对没有幻觉。我知道医院里没有什么人相信我。可是，院长叫我写这个记录，不就代表着这件事是有可能的吗？

不能碰那盆吊兰，也千万不要晚上去那里。要注意，那个刘大妈。

附：其后田秀秀一直未曾出现，齐天三天后辞职离院。医院就此事调查询问化验师刘秦，并未得到任何相关结果，相关护士和化验室职工均表示不清楚具体情况。

02

“哼。”路遐刚看完最后一个字，就听见孙正冷哼了一声，声音轻得几不可闻。

“怎么？”路遐对他这种反应很好奇。

孙正移开目光：“没什么。”

路遐看了他几秒，嘴角一扬，拍了拍记录簿说：“好吧，我们来看看这记录里的吊兰到底有什么问题。”

孙正的视线回到记录上，路遐的余光瞥见他的嘴唇仍然抿得紧紧的，越是忍耐着什么，越是像下一秒就会脱口而出的样子。

路遐不疾不徐地继续：“很明显，其实这篇记录的关键不在吊兰……”

“所以，你也觉得那个刘大妈有问题是吧？”孙正问道。

路遐被孙正抢话，顿了一顿，勉强地说：“她当然有问题……”

孙正目光闪了闪：“没错。”

“其实，这篇记录和第一篇差不多，”路遐若有所思地说，“你也注意到了吧？”

“嗯。”孙正点点头，伸手想去扶路遐。

路遐摆摆手，表示自己站得很稳：“齐天最后当然不敢说出来，她脖子上的手印是怎么来的……”他把手里的吊兰放下，把记录向前翻了几页，“我最开始觉得有问题，是因为发现她们两个人的对话很奇怪，你看。”

“早知道，就叫守夜的老王帮你拿得了。”我悄声跟小田说。

结果小田的肩膀突然抖了一下，叫了一声：“好痒！”

“怎么回事？”

“怎么毛茸茸的，还挠我……”

“可能在小张的桌子附近，”我一边说着，一边帮忙在小张的桌子附近找着，“注意不要碰坏了试剂！”

就听见小田那边动静很大，椅子什么在移动，我怕她打碎东西，就站起来看了一眼，却发现她弓着背不知道在干什么。

“小田？”

“小猫！”小田欢呼了一声，“哎哟，在那里吗？”

“不要碰猫！”我当时叫了起来，也不知是不是想起了刘大妈说的话，“等会帮我把它赶出去！”

小田又不作声了。

“从她们回到医院，上了二楼之后，她们两个的对话就开始变得不自然起来。”路遐一行一行地移动着。

孙正的眼神亮了起来：“对，难怪我也觉得哪里不对劲……因为，齐天说的所有话，小田都没有真正回应她。”

“就是这个问题！表面上好像两个人在一起，但是，她们一直都在各说各话，小田根本没有在和齐天对话！”

那么，另一个问题也随之而来……

“齐天以为自己在和小田说话，那么，小田在和谁说话？”

路遐和孙正相视一眼，心中了然。

“小田一直都在和那只猫说话，”路遐继续指着记录，“我刚才又仔细看了一下每一个小田提到猫的地方，我发现……”

“其实她提到的猫，是齐天。”

那个黑洞洞的走廊吓得我抓了她的手一下。

“早知道，就叫守夜的老王帮你拿得了。”我悄声跟小田说。

结果小田的肩膀突然抖了一下，叫了一声：“好痒！”

我俩都还没反应过来，只见她手里的手电筒晃了一样。

“怎么回事？”

“怎么毛茸茸的，还挠我……”小田说着，下意识地摸了摸自己的手。

“最开始小田碰到这只猫的时候，正好是齐天抓了一下她的手的时候，我一开始还不觉得，但是这个规律越来越明显。你看，齐天走在小田后面的时候，小田转过来以为是那只小猫，但是这只小猫除了小田她自己，根本就没有人看见过。”

“小猫！”小田突然又转身叫了起来，我一时没反应过来，和她撞了一下。

……

“我都抓到它一点了，呵呵。”小田当时还笑嘻嘻的。

“齐天撞到了小田，小田以为抓到了小猫。而且，每次齐天说话的时候，也是小田发现猫的时候，她把齐天说话的声音，当作了猫的声音，你看，还有好几个地方也是这样。尤其是最后一个地方……就是小田抓住小猫的时候……”

快走到一半的时候，才听见她好像在后面，小声又高兴地叫了一声：“抓住你了，小猫！”

我感觉她的呼吸都吐到我脖子上了一样，冰冰凉凉的。

“她脖子上感觉到的，不是呼吸，是小田抓猫的那只手。小田抓住的不是猫，是齐天。”

孙正赞同地点头：“所以齐天脖子上会出现那个黑手印。”

“是的，但是这样我们只是还原了那天真正发生的事情而已，齐天和小田那天回到二楼化验室，就是我们现在所在的地方，但是到二楼开始，小田一直把齐天当作了突然出现的一只猫，而齐天一直很自然地和小田说话，直到……她发现影子不对劲的时候，这个时候，小田已经消失了。”路遐一边说话，一边在脑子里整理着思路，“可是，为什么是猫呢？这只猫和吊兰到底有什么关系？”

孙正看着路遐冥思苦想的样子，笑了起来：“那个刘大妈不是知道吗？”

路遐做了一个手势让他打住：“不要急，这是第二个问题，这些问题之间似乎有什么联系，你想想，刘大妈桌子旁边的吊兰，刘大妈似乎知道些跟猫有关的什么事，等等！有一个最大的矛盾你没发现吗？！”

孙正不解地看向路遐。

路遐蹲下去一把拿起吊兰：“吊兰啊！吊兰，如果是刘大妈那么喜欢，谁都不敢碰的吊兰，不是应该在她办公桌旁边吗？怎么会在大厅里被我们发现？！”

两个人的目光同时移向了阴森森的玻璃后的化验室。

“也就是说，这么多年后，吊兰已经被移动过了。”路遐皱起了眉头，“奇怪，为什么要移动它？我们一起去看看原来的地方。”说着，他抱着那盆吊兰就朝那边走去，孙正伸出一只手还想扶他，就那么停在了半空中，过了一会儿才放下，跟着追了上去。

路遐的余光注意到了他的举动，却没有吭声。

之前他已经因为自己的脚开始担心接触带来的问题，小田和齐天这篇记录更让他确信了自己的怀疑。

不能随意接触了，路遐。他告诉自己，也许有一天你会连他是人还是猫都无法分辨，也许……你还会带来那个血淋淋的东西……

沿着墙走了两三步，就听见脚下“咔”的一声。路遐用手电筒照了照，原来是踩到一块松动的地板。

“孙正，你小心这块儿。”他转过头去叮嘱孙正，却发现孙正就站在自己旁边，不解地看着他。路遐好笑地拍了拍自己的脑袋："奇怪，我怎么觉得你在我后面看着我呢？"

"什么？"孙正看了看路遐，"我刚刚就站在你旁边。"

路遐转过身去："我真的感觉到你就站在我背后看着我啊……"说到一半，他停住了，快快闭了嘴。因为他发现，从刚才的他站的方位向后看，他的背后是那面墙。

孙正看着路遐古里古怪的表情，没吭声。

路遐继续朝那边走着，只觉得那背后盯着自己的视线，那种错觉，来得有些真实。

"不行，进不去。"孙正鼓捣着化验室的门锁，"锁上了。"

"让我来。"路遐跃跃欲试。

孙正推开他："别想了，这个门你撞不开的。"

路遐不甘心地拍了拍那道门，和其他科室的门确实不同，应该是重新装修之后换上的门，要厚实得多。他又绕到那一排窗口前，对孙正说："看来有个医生做搭档是必要的。"

孙正斜睨了他一眼，心想："你还在为你哥哥和严央搭档的事找理由啊！"

路遐没有注意到孙正的表情变化，拿起手电筒透过玻璃向黑幽幽的化验室里面照去。隔着一层玻璃的化验室，手电筒的光犹如透过一层过滤，照出的景象影影绰绰的，灯光的边缘薄薄一片。手电光就这样在里面缓缓移动着，桌子、台灯、化验单、柜子上的试管……

"这样根本没办法看出来哪个是刘大妈的桌子。"路遐向孙正抱怨。

"当然，刘大妈还在不在这里都是个问题。"孙正似乎早已料到这种情况，淡定地说。

"但是，我可以试着还原一下那天小田入'穴'时候的情景……"路遐的手电光停留在窗台前的那个桌子上，"你还记得小田什么时候入'穴'的吗？"

孙正一愣，小田入“穴”这是理所当然的事情，但似乎，他还没有仔细考虑过她到底是什么时候入“穴”的……

“肯定不是到二楼的时候，那时齐天还能看见她。”孙正思考着回答。

“当然不是，”路遐盯着那个桌子，“你再回忆一下，如果我没猜错，小田入‘穴’的时候，就是齐天站在刘大妈桌子前的时候。”

我找了一圈也没找到钥匙，站起来，发现小田站在刘大妈的桌子那儿。我看她的样子有些奇怪，就走到桌子前想问个清楚。她当时就站在桌子对面，眼睛亮亮地看着什么，一动不动，好像还带着微笑：“那里，小猫！”

我前后左右四处都看了看，除了刘大妈的办公桌，就只有那一盆吊兰。

……

“钥匙没找着，我们去把那猫赶出去吧！”我隐约看到她走到我旁边了，那脚步又轻又快，于是我转过身就朝门那边走去。

“小田站在桌子面前，看着站在她对面的齐天，就是这个时候。之后齐天看到的小田已经不是小田了……脚步声和影子都已经消失了。”

路遐看着那张桌子，把它假想为刘大妈的桌子，从他的角度看过去，当时黑乎乎的光线下，小田应该是站在右边，而齐天站在左边。齐天的手电光照着小田，小田一动不动地看着什么……那里，小猫……齐天四处看了看，只发现了吊兰……

“一切要点都集中在这个地方了，猫，吊兰，刘大妈，入‘穴’。”路遐注视着那张桌子，就像注视着曾经站在那里的小田和齐天，“为什么一路上小田都把齐天看作了猫？为什么刘大妈要提醒小田不要碰猫？难道这个猫……是在引导小田去某个地方……”

“是的，这样一想，也就解释了为什么那只猫一定要是齐天。”孙正反应过来，“因为齐天会带着小田去化验室，也许那只猫就在等这一刻，等她走到那盆吊兰前的那一刻！”

路遐点点头，眉头仍然紧皱着，似乎还并没有完全接受这个说法。问题还是出在吊兰身上吗？他低头看看自己抱着的那盆吊兰，为什么自己抱了这么久，没有猫也没有什么跳出来？

如果……他突然有一个大胆的想法，猛地转过身去看着孙正，孙正吓了一大跳。

“如果，一开始我们就被误导了，问题根本就不是吊兰呢？”路遐有些激动起来，“最开始小田被刘大妈训斥是因为碰了那盆吊兰吗？还是……只是因为小田正好也碰到了刘大妈办公桌附近的别的什么？她最后在看什么？是吊兰吗？不是，是齐天站的地方啊，齐天站在刘大妈的办公桌前，也就是说，那个地方可能才是真正有问题的地方！”

“你是说，是离吊兰很近的地方，只是因为吊兰含义特殊，所以大家都以为是吊兰的问题？”

“没错，因为大家都排斥刘大妈，所以她那么珍惜的东西就一定有什么鬼，就是这个心态误导了他们，也误导了我们，问题如果不在吊兰身上的话，那么就一定在刘大妈桌子前面，齐天站的那个位置。”

“所以，小田入‘穴’那个时候，一直看着的位置不是那盆吊兰，而是另一个位置？”

这样也就解释了之前所有的问题，吊兰和猫有什么关系？没有关系，但是猫一定是想引导小田去刘大妈桌前某个位置……这也是为什么刘大妈会知道小猫的问题，因为，那个问题的关键就在她自己桌子的面前！

路遐一边激动地点头，一边把吊兰放到一边，重新走到门前：“快来帮忙，看来我们一定要找到刘大妈桌子的位置不可了。”

“不、不用了，你去把那个拿出来。”孙正指着窗口玻璃后面说。

路遐借着灯光一看，两个窗口连接处的背面挂着一个小册子。他压低身子，把手穿过那个只留着一小截缝儿的窗口，折腾了好一会儿，才勉强把那个小册子拿了出来。

“呼！手都勒痛了。”路遐甩了甩手，把那个小册子举近一看，“化验室清洁值班表。”二话不说，他就翻了起来。从最后一页翻到第一页，他抬起头来看着孙正，一脸凝重：“不好了，这里面没有刘秦。”

“也就是说，刘秦已经不在这里工作了？”孙正有些缓不过劲来。

两个人面对面沉默了好一会儿，几乎是在为自己四处碰壁的运气哀悼。

“没事！”路遐用小册子拍了拍孙正的肩，振作精神说，“她不在这儿工作了只能说明她的办公桌不在了，但是，那个位置一定也还在这里，那个小田……”

他突然停住了，某种想法让他背上一阵寒气直冒。

“怎么？”孙正接过那本小册子。

小田入“穴”的最后一刻……

“小田，也一定还在这里一动不动地看着那个位置……”路遐结巴了。

孙正翻小册子的手一停，随即瞪他一眼：“你还有吓人的心情啊！”

路遐嘀咕着，我可没吓人啊，忽然脑中晃过什么，在他还没来得及捕捉到那条信息时，它已经一闪即逝了。

“我有一个疑问，路遐。”孙正把小册子举到路遐面前，“为什么去年9月之后，清洁人员从三个减少到了两个？”

路遐皱了皱眉：“你在意这个干什么？”虽然这么说着，他还是仔细看了一眼。

去年9月之前，化验室负责清洁的人员都安排的是三名，但是9月之后人员变成了两名。

这当然是微不足道的细节，他们的人员变动跟我们有什么关系……路遐虽说这么想着，却还是不由自主地四处张望起来。

去年9月可是桐花易主开始重新装修改建的时候。没错，化验室的门都是新的，大厅里的椅子看起来也像是新款式。

脑中又闪过什么。

他踱步到靠近窗口尽头的那面墙，用手电上下照了照。墙也挺干净，虽然下面有不少蹭到的脚印什么的。

忽然，他猛地一拍脑袋，叫了起来：“没错！我们进来的时候就应该注意到，这间化验室和大厅是改造过的啊！”

孙正闻言也立刻抬头四处看了看。

“所以人员从三名变成了两名，所以吊兰被移到了外面啊！”路遐得了灵感，犹如脑袋重新灌了机油，越转越快。

孙正的脑袋亦反应迅速：“因为他们把化验室面积缩小了，把外面大厅扩大了！”

“对！所以刘大妈办公桌的位置，就从原来的化验室内部，被移到了化验室外的大厅，当然这都是刘大妈离职之后的事情，吊兰也随之被移到了大厅里。”

两个人怀疑的视线终于从化验室内部转向了他们现在所处的大厅。

孙正朝着那堵墙走了过去。

“咔。”他停了，转过头来，直射的手电光明晃晃的，照得路遐几乎睁不开眼来。

“路遐，刚才你觉得背后有人在看你，是不是……这个地方？”

路遐脑中刚才消失的信息一下子重新回来了。

小田一动不动地凝视着的……

“正，你走开，不要靠近那个地方！”路遐一边有些着急地说着，一边朝那边走去。

两个人离那个地方稍远了些，才停下。

“因为我记得你是走到那块地板坏掉的地方，突然冒出那么一句话的。”孙正说道。

“是的。你记得我跟你说过的生物电波的事吗？背后有谁在看你，转过头去谁也没有，这也许不是错觉，你的频率只是在某一刻恰好和某种东西同步了。”路遐盯着那块地方。

“不过……当时背后是一堵墙，”他脸色沉下来，“如果我的感觉没有错的话，现在完全能解释明白了，当初刘大妈桌子的位置，就是面前这堵新添的墙的位置。”

> 我找了一圈也没找到钥匙，站起来，发现小田站在刘大妈的桌子那儿。我看她的样子有些奇怪，就走到桌子前想问个清楚。她当时就站在桌子对面，眼睛亮亮地看着什么，一动不动地，好像还带着微笑：“那里，小猫！”

入“穴”的小田，一动不动地站在桌子前的小田，就永远地……被封在这堵墙里，带着微笑注视着某个地方……那里。

两人同时觉得起了一身鸡皮疙瘩。

“那、那个位置到底是哪里？”孙正犹豫地问道，转过头去问路遐，却发现路遐已经蹑手蹑脚地朝那面墙走去了。

如果，起作用的不是吊兰……而是吊兰旁边，很近的地方的话……

“小田姑娘，你可千万不要从墙里走出来……”路遐小声地说着，埋着头在地上四处找着什么。

“只要那个地方没有也被埋进墙里就好。”孙正无奈地注视着路遐的举动，也朝那边走了过去。

路遐似乎有了新发现，向孙正招了招手：“你看，这块坏掉的地板，是新的！”

孙正望向那块自己也不小心踩到过的地板，果然，颜色和其他地板有一些不同。

“才换过的地板就又坏掉了，说明什么？”路遐笑眯眯地对孙正说，露出两个酒窝。

“说明这块地方的地板老是坏，总是不停地换。”

“为什么老是坏呢?”路遐的语气不是疑问，而是带着如同发现宝物一般的愉悦和欣喜，“因为这块地砖铺空了，下面有缝，老是受潮。为什么一直没有人发现？因为这里原来不是人会走过的地方，原来是藏在某个办公桌下的地方。直到有一天改建了，人们才发现这一块地砖老是坏，但是改建已经完成了，地砖已经全部重新铺过了，只有不停地重换这一块，但它还是坏……”

说着，路遐就着那块地砖碎裂的缝，把地砖掰开了一点，露出下面的水泥来。

“你想说明什么?”孙正怀疑地看着那块地砖，“这就是那个位置？下面可是水泥。”

“别急，去帮我拿个锤子什么来把这个砸开。”路遐摸着那片水泥，心里暗暗祈祷，下面一定要是空的啊一定……

不过几分钟孙正就递过来一个小锤：“从那边消防栓旁边拿的。”

路遐接过锤子就叮叮咚咚敲起来。

又胡来了。孙正想着，看着路遐拿着那不大好使的小锤试图破坏水泥的样子，哭笑不得。

“砰!”碎石四溅。

“哈哈!!!”路遐把锤子一扔，终于忍不住得意地笑了起来，“我就知道！我就知道！这块水泥果然是他们抹上去的，幸好很薄，你来看!”

孙正惊讶得合不拢嘴，低头一看，果然薄薄一层水泥被砸开，露出下面一块小得可怜的空洞，洞里隐隐约约看见什么东西。

路遐伸了两根手指头进去，夹了出来。

“当当当当!”他乐得眼睛都眯成一条线了，“磁带，找到了!”

这、这简直是不可能啊!

路遐的哥哥怎么会想到把磁带放到这里的？怎么又恰巧被我们发现这一块地板的问题？就算之前这块地板是因为压在办公桌下没有被人发现，直到五个月前重新装修才出现问题……

但是，这一切都巧得不可思议……

孙正从来不会相信好运这种东西，他没有，他也不期待有。路遐那经常碰运气似的乱来，他从来都不赞同。

也许是自己从来不会主动踏出一步去尝试……

“真是天助我也！”路遐在磁带上狠狠亲了两口，“希望你们没有受潮坏掉！”

他转头就想给孙正一个激动的拥抱，手伸到一半，却又收了回去。

孙正还处于震惊之中，没有注意到他的动作。

路遐终于平静下来，开始分析道：“我哥哥应该没有考虑到这么复杂，他不可能想到我们会隔了这么久才找到他的消息，也就是说，他当初就是把这些磁带藏在刘大妈办公桌下的地板空洞里，如果我们按照线索去找，就会很快找到的……可是，刘大妈办公桌下怎么会有这么个空洞的？这个位置和那只猫又有什么关系？”

“你哥哥应该已经找到了答案，就在磁带里吧。”孙正回应道，摸出那个复读机。

“这里有两盘磁带，听哪一盘？”

“按顺序开始听，我也不希望漏掉什么，我们要赶快出去。”孙正拿过磁带就塞进了复读机里。

这一刻，两人似乎才记起这堵墙的背后有着什么，几乎同时背上一凉，赶紧走到窗口边上，放下复读机，仔细听起来。

03

前面依旧是长长的一段英语。

紧接着是一段熟悉的噪音，可噪音过后，磁带里却突然陷入了一阵沉默。

路遐和孙正奇怪地对视一眼。怎么那个医生不说话？

磁带里的脚步声很轻，里面的两个人似乎走得很慢。几乎就在孙正忍不住想按快进的时候，严医生怯生生的语气开口了：“我不该拉你去看演唱会，群芳姐也不该骗我们……但是都两个月了，你不能这样放着不管啊……”

他吞了一下口水。

那边又是静得怕人。光凭脚步声无法判断出那两个人是在什么地方行走。

“是我的问题。我答应你去的。”路晓云难得出声回应了严央，听起来两个人的气氛很僵硬，“找不到‘穴’的出口也是我的问题。我不做没把握的事，找不到出口，我们就不能进去救人。”

“已经两个月了，我观察那个刘大妈，也没有发现任何问题啊！”

“是吗？”路晓云反问一句。

路遐几乎可以想象到他哥哥面无表情实则胸有成竹的样子了。如果没有把握，又怎么会两个月后叫严央开始录这一盘磁带呢？看来出去有希望了！

“可是，这个时候去那里合适吗？”严央的声音听起来依然有些沮丧，“群芳姐已经消失两个月了，感觉很不真实……”

严央的声音很近，听得出来他还是拿着复读机的那个。

路晓云似乎没有理会他的自言自语，只听得磁带里他的脚步声越来越远。

严央小跑了几步追上去：“你难道不觉得可怕吗？一个活生生的人就这么消失了，所谓的‘穴’的力量真的有这么大吗？这简直就像是对医院里每天拼命工作去挽救生命的医生的讽刺……”

路晓云的脚步停也不停：“不觉得。”

“是，你当然不觉得，你又不是普通人。”磁带里的声音有那么一瞬间模糊了一下，应该是严央的手抖了一下，“你知道‘穴’在哪里，入口在哪里，出口在哪里，所以现在这么晚了你也敢去化验室找那盆吊兰……”

孙正和路遐对望一眼，看来这对搭档的关系建立得没有他们想象中那么牢固。

不过这也是理所当然，路晓云那种喜欢独来独往的人……孙正心想。

路晓云的脚步声终于停了，听他在不远处开口：“你是在害怕吗？”伴着轻微空旷的回音，看来两个人是在长长的走廊上。

“怎么可能！”严央的反应一下子激烈起来。

“关上复读机，你回去吧，刘群芳已经不在了，你也没必要跟着我。”路晓云的声音听不出什么波动。

“啪。”

磁带果然断了一下，只留下最后严央那声“哼”。

孙正和路遐还未来得及有任何反应，录音又继续了。这时的噪音大得惊人，嗞嗞乱响，只听得见像是有人在小跑的声音。

“呼呼！”拿着复读机的那个人终于停下了，他的声音回荡在整个走廊，“路晓云，你就想一个人逞英雄，哼，我偏不走，你以为你有多大能耐，两个月都没找到出口，要是掉进去了，只有我能拉你出来……呼呼……”

走在他前面的那个人第二次停下了脚步。

“看什么看，我是回去拿钥匙。”严央不知从哪里多出来的底气。

路晓云没有多开口，通过磁带也无从得知他此刻的表情，磁带里响起了两个人并排走的脚步声。

孙正和路遐似乎也松了一口气，要是医生和路晓云闹别扭不录了，他们这边才是真的出不去了。

只听见严医生用很小的声音继续唠叨着：“我为什么会傻不拉叽地白天上班晚上跟着你在这鬼森森的医院乱跑？一定是因为负罪感……负罪感，算了，你这家伙反正也不懂什么是负罪感……”

脚步声就这样持续了好一会儿，直到“嘎吱”一声，门开了。

“其实我怕猫……”严央小声说了句。

虽然他这么说着，但他的脚步并没有因此放慢。路遐和孙正专注地听着，心里估算着他们走的距离。

如果路晓云真的有什么线索，那么从现在的情况推测，他们应该也在化验室里面调查。

果然，只听磁带里响起轻微的钥匙拧开门的声音。

“嗞”——噪音突然大了起来，惊得路遐放在复读机上的手一抖，那种模糊不清的声音嗞嗞呜呜地响着，像某种悲鸣。

路遐和孙正对视了一眼，不知道磁带里的两个人察觉出来没有，化验室果然和外面有点不一样。

“噪音好大。”孙正抱怨了一声，余光飘向与他们一玻璃之隔的化验室，心里莫名一紧。

提着复读机的人走了几步，不知撞到了什么，“哎哟”一声，磁带里随之响起被放大无数倍的声音，孙正和路遐同时皱了下眉。

“你往哪儿走？回来。”这是路晓云的声音。

严央似乎愣了一下，磁带里他的反应慢了半拍：“你对谁都这么颐指气使吗？”

路晓云回答得很干脆：“不是。”

只听见严央又走了几步，停下来了。

悲鸣似的噪音似乎更大了，路遐终于把复读机的音量放到了最大，那嗞嗞呜呜的声音就在整个化验室大厅里回荡着。

“你、你把那盆吊兰举起来干什么？！”严央突然慌张地叫起来。

“拿走吊兰才能把桌子往这边移，快点。”路晓云用命令的口吻说着。

磁带里响起了桌子移动的摩擦声，那声音擦着地面，像撕裂的惊叫，孙正和路遐完全想象得到严央战战兢兢的样子。

“你不会把我认成猫的，对吧？”严央一边移动着桌子一边嘀咕着，“当然你也不会让猫上身，所以我们只要办完这一切就快快走人，大不了周六跟老妈去烧个香……”

说到一半就中断了，似乎是接收到路晓云的什么信号。

过了一会儿，才听到路晓云在离复读机很近的地方，压低声音说话：“蹲下来，不要乱动，不要抬头看，把这个地砖起开。”

可怜的严央，孙正内心感慨一句，他应该蹲在了刘秦的办公桌前，却不知道距他一步之遥的地方站着什么，在看着他。

复读机里的两个人在叮叮当当地弄什么，严央又在叽叽咕咕地说什么，但是由于噪音太大，路遐和孙正已完全听不清楚。

“他俩的感情其实还不错。”孙正说道，带着一种近乎羡慕的语气。

“什么？”路遐的音调一下子拔高了。

“……他们还一起看演唱会了。”

“开玩笑，我哥哥是被拉着去的，还耽误了正事！”路遐颇有些愤愤不平。

孙正对他摇摇头，说：“所以啊！如果你拉我去我也不一定会去。”

路遐无言地盯着复读机。

“你那是什么表情？收起来！”只听磁带里传出一声轻微的惊呼。

悲鸣般的噪音戛然而止。

似乎有什么东西轻轻碰撞，那声音轻而脆，传到磁带的这一头，透着一种冷冽。

“是什么？”路遐皱着眉头问道，凑近了复读机。那小巧的声音仿佛清晰地响在复读机的另一面，一下一下的打击声，撞在路遐的耳膜上。

“这个是……”严央似乎又把那个东西拿得远了，“你认得出来不？”

路晓云不说话。

严央继续说：“我看着很熟悉……但是这不可能是人身上的，倒像是……”

“是猫骨。”路晓云接下了他的话。

路遐一震，几乎是从复读机旁弹了开来。那个洞里，原来埋的是猫骨?

“这个大妈把四根猫骨头埋在这里做什么……”严央问道,“难道说这就是为什么那个谁会看见猫?难道说不是因为吊兰的原因?”

“两根胫骨,两根肱骨,不好了。”路晓云冷然叹道。

磁带里传出的,原来是骨头轻微碰撞的声音。路遐只觉得鸡皮疙瘩从后腰一直爬到了后脑勺。据他的认识,路晓云很少对情况作出好或者坏的评价,大多数时候他选择不说话,因为他认为行动完全可以解决这些问题,他不浪费口舌。

这一次他却破天荒说了“不好了”三个字。

“什么意思?”严央的声音听起来明显是被吓到了,“这猫骨头是不是什么诅咒?”

“不是,下面还有东西,你把它拿出来。”路晓云的声音保持着镇定。

磁带里一边传来严央窸窸窣窣的声音,一边听见严央说着:“问题果然还在这个刘大妈身上,不怀疑她是不可能的,不管是吊兰还是猫都和她有关系的。你才来当然不知道,据说她之前是养过一只猫的,当宝贝养着,经常看见她在医院里抱着那只猫到处走,还对着猫说话……不过,这只猫后来过马路给车撞伤了,没几天就死了。”

路遐和孙正对视一眼,隐约觉得琢磨出点什么,可是那点想法就像冒出水面的鱼,还没来得及抓住,就又隐匿了下去。

“咦?”那边严央惊讶地叫了一声,“字条?看起来好像是很久以前的啊……啊!”

似乎是被路晓云拿过去了。

“上面写的什么?都模糊了,你念念。”严央不高兴的声音。

沉默了一下,磁带里传来严央的抱怨:“怎么不念,你又拿给我干什么……小秦,很好吃,明天实验结束再去吃你的菜……这什么呀?”

“小秦,星期天下午去你楼下取书……”

“小秦,明天的课我不去了,到时候给我笔记……志汶。志汶?!”严央的声音一下子尖了起来。

“志汶?”孙正用疑问的眼光看向路遐，他怎么觉得印象里有这个名字……

路遐也正在苦苦思索这个名字，熟悉，太熟悉了。

是谁?

“这是什么?”路晓云表示不明白。

严央一下子笑了出声:“哈哈哈，终于有你小子不明白的东西了！我告诉你，这些纸条，应该是上学的时候一个男生写给一个女生的，那个年代就流行这个。这个女生就是刘秦，当年还很年轻，这个男生叫作志汶，你知道志汶是谁吗?这简直是医院里的惊天大八卦啊!”

“我想起来了!”路遐恍然大悟，“这个志汶，就是陈志汶!”

陈志汶……这个名字好像一根针一下子刺进孙正的脑袋，他不由颤抖了一下。

陈志汶……

“陈志汶，他就是这个医院的院长啊笨蛋路晓云！看来他和刘秦当年是同学，关系不错嘛……不过刘秦留着这些纸条，放在猫骨头下面干什么?陈大院长可是有老婆有儿子的人了……”

“陈志汶，就是这家医院的前任院长，正!”路遐终于抓住了什么重要线索似的，激动地转过头来，却看见孙正紧皱着眉头，眼睛里流动着茫然又恐惧的光芒。

“怎么了?”

孙正回过神来，依然疑惑地说:“我总觉得有什么东西漏掉了……”

“你是不是明白了什么?”严央在磁带里问道，似乎已经完全忘掉了猫或者吊兰的故事，整个人都沉浸在八卦的兴奋中。

那四根猫骨忽然又叮叮当当响起来。

“猫骨求姻缘，这是随阴人用的东西，我听说过，从来没有见过。”路晓云的声音很沉重。

“随阴人？那是什么地方的人？”

“不知道。刘秦是随阴人，这个医院的问题就大了。”

“随阴人？你听说过吗？”孙正同样不解地问路遐。

“没有，”路遐摇摇头，“听起来像是某种奇怪族群的人，是不是懂点什么奇门邪术的那种……”

“把东西全部还原，不能让她发现，我们先回去。”路晓云在磁带的最后如此吩咐道。

“嗒、嗒、嗒。”路遐的手指有节奏地敲击着窗台，眉头微微皱起，偶尔抿一下嘴试图湿润一下干燥的嘴唇。

孙正没有打断思考中的路遐，他低眉看着玻璃窗后的一片漆黑同样若有所思。

“我们……大概能推断出刘秦和前院长的关系吧。”路遐近似自言自语地说着，“刘秦是随阴人，虽然我不知道随阴是什么地方，但想必是个极其偏远的地方，我们是不是可以由此猜测刘秦和大家的生活习惯什么的是有一定差异的？”

孙正不置可否地点点头，你大多数“推理”不都建立在猜测上的吗？是非对错也全都无从对证，反正你爱怎么想就怎么想……

“再结合刘秦在医院的处境来看，她一直都是受到排挤的人，因为她是从一个偏僻地区来的，性格孤僻，格格不入，不合群……这些都是能想到的。”路遐的语气转折，“但是，你看，对她来说，有一个人是不一样的。”

“陈志汶？”

“是的，从他们当年传的字条来看，关系应该还相当不错，但好像也就仅止于好朋友的地步啊，对刘秦来说，这也许就是她的第一个朋友，不，也许陈志汶就是她的初恋……”

孙正扬起了眉，似乎终于提起了兴趣。

“是啊，如果是初恋，而且是唯一的恋爱，这一切都很容易解释了。”路遐恍然大悟的样子，“陈志汶在这个医院待了多久，刘秦就待了多久，陈志汶对她怎么样我们不知道，但是他做了院长，娶妻生子，过得应该说是志得意满，刘秦是个傻女人，她就守着这个地方守到四五十岁，一个人来来往往的……也不怕寂寞……”

孙正笑了一下，但这笑仿佛是没有任何感情的：“她怎么不怕寂寞？她不是有只猫吗？”

“哦，猫，对，她唯一的陪伴就是那只猫，对着猫说话，跟猫一起散步，看起来挺快活，但是看着猫想着另一个人的滋味那也是苦上加苦……”路遐一阵感慨，“这只猫，后来也离开她了。”

孙正的目光不由自主飘向身后那个他们起开地砖的地方。猫变成人，人变成猫，刘秦这个女人是不是有过这种疯狂的想法？

如果这只猫有一天突然变成他就好了。

如果他有一天突然变成这只猫陪在我身边就好了。

想到这里，他的身体突然一震，这只猫的身上，这里曾经埋过的四根骨头上面，是不是满满地刻着的都是这种想法？

她有没有想到，有一天，她的猫真的变成了一个人？但即使是这样的一天，那个人也仍然不是她想着的那个人……

“猫死了之后，她把那只猫的四根骨头和那些她一直收藏着的字条埋在她办公桌下的一块地砖下，像什么宝贝一样每天紧张兮兮地守护着。”路遐继续皱着眉头想象着刘秦的故事，“吊兰只是单纯的因为和院长有关系，她才把它放在旁边，但是这个猫骨头里面，是不是有什么古怪？”

“这个刘秦，是不是……”孙正顿了一下，似乎觉得有点不好意思开口，“会什么巫术之类的？”

路遐看了他一眼，迟疑地点了点头：“有道理，为什么我哥哥第一眼看见这个猫骨头也这样紧张呢？他肯定是认出了什么东西，他既然说四根猫骨求姻缘，想必这四根猫骨头也确实有点什么奇怪的作用。”

“所以小田当时碰到这块地方的时候，她才会警告小田，这个猫骨头没有带来姻缘，反而带了一些邪门的东西。”孙正顺理成章地补充下去。

就在这个时候，刚才一直转着却没有任何内容的磁带“咔”的一声走到了 A 面的尽头。

路遐一边无意识地抚触着复读机，一边继续分析：“我哥哥从小田的事情中看出了古怪，又跟着调查刘秦这么久，终于找到了问题所在，他肯定从这四根猫骨头中读出了刘秦会这些乱七八糟的东西，而且……他的预感很准确，这个医院的问题跟医院高层脱不了关系。”

所以他和严央提前埋下了这么多线索，留下了这么多证据。如果他们进行顺利，那么应该是准备在解决问题之后把证据都提留出来对医院采取行动的……

但是，这些磁带一直留到了这么多年后的今天，医院的问题也一直留到这么多年后的今天——

难道……中途出了什么问题？他们最后没能取回这些证据，只能把线索留给后来的人？

这一任的院长又怎么会知道这些资料？知道这些人？他和陈志汶也有什么关系吗？

“如果刘秦是在陈志汶的示意下……”路遐说着说着，心中逐渐被隐隐升起的不祥预感占据，停止了动作，嘴唇微微颤抖起来。

路晓云，你可不要吓我……我对你期望很高，很高的……

你这个做哥哥的，小时候不陪我玩，不给我抄作业，讲话不有趣，没带过大帮哥们儿回来让我见识，也没带过漂亮的女朋友回来让我羡慕，你唯一能让我崇拜的就是这点了，你千万不能让我失望……

不，当然不会。路遐甩了甩脑袋，似乎想甩掉这个念头。路晓云当然是无可置疑的，这点过去现在将来都不会错。

“你说陈志汶示意刘秦做什么？”孙正等了半天没等到路遐的后半句，终于忍不住问了出来。

路遐回过神来：“假如刘秦会点什么奇怪的东西，我说假如，然后陈志汶利用这一点，让她干了些什么，导致了这个医院的‘穴’的气场出现了问题呢？”

“让她干了些什么？难道说她还能让人起死回生长生不老不成？”孙正十分质疑。

“我也没那么说，但是总是有可能的啊，如果我们把当初这个院长做的那个手术联系起来，不，我们如果在档案室就好了，这些资料应该很容易找到。”路遐对于无法探知背后的秘密感到遗憾，“不过，现在的关键还是继续听磁带，怎么出去才是要紧。”

他拿出磁带，翻了一面，又警惕地望了望四周，暂时还没有任何特殊状况出现，只是脚上冰冰凉凉的感觉似乎在向上爬。

他想到跟这个事件有关的刘秦，抱怨了一句：“刘秦这个女人啊，可恨之人必有可怜之处……”

“可恨？”孙正提高了音调，“刘秦可恨吗？她一开始并没有做错任何事。”

路遐按下播放键，磁带转了起来：“我承认，她的出发点并没有错，她也许只是被利用，但是……”

似乎并没有在听路遐的回话，孙正很快地接着说：“为什么任何一群人，哪怕只有三个人，都总会去排斥另一个人呢？”

“因为，”路遐迟疑了，“文明社会鼓励差异……”

孙正看了他一眼，浮出一丝笑意：“文明不过是人披的一张皮，你知道为什么吗？”

路遐第一次从孙正笑着的眼睛中读出了冷漠，他闭上了嘴不说话。

“因为害怕。”孙正笑意未减，“没有比害怕和羞耻更有力的武器了，因为与自己不同，所以感到害怕；因为害怕，所以用排斥让他感到自己的与众不同是一种羞耻。”

路遐移开了视线，目光停在了孙正握紧的拳头上，攥得很紧，手腕上的那道黑手印都几乎张开来。

路遐忍不住想去收拢那道惊悚的手印，微微探出了手，抚了上去。

几乎是立刻感到了手上传来的另一个人柔软的温度，孙正握紧的拳头渐渐放松了。

磁带里也开始有噪音出现，嗞嗞响着。

“不好意思。”孙正的语气忽然缓和了，“说太多了，听听你哥哥他们怎么说的吧。”

路遐轻轻收回手来。

“嗯。”

04

走廊里空空荡荡地响着两个人急促的脚步声。

依照磁带第一面的情况来看，现在两个人应该是从化验室出来的返回途中。复读机随着主人的步伐左摇右晃，不时擦到衣物，发出巨大而难听的声音。

“路晓云，”主人终究是耐不住好奇说话了，“随阴是什么地方？”

旁边那个人的脚步罕见地顿了一下。

“给我讲讲，随阴到底是什么地方？哪个省？云南？江西？听刘秦的口音应该是南方的……”严央没有放弃追问，“神神秘秘的，那个地方有什么稀奇的？坐个飞机火车，再开车总能到吧？”

“随阴，”路晓云低沉的声音从磁带那头传来，“是最接近大地之‘穴’的地方。”

“大、大地之‘穴’？”

路遐和孙正几乎同时转头想问什么，两个人又同时面对面欲言又止。

他又怎么会知道什么大地之“穴”……两个人心里同时想着。

“你之前说过，每个城市都有一个‘穴’？”孙正终于开口问道。

“没错。”

“那么大地之‘穴’……又是怎么回事？”

路遐摇摇头，又露出犹疑的表情：“我猜，那就好比说是，最接近黄泉的地方。”

“我不知道在哪里，因为去过的人就没有几个能回来的。”路晓云在磁带那头接着说道。

“竟然还有你都不知道的东西吗？那你怎么一看见猫骨头就知道她是随阴人？都没有人回来过那你怎么知道这个地方的？”严央从震惊中恢复过来，语气里立马充满了怀疑。

“刘群芳的爷爷在江西的一个‘穴’里见到过关于随阴的记载。”路晓云这次出奇直接地回答了他。

“江西的一个‘穴’？有记载？”严央吃惊地叫道，咽了下唾沫，“那、那我们要怎么办？”

路晓云没有说话。

“你看我干什么……我怎么知道怎么对付什么随阴人……”严央吞吞吐吐地应付着路晓云的沉默。

“把问题引到她身上，她会替我们解决。”路晓云说着，声音在走廊里低低地回荡，如同夜的漆黑一般沉着而难以撼动。

“我懂了！”似乎接受到路晓云带来的那种绝对的信号，严央的声音激动起来，“我们要设个局，让她以为自己也陷入了这个医院的困境，她为了解决自己身上的问题，自然就会去解决这个由她带来的麻烦！”

“不在她身上。”

“那在谁身上？”

“陈志汶。”

“陈志汶。”路遐在这头低声道，几乎和路晓云同步。刘秦最看重的是陈志汶，那就从陈志汶下手。

孙正从路遐的表情中读出了那带着鼓舞和激昂的闪光。路遐隐隐约约在期待着什么，而这种期待仿佛这一刻在他哥哥身上已经看到了，已经实现了。

两兄弟身上果然流着相同的血液。在这样极端的连生命安全都不能确保的情况下，他们也随时能因为未知、神秘和谜题而兴奋地散发能量。

也许这也是为什么这一瞬间，孙正从路遐身上看到了夜晚的星光般渺茫却难以磨灭的明亮的光彩。

这是路晓云对刘秦的宣战。这也是在“穴”的困境下，路遐和孙正第一次从处处受困的被动找回了主动的感觉。

那条走向出口的道路，路晓云正在为他们铺设。

磁带并未走到尽头，但录音就此戛然而止。复读机里又响起纯正的英式英语，女声字正腔圆地朗诵着英文课文。

路遐几乎是不耐烦地按下停止键，拿出磁带向衣兜里随便一揣，立刻将另一盘塞了进去。

还没按下播放键，孙正伸手挡了一下，微眯了一下眼，好像察觉了什么似的。

路遐用余光四处瞄了一转，除去令人熟悉和窒息的黑暗，他听不到任何声音，也看不见任何东西。

“怎么?”路遐轻声问了孙正一句。

孙正抿着嘴摇了摇头。他感到一股压抑，说不出来的沉闷感压在胸口，然而这也许并不是什么值得一提的事。

复读机再度工作起来。除了担心里面那块电池能否继续坚持之外，路遐还担心着他们在这个并不安全的房间逗留太久，会不会有什么危险。

他简直期盼着这第四盘磁带里会直接传来路晓云的声音告诉他，出门，下楼，左转，你们可以出去了。

然而，里面突然传出来的鼎沸的人声和喧闹的背景告诉他，这一盘磁带里面记录下的，一定是一个重大的事件。

也是路晓云和严央等待着的那个事件。

孙正也因为这久违的嘈杂的人声懵住了，他带着茫然的表情看向路遐，路遐肯定地点头示意他继续听下去。

磁带里的背景应该仍然在桐花医院，因为隐约能听到有呼唤护士的声音，按照这个热闹程度，记录的时间应该破天荒的在白天。

“今天，是 2001 年 8 月 24 日。”严央清了清嗓子，声音意外地显得十分稳重严肃，“路晓云在医院转悠了两个月，我们等了两个月，按他的话说，终于摸清了‘穴’在这个医院流动的规律，当然我不知道什么流动什么规律，总之他说，‘它’的气息很近了……”

“‘它’的气息”？路遐微皱起眉头，试图理解这句话的意思。

孙正却俯下了身，侧着耳朵靠近复读机。

复读机里的杂音多得惊人，加之旧磁带极差的音质，他什么都分辨不出来。

路晓云和严央似乎在准备着什么，等待着一个时机——摸清“穴”的气息，和“它”的气息，一个可以将问题引向刘秦和陈志汶的时机。

孙正凑得更近了。忽然，他的身体一震，看向路遐：“你听！”

路遐顿时神经一绷紧，探身向复读机：“你又听到了什么？”他没有孙正那样灵敏的耳朵，依稀在磁带里听到的只有杂乱的脚步声，门开了又关的声音，最多的还是人互相交谈着的声音。

不、不对……

还有个女孩的“咯咯”的笑声。

路遐的目光和孙正对上。

柔得像摇荡在春风里的柳条儿般的笑声，明明应该是很普遍的女孩的笑声，他却觉得哪里别扭。

笑声似乎有点大，这么多噪音里面，这笑声却如此明显。

孙正突然猛地抬起头来。

“呵呵呵，呵呵呵，呵呵呵。”

路遐也霍然直起身来，目光移向了身后那面墙。

笑声不在磁带里！

在墙里！在他们所处的这间化验室里！

几乎是下意识的，路遐抓住了孙正的手："快逃！！"他刚迈出一步，突然身子一歪，手撑在了窗台上，脸色一下就变了。孙正同时感到他抓着自己的手紧了。

"呵呵呵，呵呵呵。"

笑声愈近，笑得清脆明亮，一个活生生的少女就像要从那墙里飘然走出，一直凝视着房间的目光也像要滴溜溜转着停留在他们身上。

孙正看到路遐那条腿明显瘸了一步，又站了起来，抓着他就向门外飞奔。

他腿上的东西已经蔓延到大腿了……不，也许已经及腰了……

他们一手拿着手电筒，一手将怀里还在发声的复读机关掉，走到门口一顿：去哪里？

不知是错觉还是受了背后笑声的影响，他们面对着化验室外的空间，觉得整栋桐花医院的大楼里，仿佛有什么东西从死寂一般的黑暗里复苏了，魑魅魍魉都似乎透墙而出，窸窸窣窣。

怎么回事？

两人的心中同时浮现出磁带里严央的那句话："它"的气息很近了……

"它"是什么？跟"穴"有什么关系？

没有时间思考，路遐抓着孙正，下意识就要向楼上跑去，他还记得上一个安全点就在楼上不远。

孙正却拉着路遐向下。他说不出别的原因，只是脑海中浮现了那道微开着的手术室的门……

"去一楼！"孙正叫道，同时将扯出来的地图几乎是甩到了路遐身上。

路遐慌忙中拉开地图，视线晃动着在地图上寻找着一楼，下去，左转，过护士站……观察室？

不，没有时间怀疑了，路遐叫道："去观察室，过护士站，急诊室旁边！”

两个人大步大步地跨过台阶，身上的复读机松动的外壳撞得咔咔作响。

“路遐，医院、医院有点奇怪……”孙正边跑边说。

“医院，什么时候不奇怪了，呼！”路遐喘着气回应他，“只要最后一点希望还在我们身上……呼……明天就会是光明的一天！”

明天就会是光明的一天。孙正不知为何因为这句话而微笑，他喘着气跑向一楼，嘴角的弧度还微微挂着，眼睛里映出的却是深深的黑暗。

化验室的笑声消失在他们身后，无从得知那笑声飘向了何处。

就像是一个渐渐息弱的前奏，预示着一段正戏即将开场。

一楼，到了！

两个人提起的心终于稍微放松了，跑过护士站，路遐忽然一停。“等等，我去找找有没有手电筒！”路遐说着，就钻到了护士站的后面。

孙正一刻不放松地注视着路遐露出的一丁点脑袋，医院里的气息让他喘不过气来。

沉闷。还有一种莫名的悲怆感。

他抚了抚胸口。

这一定不是不祥的预感，不是的。他们才看到希望，他只是在这里待得太久。有多久？半天都不止了吧？一个正常人，可以在“穴”里存活多久？

想到这个问题，他看着路遐的眼光闪烁了一下。可能，也许，就只有一天，二十四个小时。

路遐捧着两个新的手电筒出来，朝旁边抬了抬下巴：“赶快过去！”他刚说完这句话，整个表情突然凝固了。

然后，他以极迟缓的动作回过头去看着他的身后，那里是一片暗流涌动的阴森和寂静，微茫的手电光线，只照出了走廊尽头的楼梯一角。

孙正只听见路遐不可思议地叫了一声：“哥……哥？！”

什么？！他怀疑自己听错了。“路遐！”孙正用力叫了一声。

路遐一怔，晃过神来，拍了下自己的脑袋。“怎么回事？”他向着观察室的方向走过来，“我……我一瞬间觉得，我哥哥和我擦肩而过……”

孙正说不出话来，他知道路遐很明白刚才他的身旁只有一片漆黑。

路遐推开观察室的手还有些微微颤抖：“就好像从前他和我擦肩而过的感觉一样……只是有些冷……”

孙正跟进去，转身紧关住门，打开新的手电筒，屋里一下子明亮起来。

路遐似乎也因为这明亮得过分的光线而恢复了一些平静。“坐吧。”他开口说道。

两个人却谁也没有动，心还噗噗跳动着。

孙正把兜里的东西一股脑倒了出来。“是不是……”他低着眼看着桌上的地图、记录簿和磁带，“‘它’的气息也离我们近了？”

路遐只听得到自己的心脏就在嗓子眼跳动，脑子里久久回荡着刚才在走廊的情景。

“正常人可以在‘穴’里存活多久？你知道吗，路遐？”孙正又问道。

路遐摇了摇头：“我不知道……和‘它’有关……”

“它？”孙正似乎想起什么，“和刘群芳她爷爷提到的那个‘它’是同一个东西吧？‘它’是‘穴’里的什么东西吧？”

路遐扶着桌子，算是默许：“大概……我也不清楚，就连‘穴’本身也只是个比喻。‘穴’是流动的，就像呼吸一样，有进有出，我们要在遇见‘它’之前找到出去的方法。”他说完，也打开了自己手中的手电筒，扫视起这间观察室起来。

观察室大概因为靠近走廊尽头，又紧挨着急诊室，窗户只有很少一排。室内稀稀疏疏吊着一些输液管，下面的座椅比化验室外大厅里的看起来要柔软一些，没有那种生硬的塑料色泽，手电光下给人感觉不再那么冰冷。

房间四周也确实贴着不少日历和一些医疗常识的招贴宣传画，路遐和孙正大致确认了所在地暂时安全，也顾不得细细研究，把东西都翻开了来。

孙正刚想按下复读机的播放键，又忍不住抬头环视周围一圈，说：“这样的房间，对‘它’来说，也是安全的吗？”

路遐噎了一下。

孙正还想说什么，手里拿着的手电筒突然晃了一晃，路遐感觉到那个光线的晃动，随着光线的方向看过去。

光的边缘照着观察室门上的那块玻璃，一块黑糊糊的影子从玻璃外的边缘擦了过去。

像是不紧不慢地走过，如同任何一个路过的人影那样。

那种不真实却又十分清晰的电影般的场景，令两个人好不容易平复下来的心陡然又狂跳起来。

那是什么？那是谁的影子？

最重要的是……这个影子是才出现的，还是一直都那样模糊地、慢慢地跟在他们身后，直到这里？

“孙正，”路遐说话的声音变得不稳定，“我们的时间不多了……”

如果说，桐花医院在之前都是死一般的寂静，现在的“它”，好像在渐渐复活。

“你看到了？！”孙正的声音也失去了沉着。

“我们都看到了。”

路遐，你有没有想过，不是这个医院在改变，而是我们在改变，我们在变成它们的一部分，所以我们能听到了，能感觉到了，能看到了，我们也许已经遇见“它”了，我们已经来不及了。

孙正在心里想着，然而这番话，他没有说出口，也劝服自己忘了这个想法。因为他不忍心破坏两个人好不容易昂扬起来的斗志。

STORY5 活死人

一楼

她刚刚在急诊室死了？那刚刚上楼，被追着进了手术室的又是什么？

01

孙正摁了磁带的播放键。

磁带里再次传来了嘈杂热闹的声音，仿佛已经勾勒出医院昔日人来人往颇忙碌的情景：护士们推着车来回走动，病人在门口不耐烦地踱着步子，医生在大声叫着某个护士的名字，而严央正身处其中一角，怀里藏着的复读机里的磁带转动着，路晓云面无表情地靠墙站在一旁，似乎在看着某个地方，又似乎穿过那个地方看着别的什么。

一切听起来都是医院的日常动静，只是记录这一天到底有什么稀奇，他们等了两个月究竟等来了什么，“它”又到底是什么？

“如果照你说的，入口什么的离院长很近，我偷偷查了一下，今天下午7点钟在手术室（四）确实有一个手术，是院长安排的，具体是什么手术我还没有问到，据说是个来头不小的人物，但他为什么要在咱们医院做手术？这点我不太明白。”严央既像是在对着磁带解说，又像是在对着旁边那个连气息都隐没在尘埃里的人说话。

“我有一种直觉，路晓云……”严央压低了声音，“他们在做非常非常危险的事……”

良久，只听旁边传来那个熟悉声音，冷冷清清地穿过了层层噪音：“没错。”

“那……那个，”严央支吾了一声，顿时恍然大悟似的一惊，“你难道要破坏陈院长的手术？！”

路晓云沉默了一阵，就在孙正和路遐都以为他不会再回答的时候，他突然问道：“你还记得6月入‘穴’的有谁？”

“群、群芳姐……怎么？”

“8月还有谁？”

“没、没了，有我们在怎么还会有人入‘穴’……”

“这个月还有谁？”

“当然也没有啊，你什么意思？”

路晓云又陷入一阵沉默。

路遐听到这里，一拍脑袋说：“莫非他的意思是，既然已经半年没有任何一个人入‘穴’，为什么‘它’还是出现了？”

孙正若有所思地看着他，眉头微微皱起。

“6月你记得找到的入口有几个？”

“就只有中医室那一个，路晓云，你想说什么？”

“8月有几个？”

“有我办公室那个……还有楼下那个，如果算上对面那栋楼，有3个。”

“这个月？”

磁带里听见嗞嗞的摩擦声，应该是严央不耐烦地用手指刮着什么：“你自己不都清楚吗，问我干什么……好吧，5个，但是都没出什么状况啊……说起来这个月有点多啊……”

刮东西的声音突然尖锐地拖长，停住。

“难道，路晓云，你想说，入口出现得越来越频繁了？”

听到这里，路遐和孙正两人的脸色同时变了变。

他们心里大概都能揣测出路晓云的意思了：没有人入“穴”“它”却在接近，入口出现得越来越频繁……

严央下一句话直接问出了他们心底的问题：“你是说——这些都是人为的？”

“虽然不知道‘它’到底指的是什么，但现在看来，我哥哥推测的情况是刘秦他们好像在想办法把‘它’引出来，而且是在陈志汶知情的情况下……他们到底想干什么？！”路遐感到呼吸都急促起来。

“它”绝对不是一个什么好东西。

“不好了”“它的气息近了”……

医院里把什么东西引出来了？

也许路晓云在磁带的另一头对严央点了点头，也许他并没有直接回答严央的问题，他只是冷冷淡淡似乎毫无感情地说道：“你只要记录清楚他们做的一切事情……跟着我不要乱动。”

话音刚落，磁带突然“嗞”地响了一下，就像是心脏猛地跳动了一下，这声音似乎不是来自录音，而是来自磁带和机械本身。

就像“嗞”地一阵颤动。

路遐和孙正几乎是同时紧张地左右一望，磁带与此同时也被切断了，房间霎时陷入绝对寂静。

好像什么东西在黑暗下悄悄移动着，却又在突然回头的那一瞬间停止。

两个人心有余悸地转过头来，磁带又嗞嗞响开了。

这时，磁带里的嘈杂的背景音量就像突然被拧低了，忙碌的噪音都如同隔着墙传来的窃窃私语，只有揣着复读机的两人走动的脚步声依然能清晰地被分辨出来。

“他们过来了。”严央用压得很低很轻的声音说道，两个人的脚步声也顿时放轻，似乎是走到了某个角落。

磁带里响起空旷走廊里车轱辘滚动的声音，伴随着几个人匆忙的脚步声，似乎是护士推着担架车过来了。

“院长再过十分钟就到，小孙你下去通知家属。”模模糊糊有个女人的声音传来，“无关人员已经全部离开了吗？”

“还有一些急诊的病人，不过都在楼下。”另外一个年轻的声音回答道。

“这次的时间选得不好，一年前在半夜，人少，但是院长说晚上不方便。”那个女人顿了一顿，“小孙你还小……通知过家属你就先下班吧。”

响起一串小跑的脚步声，女护士听话地向楼下去了。

小的金属车轮在地面上滚动的声音又缓缓响起，冷而脆的，那个推车女人的脚步声此刻也冷冰冰地跟随着。

简直可以想象得到，整个走廊里她一个人推着那一辆车徐徐走向手术室的场景。

做手术怎么就一个护士？路遐心里疑惑地想着，余光看见孙正也紧紧蹙着眉，神情从这盘磁带重新开始之后似乎就没有放松过。

“隔着门，录不清楚。”严央很近又很轻地耳语道，“我稍微开一点点门……”

动作似乎被谁拦住了。

“你放心，老刘早就走了，他们以为档案室没人的。”

原来他们两个是躲在档案室里，确实距离手术室只有几步之遥。

开门声轻到连孙正和路遐几乎都听不见，但他们清楚听到严央倒吸一口冷气的声音。

“不可能！！”严央用嘶哑的声音低叫道，“那个人……那个人！！！”

远远的，磁带里传出手术室的大门打开的声音，车轮的滑动的响声几乎已经听不见了，那个女护士冷冰冰的脚步声却还残留在他们的听觉印象里。

磁带又“嗞”的一声震动了一下。

路遐和孙正又几乎同时握紧了拳头。

“门外……是不是有什么？”路遐不知为何也压低了声音。

孙正没有出声。

两个人下意识地向屋内移动了一点。

为了省电，手电筒早已经关上，两个人连门的方向也只能凭记忆推出个大概，更别说透过那玻璃去看门外到底有什么了。

只是那不久前一晃而过的黑影，还森森地晃荡在他们的心头。

录音又一次开始了，大概是因为这次的录音记录了比较长的一个过程，中途断断续续了几次，省去了不必要的内容。

磁带里的跳跃性也让孙正和路遐花了好一会儿去理解。

磁带里传出来的是两个人的小跑声，和复读机被撞得前摇后晃的声音。

“你看得出来吧，路晓云，你看得出来吧？”严央喘着气，声音颤抖得很厉害，不知是因为小跑还是因为惊吓。

远处隐隐约约似乎有人的脚步声，两个人应该离三楼还不远。

“她推着的，进手术室的那个人，是个死人吧？！是的吧？路晓云，路晓云！”严央的声音慌乱起来。

“过来，刘秦还在楼下，跟我走。”路晓云的声音听起来仍然很冷静。

“你应该也还记得吧，路晓云，”严央放慢了脚步，说话的声音却越发激动，“我跟你讲过，ICU 昨天一个晚上进去八个死了五个，当天晚上陆响就给我短信，说那个很有名的谁的儿子在咱们医院死了，让我保密，你看清楚刚刚那个人了吗？就是他啊！！！”

进手术的那个人，是个死人？

孙正和路遐陡然感到一阵寒气上涌。

医院在这个时候推了一个死人进手术室（四），他们到底想做什么……

路遐脑中隐约有个极其荒诞又极其恐怖的猜想，他却连花一秒钟去思考这个猜想的勇气都没有。

不可能的！在任何时代，任何时空，都是绝对不可能的。

“路晓云，你到底明白没有？！”

“陆响在哪里？”

“如果还有急诊病人，那他应该还在一楼急诊室。”

两个人的跑步速度一下子加快了，磁带撞击复读机的噪音几乎淹没了医院里其他的声音。

“怎么办，路晓云？他们是不是在招惹什么东西？”严央跑得气喘吁吁，但因为终于收到路晓云肯定的指示而稍微稳定了一些，“我们难道不应该去做点儿什么？”

“如果没有猜错，急诊室的陆响他们手上还有一个人，刘秦应该急需这样一个人。”

声音突然消失了。

孙正和路遐都怔怔地看着复读机，脑袋似乎也还停留在准备接收信号的状态。

声音就在那么短暂的两秒钟，或许一秒钟，彻底从磁带里消失了。

磁带还在转动，没有录音中断的声音，也没有录音键重新被按下的声音。那一瞬间的声音就好像被凭空吸走了。

这仅仅是一瞬的事情。只是两个人如此聚精会神地聆听，使得这一刻显得尤为突兀。

磁带里两个人的脚步也突然停了。

“路、路晓云……”

“你听到了吗……”路晓云的声音仿佛从很远的地方飘来，“是‘它’的声音……‘它’快出来了。”

“它”的声音？

什么都没有听到。他们听见了什么，磁带这一头的孙正和路遐全然无法知道。

不，或许“它”的声音就是消失的声音，吸走一切的声音。

02

陈院长和刘秦招惹的是穴里的“它”，桐花医院触碰的是生命的禁忌。利用“它”去改变生命的禁忌……他们在做非常非常危险的事……他们会很后悔的。

磁带的主人还喘着气在小跑，叮叮咚咚地响。磁带外的路遐正想开口说话，忽然脸就僵住了。

他听到“吱嘎吱嘎”的响声，就像是有一扇门慢慢地被打开了。这声音清晰明了，就来自观察室的门外。

他赶紧按下停止键，那声音又忽地同时停止了。

急诊室？！

路遐和孙正同时想到。

急诊室里有什么问题？四周漆黑一片，寂静里只残留着两个人微微的呼吸声。

“啪。”

路遐率先打开了手电，逐渐明亮起来的手电光照亮了观察室的一角，益发衬托出了整个医院的阴郁和黑暗。他拿着手电起身，想慢慢朝门口走去。

孙正却一把按住他，顺手就扣下了手电的开关。

“在没有听到答案之前，你想把它引过来吗？”孙正悄声地说。

路遐乖乖坐回位子上，他不知道手电光会不会引来什么东西，但孙正的谨慎总是没错的。

两个人在黑暗中静静地坐了好一阵，或许过了一分钟，或许过了十几分钟，对他们来说，这种时候的沉默和寂静比任何时刻都更加紧张和刺激，连头上的头发似乎都在时刻警惕着周围空气的任何变化。

他们却不敢动。

孙正的手握着衣襟里的砗磲，感到冷汗湿润了那枚钥匙。

“现在没动静了，我要播磁带了。”路遐轻轻地在孙正耳边说。

磁带转动起来，这转动的声音在寂静中显得格外刺耳，两个人同时一动，更加坐立不安起来。

顺着他们一路小跑，医院里的背景音也逐渐大了起来，听得出有病人和护士在医院里走动，有什么瓶瓶罐罐撞击着叮当响。

跑步声渐渐慢了下来。他们已经过了三楼，下到了一楼。

“在那边，我看见了！”严央的声音显得十分着急，“陆响！”

磁带声晃动着，提着复读机的人急促地走了几步：“陆响，你在吗？”

“小严，你是在找陆医生吗？”旁边忽然响起一个轻柔的女声，“急诊室刚来了几个急诊病人，陆医生忙着呢，你待会儿再来吧。”

严央没有理会，又急匆匆走了几步：“陆响！”

磁带里隐约传来车轱辘的声音，由远而近，几双皮鞋在地面上走得啪嗒啪嗒响。

“陆响！”听严央的语气，陆响似乎已经出现了，就在刚才和担架车一起出来的那群人中。

“小严，你找我干什么？”一个大约三十多岁男人的声音，听起来温柔低沉。

路遐一震，这个声音，虽然听起来年轻了不少，但是……

这是陆院长的声音！现任院长陆院长的声音！！！

“正，这是陆院长的声音！”路遐激动地转过身去，“当年严央找的这个医生陆响，就是现在的陆院长，我怎么没早点儿联系到这一点……”

刚转过身去，他就感到孙正似乎浑身都在发抖，抖得厉害，连牙齿都有微微的咯咯作响的声音。

“正？！你没事吧？”路遐慌了。

“什么？”路遐的声音几乎是惊醒了孙正，“我没事……可能是刚刚门口……我不知道……”

路遐还想说什么，那边严央已经说开了。

“陆响，你听我说……”

“严医生，你没事做可以到处晃悠，我们手里还有病人要处理，陆医生可没时间跟你耗。”一个护士语气不善。

“小严，这个病人是院长亲自嘱咐过的，我回头来找你。”陆响说着，提高了音量，“快！送病人到 315A 病房，快点！”

车轮声和脚步声都加快了。

“315A 病房?”严央的声音听起来怔了一下，又气急败坏地冲着那边叫起来，“我要说的事才是正事!!”

陆响他们自然是没有时间理会严央。

严央无奈，只好转向另一个人:“路晓云，陆响不管用了，你快告诉我那个病人是谁，我自己进急诊室去找!”

“就是刚刚那个手腕上有一圈红线的病人。”路晓云不紧不慢地说道。

“什么?!”严央拔腿就开始跑，“你不早说！那怎么会送到 315A 病房而不是去手术室?！……陆响!”

复读机晃动得厉害，磁带里一片嗡嗡噪音。

按照路晓云和严央之前的意思，他们本来是想借着这个“它”要出来的时机破坏陈志汶的某个计划——就是现在手术室里即将进行的给死人的手术，而现在这个被推去 315A 病房的病人似乎也是关键……那么他们要是来不及在那之前阻止，这一切似乎都白费了……也没有可能从刘秦身上找到解决的办法了……

对孙正和路遐来说，他们最后的希望也会破灭。

快，追上去！严央!

路遐第一次对严央寄予如此厚望，他们现在的处境比严央当时更加危急万分。

“它”要出来了!

在 2001 年的那一天!

也就在现在!

追上了，严央的脚步声放慢了。

“陆响!”他的声音突然一阵哽咽，“你听我说啊!! 他……他到底怎么了……”

“严医生!”旁边那个护士显得相当不耐烦。

“陆响，你就让我再跟他说说话吧，他可是我的表哥啊!!!”严央声音悲戚，还带着一点儿哭腔。

车轮声一下子停了，皮鞋的啪哒响声也停了。

“你表哥？”陆响的声音十分惊讶。

“是啊！就是他刚才来通知我的，说表哥出事了，要我跟着来看看，所以我才来找你的！”

此刻演戏逼真的严央指的“他”，应该是从刚才就一直站在后面不曾说话的透明人路晓云。

“陆响，表哥他到底怎么了？”

“你表哥……这个……”

“陆医生，时间来不及了！”

快点……严央……

“嗞嗞。”

“嗞嗞。”

磁带里的声音突然再次跳了一跳，像是猛然一阵急促的快进，陆响接下来说了什么变得十分模糊。

“嗞嗞。”

磁带响着噪音，就像是磁场受到强力干扰的那种嗞嗞声。

路遐拍了拍复读机，手电照上去，却发现磁带正常转动着，并没有不小心按下快进键。只是屏幕上显示的电池在闪动，复读机快没电了。

磁带里的声音依然模糊。

路遐“啪”地按下停止键。孙正和他对望一眼，两个人的脸上似乎都乌云密布。

“嗞嗞。”

复读机又猛地发出一声嗞嗞声。

怎么回事？！

两个人惊疑不定的表情里都带着这样的疑问，却没有人问出声来。

“它”要来了……

会不会因为我而把“它”引来？路遐的另一只手下意识地放在自己的腿上，手上传来的是冰凉的触感。

孙正的表情仍然有些僵硬，目光停留在复读机上。

路遐咬了咬牙，拿出磁带，又放回去，按下了播放键。

嗞嗞声终于消失了，磁带里的声音也恢复了正常。

“小严，你先回去，你表哥就交给我们吧。”陆响似乎刚刚结束一大段劝说和解释，“快去 315A 病房，我们已经迟到了！”

磁带里响起急促的跑动声和担架车的声音。

“啊？”严央发出了一声轻微到只有贴着他的复读机才能记录下的惊讶声。

那群人的声音戛然而止。

磁带里一下子变得十分安静。

怎么了？

路遐和孙正听着这阵短暂的静默，脑子里已转过无数猜测。

“刘秦……”严央又低声一句。

刘秦出现了？

“你们不要到 315A，我去看看那个人，那个病人。”一个不够细也不够柔的中年妇女的声音，硬邦邦的，像直挺挺的一根老木，甚至连语法和句子都很粗糙。孙正和路遐的脑海中已经浮现出一个面生横纹的大妈鼓着眼睛直直地盯着他们说话的场景。

气氛一下子僵了。

病人不在 315A，病人就在刘秦的面前。

“啊啊啊啊！！”

磁带里突然爆发出一阵尖锐凌厉的尖叫声，声音似乎穿透了磁带，穿透了复读机的外壳，穿透了几年的时光，直射入孙正和路遐的脑神经里。

“啊啊啊啊！！”

紧接着磁带里又是另一阵遥远的尖叫，医院里似乎一瞬间都乱了套，车轮飞快地滚着。

“砰。”

不知哪里的大门“轰”的一声打开，几十个纷乱的脚步声也随之而来，远处的，近在身旁的。

这些跑动着的惊惶的脚步声几乎将医院都震得隆隆响，磁带也鼓噪到了前所未有的大声，仿佛担架车、举着输液瓶的护士、从楼上慌忙跑下来的人们都拥堵到了磁带跟前。

涌到了孙正和路遐的眼前。

他们感到自己的脚下也在隆隆响动着。身边有许多许多人忽然在沉默的黑夜里动了起来，笼罩着医院巨幕一般的黑暗都分化出一团团的黑影，随着潜伏的暗流涌到了前端。

“志汶，志汶！！”

刘秦跌跌撞撞的声音如此贴近地和复读机擦肩而过。

“刘秦！！”严央惊呼了一声，磁带的声音开始晃动。他追上去了。

刘秦应该是向三楼手术室跑去了。

那些沸腾的人声渐渐远了些，玻璃就碎在身旁，护士尖叫着跺着脚。

“镇静！镇静！”陆响急切的声音几乎近在眼前，然而这声音很快被他自己的一声“唉哟”打断。

严央还在跑着，在人群里钻着缝儿，后面一直跟着另一个人的脚步声，跟得又紧又快。

“砰！”

大门“轰”的一声打开了。几乎是种时空交错的错觉。

孙正猛地抬头向上。

不是磁带！声音就来自楼上！

混杂着的人声，逼真的脚步声，就在楼上！

“‘它’出来了！”

“‘它’出来了！志汶，啊啊啊啊！！”刘秦哀号着。

“啊”的尾音还未拖够，磁带突然静了。

就像一个号啕大哭的婴儿猛地住了嘴，静得那么快。

03

“‘它’来了，正。”路遐摸索着去握孙正的手，颤抖得太厉害，指甲几乎抓破了孙正的皮肤。

手电光闪了一闪，差点就灭掉。

路遐所触到的孙正的皮肤冰凉得如同融进了医院的空气，孙正也颤抖得厉害，似乎连话也说不出来了。

逃跑！可是向哪里跑？

两个人的目光都惊慌地左右搜索着，可是周围除了如葬礼般静穆的排排座椅和苍白至泛青的墙壁，别无选择。

已经无处可逃了！

黑暗里涌动着的未知的东西随时可能将这个不堪一击的房间扑食掉。

“嗞嗞。”

“嗞嗞。”

磁带突然又转动起来。

是自动换了一面？还是……谁给它换了一面？

“‘它’会找到我们的……马上就会。”孙正用手捂住脸，埋下头去，“我感觉得到……路遐……”

只要在磁带结束之前……

只要路晓云和严央争分夺秒，能在磁带结束之前结束一切……

路遐没有说话，只是紧紧握着孙正的手。

“小秦！小秦！”

突如其来的声音让两个人惊得同时一动。

磁带里男人呼唤着的声音空空荡荡地回响着。

是在哪里？三楼走廊吗？

“小秦！小秦！你快来！”

楼道里同时传来他慌张的脚步声：“你快来帮我，快来！我一切都照你说的做了……”

“嗞嗞。”

“嗞嗞。”

“志汶！志汶！”

刘秦回应他的声音从磁带听来离严央很近，严央他们应该追上了刘秦，紧紧跟着她。

“人都消失了！小秦！‘它’会带走我！‘它’会带走我的……”男人的声音也突然大起来，他跌跌撞撞地跑了过来。

“嗞嗞。”

不稳定的电流声不断地跳动着，干扰着录音效果。

隐隐约约有人跑步的声音。

“她向手术室跑去了！”严央的声音。

话音刚落，就听见磁带旁的那个人也跑了起来。

磁带的主人追了上去。

却突然刹地止住。

“你拦着我干什么？！她进去了！”严央叫了起来。

是路晓云把他拦住了。

“你去一楼找陆响，我去追她。”

“你在想什么啊路晓云？！”

“你听着，把他带下去，不能让任何人上三楼和二楼。天黑之前就离开医院。”说话的那个人似乎还是没有任何语气变化，但声音里却平添了某种不容置疑和肯定，“如果……”

“嗞嗞。”

“嗞嗞。”

磁带里的电流声又一次跳动了一下。

不知这一刻是路晓云的犹豫，还是磁带内容忽然被跳过。

“在‘穴’里，我所见过的最长停留时间只有二十四个小时，不要待在走廊，待在房间的东南角，不要动任何反光的、有类似铃铛声音的东西。用皮肤去感觉。你会感觉到的。”

“原来在‘穴’里也要注意些什么……”路遐嘀咕着，想到之前自己在“穴”里有多少乱来的行为，不由一阵心惊肉跳。

然而，路遐和孙正两个人都没有提到那个“二十四个小时”。

仿佛他们根本没听到。

又仿佛这个时间那么近了，他们都不敢去细细思考。

路遐只是不时碰一下自己的腿，或者背，默默算着那个时间，再默默注意着身旁的那个人有没有被传染。

令他庆幸的是，到目前为止，孙正除了头晕和手上的黑印以外，并没有表现出什么别的反常。

他会待得比我久，至少比二十四个小时久，会待到出去的。

每当这么想的时候，路遐因为上一刻医院突然的变化而烦躁不安的心都会宽慰一点儿。

“路晓云，你什么意思？！”严央听起来怒不可遏。

“我会在‘穴’里每个发现的入口都放上一面镜子。如果你看到了镜子里面有‘它’……就是一个本来你身边没有，却出现在镜子里面的人，不要乱动，闭上眼睛用皮肤感觉相对温暖的方向，朝那里走。”

第一次在磁带里听到路晓云说这么多的话。

“你、你要入‘穴’？！”

“也许吧。”

那个人似乎不愿多说，脚步声快了起来。

严央又紧紧跟了上去："路晓云你给我惹这么一大堆麻烦就想这么跑了吗?!"

只听磁带响起一声巨大的"叮"，什么东西正好撞到复读机。

"你扔个什么给我?"

"砗磲，刘秦身上摸到的，很值钱，你拿好它出了医院卖点儿钱，就当是你要求的补偿了。"

那个人的跑步声突然加快了。

"嗞嗞。"

"嗞嗞。"

"什么?!"

磁带到这里，任谁都听得出来，严央和路晓云两个人分开行动了。

"哥哥他……"路遐对路晓云单独行动毕竟还是有些担心，刚想说什么，却听见孙正在旁边喃喃自语着什么。

"镜子……"

因为这个词，路遐的思路绕了一个大弯，仿佛一下子被提醒了，拉着孙正问："刚入'穴'的时候，你是不是说过什么，对，你问过我，电梯的对面是不是装有镜子?"

"六楼的电梯对面装有一面镜子。"孙正看着路遐，神情却有些迷茫，"难道这是你哥哥在'穴'里装的镜子?"

"对，所以只有你看见了……你看见了什么?"就算是一点点微不足道的、早已被抛在脑后的线索，路遐也觉得自己捕捉到了至关重要的信息。

"我看见了……"孙正脑子里模模糊糊浮现出谁的影子，绿色的电梯门一格格地分开，正面明晃晃地挂着一面镜子……哪个医院会在电梯对面挂镜子啊！自己这么想着……可是镜子里面映出的人影，有谁？还有谁?

那个一晃而过的面容，怎么都记不清楚了。

或许就是磁带里出现过的某个人，或许就是"它"……

如果那个时候，自己出了电梯朝着另一个方向走了呢？就不会遇见路遐，也不会被困在这里，陷入永无天日的黑暗里了吧。

路遐没有从孙正口里问到具体的情况，失望地叹了口气，又忽地坐起来：“哥哥把砗磲给了严央……”

孙正闻言，拿出被汗浸湿的砗磲匙。

“这个本来是属于刘秦的钥匙，从路晓云的手中传给了严央，现在又是谁把它寄给了我？”路遐盯着那个砗磲若有所思。

路晓云，还是严央？

两个人中总有一个是活下来了？

又或者严央也将它转交给了别人，辗转到了路遐的手中，两个人在这盘磁带之后就永远地消失了……被“它”带走了……

而现在，“它”就在楼上。

不，或许“它”已经下来了，就在急诊室附近，急诊室的门开了，或许什么正朝着对面的观察室走来，黑暗里像一团飘忽的黑雾，不知不觉地透过门缝已经侵袭到了他们身旁。

这一切就像一个无底洞，“穴”也好，“它”也好，磁带也好。

磁带留给他们的信息越来越多，他们脑中的疑惑和迷惘却未曾减少，问题反而不断地涌现出来。

磁带的电流噪音没有停止，一直低沉地有节奏地嗞嗞响着，整个磁带里只有严央一个人飞跑着下楼梯的声音，因为太急，太快，他已经忘记了去关掉这个还在录音的复读机。

医院里也似乎再也没有别人的声音了，病人、医生、护士的声音从这两层楼完全消失了。

就连一直不紧不慢地跟随着严央的那个脚步声也消失了，让人有些不适应。

严央似乎到了一楼，一楼还有些许人声，声音对比着严央的喘气声和重重的脚步声，就像是窃窃私语。也许是护士和院工们正在整理刚才混乱留下的残局，浑然未觉楼上的任何变化。

“陆响在哪里?”严央似乎随便找了一个护士。

“陆、陆医生?不知道……”护士回答得支支吾吾。

严央又小跑了一段，似乎找到了下一个人。

他就这么来回跑着，找着，嗞嗞的声音也持续响着，偶尔乍地跳动一下。

“陆响找不到，哥哥竟然把录音留给这个不靠谱的医生……”路遐的心慌着急都表现了出来，他开始不耐烦地翻找着周围所有能拿到手的资料，“它出来了……我们再想想办法……”

孙正跟着他也翻开了地图，试图在地图上寻找蛛丝马迹。

地图只有主楼的地图，他们一路从六楼逃到了一楼，几乎走遍了所有安全的房间，现在“它”就在医院某个地方游荡，加上黑暗里幽幽飘着的无数的人“穴”的“冤魂”，他们只要走出观察室，似乎就走到了绝路。

陆响……陆响……陆响是现任院长，严央和刘群芳的资料是他删掉的吗?他知道些什么?

不，也许那个时候的他什么都还不知道，只是院长和刘秦叫他推着那个急诊的病人到315A病房……

“啪。”

就像是磁带里的一阵电流突然流窜进了脑袋，孙正感到脑袋像被猛击了一下，痛得他冷汗直冒。

而此刻路遐和他心有灵犀正好想到了同一个地方：315A病房。

“315A是哪间病房?”路遐似乎自言自语地问道，没有注意到孙正一晃即逝的痛苦表情，“为什么严央听到这个病房的时候有一点惊讶?那个时候还没有新的外科大楼，也就是说应该在这栋楼对面的内科大楼，那里有什么稀奇……”

他正想再说什么，忽然听见磁带里惊天动地的一声巨响，几乎就连整个观察室都被这个声音惊得一震。

怎么了?!

“这、这是……”严央的声音突然变远了，变小了。

孙正和路遐立刻明白过来，复读机摔到了地上……是因为震惊吗？严央看见了什么？

“陆响！！！”严央爆发出一声怒吼，“这是怎么回事！”

磁带里响起推搡的声音，几个小护士从远处赶来，叽叽喳喳开始劝架。

“你告诉我……你刚刚推出来的这个人是谁？”第一次听见严央如此冰冷和充满杀意的声音。

陆响似乎又被严央猛推了一把，连担架车也被推动了，车轮在地上滚了两圈，发出脆而冷的响声。

“是化验室的刘秦刘医生啊，她刚才下楼来见到我们尖叫了一声就突然晕倒了，马上就送进急诊室，但是已经来不及了……”陆响受到的惊吓还没消退，刚开始说话还有些不稳和小声，后来渐渐大声起来，“严央，今天医院已经够乱了……”

“来不及了？你是什么意思？”严央顿了一顿，或许是探手摸了一摸，“她死了？”

刘秦死了？

刘秦刚刚在一楼晕倒送进急诊室死了？

那刚刚上楼，被路晓云追着进了手术室的刘秦又是什么？

“路晓云！”只听严央叫了一声，这声音由远而近，他飞奔出去的脚步声也变得贴近起来。

他捡起复读机朝哪里飞奔而去了。

倒吊者

STORY6

1楼-3楼

那是一片倒挂的尸林，绳子紧紧地缠绕着他们的腿部，像倒挂的风铃，一串串的……

01

桐花医院暗事件记录2003—2005（四）
记录人：杨菲（2004年—2005年护士）

2005 年 12 月 3 日。

我听几个老护士讲过医院里以前有这么本记录簿，没想到真的有这种东西，而且它今天居然到了我手里。

也不知道院长想知道些什么，我和邓芸一直闹矛盾，大家也都知道，我在这里说她什么，大家爱信就信，不信就罢了。

医院里闹鬼的事，听说过，也有人真的见过。老护士说以前可严重了，后来有次闹大了，医院那个老妖婆死了之后就见得少了。

老妖婆是谁我倒也不清楚，医院里留下来的老护士好像也不多。据说这记录以前是记在另外一本上的，不知上面是不是记了什么，护士们对这玩意儿可好奇了，就是没人敢去拿来看。

我要写的这个事情，还是要从邓芸的事儿说起。

我承认，邓芸和我的矛盾是从我家小王开始的，我家小王看不上她，她要记恨我，我也没办法，我和小王是之后才好起来的，可是小王一开始也没对她有什么想法呀。

她这个女人吧，我不好说，有点儿那啥，挺多变的。你想想，过了才多久啊，两个月不到吧，人家就说她又看上前几天来住院的一个病人了。我们护士是不能跟病人随随便便的，她却三天两头没事儿就往那个病房跑，还老是晚上去，谁不说闲话呀。

最开始是听说那个病人是前几天做了手术，在住院部三楼哪个房间住着，邓芸本来是负责四楼的，有天不知怎地帮谁代了一下晚班，后来就申请给调到三楼了，而且也都是上晚班。

过了没几天，就有谣言传出来，说她跟有个病房的男病人打得火热，晚上老爱去那个房间。这也怪她自己，她就是个大嘴巴，有点儿什么事都爱炫耀。

这种事传出来，大多还真是她自己说出口的。

听说那病人个儿长得高，面目清秀。她没事就夸说那床的男病人气质特好，和和气气的。这种男人估计也是瞧不上她的，怕是她自己又自作多情了。

别人问起那病人得的是个什么病，要住多久，她又一概答不上来。要去查名册，她也支支吾吾不说个名字。问起具体哪个病房，她也只说三楼，就三楼走廊尽头那个。

有几个小护士围着去看了，也没发现像她说的有气质的男病人。后来我转念一想，她肯定就是编个故事想气气我呗。

就是两天前，邓芸失踪的前两天，我在主楼碰见过她一次。

当时205的病人的病历资料不知怎么缺了一份，我去外科问问，出来时正好撞见邓芸和陆医生在说什么，我赶紧就往回走，结果电梯迟迟不来，眼看着她和陆医生说完话也朝电梯走了过来。

还没到跟前呢，就一股浓烈的香味扑面而来。

两个人站在那儿等电梯很有点儿尴尬，那股香味直往鼻子里冲，不知她什么时候开始抹这么浓的香水，我转身就想走楼梯下楼，结果电梯“叮”的一声就开了，我只好硬着头皮和她一块儿走进去。

电梯里只有我们两个，本来气氛就僵得很，结果电梯也奇怪，按的明明是一楼，它却在向上走，我低头看着地，不想搭理她。

电梯门“叮”的一声打开来。

我低头等了一会儿，也没见反应，抬头一看，六楼？电梯门前空空荡荡的，整个六楼也安安静静的，一个人都没有。我只好赶快按了好几下一楼，电梯门这才缓缓关上，慢慢往下去了。

走到一半，她不知怎么就突然开口跟我说话了。

“说也奇怪，那天我坐电梯也是这样，按了向下，结果它走到六楼，打开门来还没人。”她的声音很沙哑，显得很疲惫的样子，“你说是不是瘆得慌？”

我心里不痛快，就回她：“这有什么瘆人的，谁按了电梯，结果又走楼梯了呗。”

“那电梯也该先到六楼再下到三楼开门接我们，再到一楼啊？”她不依不饶地。

我哪里想跟她在这个电梯不电梯的问题上纠缠啊，电梯一到一楼，我就赶紧三步并作两步走回住院部了，感觉那种俗气的香味还在我身上逗留了好一会儿。

这是先前第一次碰见她，那时没觉得什么，就只记得她看起来挺疲惫，抹着像花露水和香油混合的浓烈香水。

过了两天，我才真正觉得哪里不对劲。

那天晚上我值晚班，深夜都快12点了，201房02床的病人跟他家属不知什么原因突然闹起来，吵得隔壁床的病人都睡不着，小张在帮忙协调，我去楼上请护士长过去。护士长就让我在楼上帮忙把剩下的几份病人资料整理了。

往常医院人多挤不下的时候，三楼的走廊上摆着好几床挂着吊瓶，今年这时候还挺冷清。临近午夜，空空荡荡的走廊吹着冷飕飕的风，墙面破旧，要么大片大片地脱了皮，要么全是蹭上的灰印子。

我还在想今天晚上三楼谁看班，结果抬头就看见远处走廊里有个人影一晃一晃地走过来，模模糊糊的。

还没看清楚是谁，那股花露水和香油混合的味道就窜进了鼻子，好巧不巧，居然是邓芸。

走近了一看，我吃了一惊，才两天不见吧，她整个人就像瘦了一圈，皮肤在走廊灯光下显得尤其苍白，灯光在白色护士服上打上几块阴影，更让我觉得她整个人都像浸在阴沉沉的气氛里。

"你怎么在这儿？"她开口问我，声音依然很沙哑。走廊本来静得像睡着了，她一说话，整个走廊都被惊得动了一动。

"2床又闹毛病，护士长看去了。"我懒懒散散地回答她，反正到了两三点我也准备回去睡觉了，和她也待不了多久。

她定睛看了我一眼，又摸了摸自己的脸，问："你看我今天化的漂亮吗？"

"什么？！"我目瞪口呆地看着她，只见她眼睛上浓浓的一圈黑眼圈，皮肤白得跟鬼似的，嘴唇也冻乌了一般。

"还不太会化。"她见我仔细瞅她，不好意思地别过脸去，"练习练习呗。"

原来她说的是化妆，大半夜的化什么妆，还化成这副鬼模样，香得都臭了，我干脆就不说话了，任她在那儿低着头摸自已的脸摸了好一会儿。

忽然她头一抬，惊叫起来:“他叫我了！”

我下意识地回头去看，铃没有响，也没见着哪个床的灯亮了，便转身奇怪地看着她。

她把手指放到嘴上:“嘘，我偷偷告诉你，那是个不能提名字的病房。”

“什么？”

她突然一笑:“那天我在对面，瞧见他站在窗户里，朝着我笑，就像开春时候的太阳，可暖人了。”

我还没来得及说话，她就带着那个似笑非笑、回味什么似的表情，幽幽地转身朝着三楼走廊那边去了，整个人都不太清醒似的。

什么不能提名字的病房？什么“他”？简直莫名其妙！这个女人疯了不成?！

“咚咚。”远处传来敲门声，也没听见有人说话。

我转过头看了一眼，那个模糊的人影站在那边走廊尽头，伸手推开了门，然后整个人也飘飘忽忽地进去了。

门大概轻轻关上了，所以没听见关门声。

看她进去了，我倒是觉得松了一口气，趴在那儿等护士长的消息。趴着趴着，就开始犯困了，感觉整个人都晕乎乎的。

正迷迷糊糊，感觉一股香臭香臭的味道飘了过来，脑子里当时有点儿转不过弯来，但下意识地就觉得……是邓芸吧?

那个香味飘了一会儿，也没听到她发出声音，我因为太困了，脑袋就像鸡啄米一样不停在点头。

我不记得那个时候有没有跟她说话，隐约觉得好像问了她一句，邓芸啊，护士长回来没有?

她也没有回话。

只觉得有个冰冰凉凉的东西托住了我的脑袋，冰得厉害，又软软的……当时太迷糊，只觉得大概是个女人的手，是邓芸拿手托住我的脑袋了。然后脑袋上又觉得被什么蹭得痒痒的。

耳边有咕咕的声音，像是谁想说话，但是话卡在了喉咙管，憋得慌。那声音断断续续，小得像根缝儿。

我的脑袋被磨蹭得酥麻酥麻的，也可能是太困了的原因。我下意识地去抓脑袋上那个东西，就那么狠狠抓了一下，然后猛地就惊醒了。

我第一个反应就是找邓芸，但是四下一望都没有看见她人，还以为是她已经走了，但回过头来，看自己刚刚抓下来的东西，天啊，真是吓得我浑身汗毛都竖起来了！

我手里不知怎地抓着满满一把头发，乌黑乌黑的，发根缠绕在一起干燥得发黄。最重要的是，头发散发出一股浓烈的花露水和香油混合的香味。

我吓得赶紧把头发丢进垃圾桶，还死命搓了好久的手。

我当时立刻去找邓芸，我想她肯定就在那个走廊尽头的房间。因为当时不清楚情况，就是被头发吓了一跳，我还壮着胆子去看。

走廊上一个人都没有，就连病人打呼噜的声音都没有，静得怕人。不知是心理作用还是什么，就觉得一路上都有那股难闻的香水味道，简直像雾一样迷了我的眼睛和脑袋，什么都看着模糊，什么都想不清楚。

慢慢地我终于走到了尽头，可是一到尽头，我就有些疑惑了。因为房间的位置比我从护士站看到的位置离走廊尽头还要远一些，而且，尽头是314，314住着两个女病人，我知道这一点是因为她俩正好都是我大姨的朋友，住院都住到一块儿了。

没有男病人的。

我又回忆了一下，总觉得当时看她推门的地方，是比314还要远一些的。

我朝前走了几步，但314确实是这边走廊最尽头的房间了，过了314就只有空白的墙面了，倒是干干净净的，没有那么破旧。

我摸了摸那堵墙，脑子里又模模糊糊地回想起刚才做梦一样的情形。怎么她的手就托住了我的脑袋呢，怎么她的头发就在我脑袋上蹭呢？

这是怎样一种奇怪的姿势才能办到啊？

我当时疑惑着，心里就觉得一阵发毛，邓芸莫非真的疯了？还是赶紧回去找护士长吧！

第二天，我又特地去314问了一遍，两个阿姨都肯定说晚上睡觉好好的，没有护士进来过。而我到处去找邓芸也找不到。

故事就是这样了，我第一次写这个，不知道这样写行不行？而且我来医院也还不久，不清楚情况。可是护士长叫我不要乱问，晚上也不要乱跑。住院部三楼的班向来都安排得很仔细，想想也是，其他楼层的班我都做过，只有三楼，除了那次意外，还从来没有安排我上过，平时也基本都是护士长在负责三楼的病床。

可是三楼是不是有个不能提名字的房间？真的有那么神秘？

还有邓芸，这两天怎么也还没见着她？我可不是担心她，但是那天抓了她一把头发，觉得挺不好的。

附：其后邓芸一直没有出现，医院就此事对三楼当晚住院病人进行了调查，没有得到相关信息，调查不了了之。

磁带在复读机里转着，除了哽咽般的噪音再也发不出别的声响。

两本记录簿和地图都摊开在桌子上，本来低低照着的手电筒此刻却骨碌碌地从桌上滚了下去，摔到地上。

“啪”的一声，好像惊醒了两个茫然的人。

路遐拾起那个手电筒塞到孙正手中，叹了一口气，说：“这就是我们所能找到的所有线索了，我们尽力了。”

孙正抿了抿发干的嘴唇，心底也觉得一片凄凉。

“从这篇记录上来看，他们提到的那个老妖婆肯定是刘秦……那件事之后医院闹鬼的事就变少了……这是不是说穴的问题应该解决了？”路遐嘴上这么说着，底气却不足。

如果解决了，那我们现在是什么情况？

如果解决了，怎么记录上又出现了入“穴”的情况？

病人……315A 病房……手术室……

孙正撑着额头，隐隐觉得有什么就快浮出水面，但怎么都抓不住，还差点什么……就差最后一点点的线索……

“她说的这个不能提名字的病房，就是 315A？”路遐仍然在一旁自言自语地推断着，“肯定是的，那么，那个男人又是谁？这个邓芸消失了？”

“可是这个 315A 是不存在的，这个护士已经去看过了，314 就是走廊尽头的房间。”孙正提醒路遐。

“对啊，这个房间是不存在的。”路遐重复了一遍，脑子里却闪过什么东西，“可是……”

孙正突然一下子捂住脑袋，那种晕眩的感觉再次袭击了他，他推开桌子站了起来。

路遐被他的举动吓了一大跳：“怎么了？”

孙正的额头上已经有冷汗涔涔冒出，视线也开始有些模糊，他晃了晃脑袋，咬牙说：“我们快离开这里！”

“离开这里？”路遐左右四顾，又是焦急又是无奈，“我们还能去哪里？”

“我不知道……”孙正又晃了晃脑袋，眼神稍微清明了一些，“就好像有什么看不见的东西在往我脑子里钻……”

路遐望着孙正，昏暗的灯光下，脸上的冷汗映得他整个脸庞都似乎在发亮，忽然，他脑子里涌出一个大胆无比的想法。

他猛地一下抓住孙正的手：“我们回三楼去！你敢不敢和我一起去？”

“三楼？！”孙正几乎以为路遐也在犯晕，“这栋楼的三楼？”

无数关于三楼的恐怖回忆瞬间涌了上来。

好不容易逃了下来，好不容易摆脱那个三楼……那个沙沙爬着的，那个楼梯口的小男孩……和那个大门微敞开的手术室……

回三楼？！怎么可能……

“正，看不见的房间不代表‘它’就不存在，你还记得我之前跟你提到过什么？”

孙正用力摇了摇头，不知道是在拒绝回到三楼这个想法，还是不记得路遐的话。

“我们在六楼，入‘穴’之前，我当时开玩笑跟你说过一句话。”路遐神色凝重，紧紧握着孙正冰冷的手，“对面的内科大楼有一个房间，是看不见的，只能在这栋楼的三楼才能看见。”

孙正的眼神亮了起来。他隐约记起了这句话，就是因为最开始路遐这些莫名其妙的话才让人觉得他胡话连篇，完全不可信。

“你想起来了，是不是？你再想想，刘秦当年为什么要让他们推着那个急诊病人去 315A 病房？和楼上进行的手术又有什么联系？我可以肯定邓芸说的房间就是 315A，而 315A 和手术室绝对有着密切的联系！”

手术室？

孙正的手微微颤抖起来，脑海里一闪而过手术室微开的那个门缝，门后的黑暗里似乎有什么在注视着，等待着，觊觎着……

“我哥哥也是追着刘秦进了手术室，你想想，为什么三楼偏偏有个手术室（四），为什么就这个房间没有改造？这不是很奇怪的构造吗？”

孙正的手缓缓抬起，指着楼上："是的……刚才听见的'它'的声音，也是从三楼传来的。"

他的语调也十分缓慢，像是顿悟了什么，又像是在指证什么。

这是不是路晓云给出的最后提示？这是不是他最后消失的地方？手术室（四）？

路遐抓着孙正的手，几乎是因为激动将他向自己的方向一拉："正，你看着我，你敢跟我回去吗？"

孙正抬眼直视路遐，路遐的眼神里带着不容拒绝的坚决。

"你相信我吗？"路遐注视着孙正，两个人几乎是面碰着面，彼此急促的呼吸都混合在了一起，"我们两个人一起进来，就一起回去，一起出去，这是我们最后的机会。"

孙正看着眼前这个人，看着他的脸，一股奇妙的感觉慢慢涌上心头。

两个人从普通朋友到突然间同生共死也不过才一个晚上，明明有太多事情可以做，就像在阳光下最简单的散步，或是喝茶聊天，这些再简单再廉价不过的事，此刻却变成了最大的奢侈。

两个人剩下的时间这么短，或许只够他们从一楼跑到三楼。

暗流涌动，医院里的迷雾在周围久久徘徊不去，黑幕里浮现的片片黑影也似乎在幕布背后飘动着。

孙正突然感到一股力气扣紧了自己，两个人之间的空气突然被压缩抽空，几乎鼻子都贴着鼻子。

"我一定会让你出去的。"路遐低头对他耳语道。

更多的话，路遐没有说出口。不等孙正有任何反应，路遐一手抓过桌上的地图和手电塞到口袋里，一手紧紧拉着孙正，猛地拉开一楼观察室的大门，逆着奔涌而入的黑暗飞奔而去。

如果"它"来了，多半也会直接冲着我来，毕竟我身上的变化已经很明显了。如果别的东西来了，也多半会冲着我来。所以最关键的时候，我至少也能引开它们，这样就有孙正出去的机会了。所以，我也必须撑到最后一刻。

做着这一系列举动的时候，路遐的脑子里反反复复都是这几句话。

孙正临走之余，跌跌撞撞只来得及拿下复读机，一边往怀里揣，一边觉得大脑和心脏都不受控制了。

脑子里模模糊糊全是乱七八糟的影像，心脏也猛烈地跳动着，仿佛还一直被路遐刚才的那句话撞击着。

02

“沙沙”。

就在这个时候，熟悉的声音突然钻入了孙正的耳朵。

“路遐？”他叫了下拉着自己的那个人。

路遐似乎全然没有注意到身后的异动。

“沙沙”“沙沙”。

孙正脑子里的杂念一下子全都安静了，他竖着耳朵仔细分辨着。

好像……不止一个。

“沙沙”“沙沙”。

“路遐？”他一面转头去看，一面又叫了一声。

晃动的手电光照到地面的一角。

“什么？”路遐终于听到他的声音，警惕地在前面应声。

“没、没什么。”孙正“啪”地关掉手电，闭上眼睛以更快的速度跟着路遐朝楼梯口的方向跑去。

他说不出口。身后的黑暗里幽幽藏着好几张脸，好几双眼睛，直勾勾地盯着这个方向。

拖着一地的什么，沙沙地爬着，沿着他们脚步的轨迹……

他甩了甩头，试图把那个图像赶出脑海，远离它们，逃，逃出去，就什么也看不到了。

“噔、噔、噔、噔。”

两个人上楼的脚步声在整个楼梯间回荡。

二楼，化验室里的咯咯笑着的那个姑娘不知走到了何处？

黑暗和急促的呼吸声里，有路晓云和严央当初一步步走过试探过的痕迹，也满是孙正和路遐两个人四处搜寻着线索仓皇逃下的回忆。

或许还有许多人在此和他们一样做着困兽之争，在楼梯间来回奔走，抑或躲在某扇门背后瑟瑟发抖。

“它”不在二楼。

孙正不知为何十分确定。

三楼。

两个人的脚步一踏上三楼，同时出于本能地压低了呼吸声，放慢了脚步。

路遐慢慢移动着手电光，在地上小范围搜索了一圈，确定没有发现任何不明印迹之后，拉着孙正蹑手蹑脚地朝着记忆的手术室的方向走去。

医院一如既往地沉默着，安静着。

这种持久的静谧如同一根细针，旋转着钻入神经骨髓，渐渐全身都为之战栗，又如同是无声的抚触，当你以为那只是一阵冰凉的风和空气，却又发觉那是无数看不见的冰凉的手，柔柔地抚摸着你的皮肤。

手电光已经隐约触及了手术室的门边。那扇门依然微微张开着一个口，路遐试探性地透过那个口向里照去。

黑暗似乎深不见底，一瞬间就吞没了那点微弱的光线。

路遐深吸一口气，他是个无神论者，但此刻他在胸前画了个十字。“跟我来。”他紧紧握着孙正的手，沿着地上那点手电光，慢慢向手术室靠近。

路晓云曾经追着刘秦进到这个房间。后来怎么样了？

没有人知道。

“嘎吱。”路遐推开了那扇门。

依照他的记忆，门后应该有一段走廊，走廊之后会有消毒室，再往后走应该就是无菌手术间。他探脚走了进去，身后的孙正也小步跨了进来。

“嘎吱。”

因为两个人的挤动，大门又轻响了一声。

走廊里阴森森一片，依然不见任何异动，手电光照着浅色的内壁，那内壁干净，透亮。

路遐突然感觉孙正的手动了一下。“怎么了？”他轻声询问。

孙正没有说话，小步跟了上来。

走了几步，前方就出现了消毒室的门。

路遐尝试着推了推消毒室的门，门隙开一道小缝。他回头给孙正一个惊喜的眼神，加大了力道，推开了消毒室的门。

这次他不敢逗留过长，只匆匆用手电扫了一下，确定没有什么不该有的东西，就拉着孙正继续往前。

“奇怪。”路遐嘟囔了一句。

“嗯？”

手电光晃向右边。

“手术间的门竟然在右边，不在前面。”路遐望着那里若有所思地说。

孙正的手又动了动。

“你是不是想到什么？”路遐立刻问道。

孙正还是不说话，只是跟着路遐向前走了几步。

路遐的手终于碰到手术间厚重的门，触感充满凉意，仿佛里面的寒意透过这道门已经散发了出来。

他将手电插进裤兜，腾出那只手，推了推手术间的大门，也许是因为过于小心又过于紧张，他不敢使上太大力气。

门动了动，孙正伸出另一只手，帮他一起推开了这道门。

消毒水的味道扑面而来，仿佛迎接他们的就是一幅忙碌着做着手术的景象。

路遐深呼吸一口，深觉秘密此刻就要揭开。他探手拿出兜里的手电，就是这么一个小小的动作，手电光在手术间内晃了一下。

“那边！”孙正突然叫了一声，甩脱了路遐的手朝某个方向跑去。

路遐还没反应过来，黑暗里又看不见孙正的位置，只得一边晃着手电扫视周围，一边着急问道：“你说什么？哪边？”

孙正站在那个地方，消过毒般的发凉的空气在他脸庞上流连。

“你没发现吗？”孙正开口说道，似乎因为太久没有喝水，声音听起来有些干哑。

“嗯？你在哪儿？”路遐觉得奇怪，手术室明明不大，孙正到底在哪边？怎么就突然一个人跑开了？

“手术室（四）的构造，和对面那栋内科大楼的走廊尽头，是对称结构。”

进了手术室（四），才是走廊，走廊尽头的右边，一个房间，没有楼梯。这种原本在主楼不可能实现的构造，在手术室（四）一模一样地重现了。

“你看，那个房间！”孙正又叫了一声。

一个对角线看过去的房间。

模糊，漆黑。

却有个人坐在窗边，影影绰绰，似乎朝着这边笑了笑。

路遐倏然觉得不对！依手术室的窗户和现在的光线条件，根本不可能看见外界的任何东西！

“正！”他极度紧张地大叫了一声，手电筒飞快地在整个手术间扫了一圈。

淡蓝墙壁，操作台，无影灯……

窗户边站着一个黑黑的人影。

路遐浑身上下都冰凉了，那个从大腿爬上来的东西，已然要爬遍全身了。

“正？……谁？”

他来到这个黑雾密布的走廊，走到了一扇破旧古老的门前。

他再次来到这个空无一人的走廊，手碰到了那扇门的把手。

他会干什么？

他在慢慢地逼近这个房间。

孙正的心还在怦怦跳着，带着一种莫名的紧张。

他用手电扫视了一圈周围，这个陌生而熟悉的走廊，进入手术室的那一刻他似乎就隐约有预感，自己会再次来到这个走廊。

而手上，另一个人的余温还在。

“路遐……”他喃喃念了一句，握紧了手。

走廊里静谧得没有一丝声音，就连他自己的呼吸声都微弱得几乎听不见。黑雾深沉，似乎手电光也无法彻底穿透整个走廊，照出它完整的面目来。

就像是一个绝对空间，一个绝对领域。

他的专属领域。

他努力辨别着手电光照出的那一小块地面和墙面。记忆里的那扇门离这里不远，沿着墙走，慢慢地几步就到了。

背后是什么？！

他脑子里突然冒出这么个念头。他从来没有转过身去看过。这是哪条走廊？也许他只要回头看一眼，就可以确认。

他的左脚向左动了动，发出轻微的响动。似乎连他自己也被这声音吓到了。他停了一下，终于鼓起勇气，转过身去。

后面亦是一片漆黑，像深不见底的天坑，连阴影都不可存在。而自己就像站在这个天坑的边缘，多走一步都会一直坠落下去，再也捕捉不到一丁点儿光明。

他只需要确认一下。只是一下。

他小心翼翼地走了一步，用手电筒照着侧面，探索着墙面。

慢慢地，灯光终于触摸到一片不同于墙的颜色，门。

孙正吞了吞口水，手电光向上移动，老旧掉皮的门上有着清晰的一排字：内科 314。

果然！

这果然就是与路遐目前所在的主楼一楼之隔的内科大楼。

过了这个 314，自己一度接触到的那个门后，就是 315A 病房。

那个不能说的房间，那个看不见的房间。

奇怪的是……记录里写着，走廊尽头是没有这个房间的，为什么他却看到那个房间好好地在那儿？

因为确认了自己所在，并且发现了 315A 病房，孙正拿着手电的手都在颤抖，如果不是这道走廊弥漫着阴森可怖的气氛，他几乎就要直奔 315A 一探究竟了。

他胸口起伏了两下，努力控制住自己的心情和呼吸，折返回走廊，再度小心翼翼地前往 315A 病房。

他不知道自己是怎样来到这个走廊的，不知道自己为何被送来这个地方，也不知道 315A 病房里有什么在等着他。

脑子里只模模糊糊浮现刚才看见的那个冲他一笑的脸。

好像是一张……熟悉的脸……

孙正乱无章法地思考着，有惊无险地沿着墙壁摸索，终于摸索到了木制质感的门框。

手电光照在门上，昏黄昏黄的一团。格外破旧狰狞的门上，有着清晰的刻划痕迹，斑斑点点洒上的红色印记如同干掉的血迹，引人浮想联翩。这个门本身似乎就背负着沉重和阴郁的气氛，又似乎折射着某种挣扎和反抗……如同他们现在的境况。

越想越好奇，孙正终于忍不住去扭动那个老式的把手。

“咔嗒。”

响了一下，门却纹丝未动。

是不是时间太久了？

他这么想着，一边拧动，一边用身体抵住门。

“咔嗒。”

门还是一动不动。

果然还是被锁住了……

他失望地看着门，却毫无办法。

仔细看，还会发现门的边框上绕着一圈细细的红线。他想到磁带里的路晓云似乎也在普外三室门上绕了一圈这种东西……路遐和自己都没有细看，但这个玩意儿难道有什么奥秘？

路晓云？路晓云有没有提到过这扇门？

没有……

但是，刘秦必然是知道怎么打开这扇门的，陆响也一定知道，他们为什么会把病人送到这么个病房？

陆响……刘秦……

这两个名字令他的脑袋又隐隐作痛起来。

对了！

磁带的最后路晓云说什么来着？

“你扔个什么给我？”

“砗磲，刘秦身上摸到的，很值钱，你拿好它出了医院卖点钱，就当是你要求的补偿了。”

砗磲？刘秦身上的砗磲？

孙正手忙脚乱地把手电夹到胳膊下，从怀里摸出了那把砗磲钥匙。钥匙被体温焐得有些温热，表面透着莹润的光。

因为根本派不上钥匙的功能，一直都把它作为驱邪之用，但是……

孙正凑近看了看把手下那个锈迹斑斑的钥匙孔，这个孔是不是才是这把钥匙的最终归属？

“咔嗒。”

钥匙有些艰涩地被插入孔内，契合得完美无缺。

果然！一阵狂喜跃上孙正的心头。

他抵住门，一面用力内推，一面转动着钥匙。

“咔。”

门发出一声闷响，隙开了一道小缝。

冰冷潮湿而带着某种腐臭的空气从缝中迫不及待地涌了出来。

孙正正想进一步推门而入，一张纸片似的东西晃悠悠地从门缝中飘了出来，落在他脚下。

似乎……是一张照片。

孙正皱了皱眉头，俯下身去捡了起来。

一张有些发黄的照片。照片上有一张年轻的男性面孔，阳光落在脸上，咧嘴笑着，露出一颗虎牙。他的眼睛笑得只剩一条缝，肤色被白大褂衬得十分健康。背景的建筑十分熟悉，大门上一行字写着：桐花医院。

这是桐花的一个医生？

孙正看着这面孔，觉得隐隐约约像一个人。

一个他从未见过，却已经认识的人。

他将照片翻过来，背面写着几个字：

严央，2001 年 4 月，桐花。

03

路遐盯着那个黑影，拳头都攥出汗水来。

身体的本能催促着他快逃开，可是头脑死死抑制住这股转身逃跑的冲动。

这个黑影，不论是谁，都是和孙正紧密相关的关键。

他小心地向黑影靠近了一步。不知黑影是否感觉到他的存在，也开始慢慢地沿着手术室的墙边移动。

路遐悄悄拨小手电的光线，斜着照着一小片地面。这点灯光足够他跟随黑影的动作却不至于惊动黑影。

“正？”路遐再次试探性地叫了一声。

没有回音。

他的脑袋在极度紧张的状况下飞速转了起来。这个黑影不是孙正？但是孙正怎么可能在他眼前莫名其妙地消失？

黑影模模糊糊一声不吭地靠在窗户边上，像飘着一般移动。路遐亦步亦趋地跟随，同时回忆着黑影出现的每一个细节。

之前，孙正注意到这个手术室（四）和他曾经到过的那个走廊是对称结构。正如他所料，这个手术室也是唯一能看到对面那个神秘的病房的地方。

虽然这个想法极其荒谬，但是最大的可能就是……孙正就在刚刚一瞬间再次移动到了对面的走廊。

想到这里，路遐悬着的心提得更高了。

那个走廊，只可能比这里更加危险。

那么眼前这个黑影呢？

他想起在一楼观察室的情况。在“它”出现之前，观察室外曾经出现过两次奇怪的现象。

门外飘过的黑影，和无人自开的急诊室的门。

难道这个黑影就是一度在一楼出现过的黑影，跟随着他们来到手术室（四）？

但是眼前这个东西，到底是什么？

不是之前在地上沙沙爬着的东西，也不同于他看到过的入“穴”的“东西”……不对……

路遐想起什么，低头看向自己。

不是它们变得不同……而是自己正变得与它们相同，所以才能看到，才更接近于它们。

“你们找‘它’很久了吧？”

什么？！

路遐被这突如其来的声音惊得手电差点都掉到地上。他绷紧了神经四处张望，却没有找到这个声音的来源。

等等。

这个声音……在哪里听过。

像木头一般干燥乏味的女人的声音。

“你很快就可以见到‘它’了……害怕吗？后悔也来不及了。跟着我，到这里，你、我都在‘穴’里了。”

刘秦？！

路遐被脑子跳出的这个名字惊呆了。这是刘秦的声音。

怎么会有她的声音？

想不出任何可能……忽然，他的目光停留在靠在墙边的那个黑影身上。

难道这个影子开口说话了？

刘秦在对自己说话？

路遐的大脑已经有些跟不上了。

“破坏我的事，可能吗？我还有办法……”声音突然一顿，骤然尖锐起来，“你知道？你知道还追着进来？你知道什么？！”

是在问我吗？我什么都没有说啊？

路遐慌张起来。说话的声音让空气里的冰冷危险感减少了许多，却让他更加手足无措。

不对。

之前的某个经验让他突然反应过来。

这个情况……和某篇记录的情况很相似。

就像小猫那篇记录一样，自己一言未发，但是刘秦的声音却像是在持续和某个人的对话。她不是在对自己说话！她早就入“穴”了，她又怎么会和自己对话？

那她在和谁对话？

忽然之间，从观察室到现在的一些零碎的线索，就像是锁扣一样，咔嗒一声一环接一环地都联系了起来。

如果这个黑影是刘秦，她最开始出现在观察室附近，之后听到急诊室的门被打开，不久也听到手术室的门轰然打开……“它”来了。孙正和自己跟着上了三楼，到手术室里却发现这个黑影……在和某个人对话。

这完全是磁带里出事当天的所有情形再现。

入“穴”的刘秦被追着进了手术室就再也没有出来过。

她在手术室遇见了路晓云。

现在自己就站在路晓云当年的位置，听着当年刘秦和路晓云的对话！

一种前所未有的激动和紧张的心情充斥着路遐的全身。此刻他就是路晓云，当年发生的一切都在他的身上上演。

一旦明白了自己现在的情况，路遐的思考立马变得清晰起来。

刘秦在和路晓云谈什么？

从刚才刘秦单方面的发言来看，刘秦应该已经察觉了路晓云破坏了她的“那件事”，她跑进这个手术室是因为她另有办法解决这个问题……

而路晓云回了她一句“我知道”。

看来路晓云当时也另有策略。

“你不会明白，你以为，我为了他？”

路遐默不作声，他试图把自己带入当年路晓云的状态。

难道不是吗？可惜你之前所设计好的一切，都已经被我们破坏了。你的那些不起任何作用的猫骨，也在这之前被我们拿了出来，替换成了磁带，以防这些骨头还有其他特殊作用。

“是……但你还是不明白。”那个女人的声音经过这么多年，却未受到任何时间的磨砺，仿佛是从录音机里还原似的那么清楚，“你不知道我有多享受这种感觉……”

感觉？路遐隐隐察觉刘秦的某种想法，他们之前好像猜错了。

“控制……你们把这个叫作控制，你懂吗？看他恐惧，害怕，一次次地来求我……他找人写什么记录，还有什么大师……不行的，只要开始了，都得由我控制。”

刘秦说这段话的声音是冰冷的，那枯木般的语调却更显得这番话有某种震慑的力量。

这个女人想要的，不是什么爱什么情，是对另一个男人至高无上的控制。

路遐仿佛也呆住了。

“现在，我可以完全主宰他的一切了。你们，正好，‘它’出来了，我替代‘它’，我就是‘它’……他会畏惧我一辈子，他记着我一辈子……”

话说完，那个毫无感情的声音却突然笑了起来，沙哑而粗糙，感觉不到任何快意。

真正的可怜人，是刘秦，还是陈志汶？

路遐下意识地想倒退一步。

他已经理出了当年大致的情况。虽然路晓云和严央破坏了刘秦之前的计划，刘秦却正好将计就计跑进手术室，“它”已经被他们引了出来，而刘秦竟然想要取而代之，成为“它”？

“它”难道是一个人？

那么，现在站在自己面前的刘秦，难道就是“它”？

但自己现在是路晓云。路晓云的面前站着“它”，路晓云会怎么做？路晓云难道就是这样消失的？

路遐收回自己刚刚想退回的那一步。

不会。

哥哥不会是这样大意马虎的人。

既然哥哥回了刘秦一句“我知道”，想必他也是成竹在胸的。

他已经看穿了刘秦的想法？那他自己又是什么想法？

“你不会的。”路遐镇定地开口，“也不可能。”

“……你在说什么？”

路遐顿了顿，说：“因为，我会成为它。”

话刚一出口，他自己就怔住了。

他不知道自己怎么会冒出这么一句话。

那只是一瞬间的直觉。然后他的脑回路正常运转一圈之后，他就已经发现，这是路晓云唯一可能会想到的办法，也是他唯一会说出的话。

哥哥……

那个黑影就在这个时候突然一动，风一般就从手电的光里消失了。

路遐惊觉，马上抬头四望。

只听那个声音在距离自己不远的手术间门口方向说了一句话：“有人进来了！”

他猛地把手电移向手术间门口，黑影已经消失了。

孙正将照片小心地放进自己衬衫里层的口袋里。无论这是谁最后留下的照片，都是当年无比珍贵的一份记忆。

“嘎吱。”

他侧身从门缝中挤了进去。

古旧的腐臭味更加浓重了，他即使掩着鼻，那味道也似乎透过手指缝隐隐约约地刺激着他。

手电筒能照到的范围很小，所及之处显露出来的都是污迹斑斑的地面，深一块浅一块的颜色，就像那扇门一样，令人浮想联翩。

这到底是个什么样的病房？病床呢？

孙正鼓起勇气用手电沿着一面的墙角慢慢扫过去。墙上似乎也布满了什么印迹，一道一道的。

他不经意多看了那一道道的印迹一眼，忽然一阵寒意从脚底直蹿上脑门。

这是……血字？

他顾不得这个猜想是怎么冒出来的，好奇心促使着手电筒再往上移。

两个字赫然映入眼帘：

出去！

就像一道闪电瞬间劈中了他，他整个人一下子僵直了，手止不住地颤抖起来，明明感觉到手电筒就要从手里滑落出去，手指头却怎么动都碰不到那个手电筒，仿佛它距离自己非常遥远，就像面前的这个世界一样。

出去……出去……

他没法移动手电筒去验证这墙上的一道道印迹是否写的都是这两个字，谁写的？

已浸入墙壁，与时间一起，化为浓得辨不清的血色，一笔一画都似乎刻印着那股深深的怨念与积愤，震慑人心。

而之前听到的门后的抓挠声，是不是也是写下这些字的那个人在门后的最后挣扎？

“咚。”

手电筒终于滚到地上，发出“骨碌骨碌”的滚动声。

“啪。”

似乎碰到了什么东西，手电筒停止了滚动。

孙正也因为这一连串响动恍然回过神来。手电筒？他努力控制自己不颤抖，弯下腰循着声音和光线的来源去摸索。

手指划过冰冷的地板，一想到自己触摸到地上那未知的印迹他又忍不住一阵颤抖，接着摸索过去，他终于碰到金属质感的手电筒。手指又向前移了移，手电筒撞到的是……

一个激灵，他连着那个东西和手电筒一起抓了起来。

一照之下，果然，手电筒撞到的是一盘磁带。

《新概念英语》的最后一盘磁带。

04

磁带里嗡嗡响着。

是噪音。可是噪音里隐隐约约又响着某种隆隆的声音。乍一听觉得是很正常的背景音，可是仔细一想，磁带里少了一个最常见的声音。

脚步声。

凑近一点听，还能听到拿着复读机的那个人在微微喘气，似乎还未从一阵激烈的奔跑中恢复过来。

嗡嗡隆隆的声音还在持续，偶尔会突然听到一阵放大的人声，又突然匿去，十分诡异。

此刻拿着复读机和磁带的应该是严央，他这是在哪儿？

“叮。”

磁带里突然响起一声熟悉的声音。这是……

电梯？

“叮”的一声刚刚过去，就听见“啪啪”的声音，似乎谁在拼命地按着电梯上的某个键。

一旦确认了严央的所在，这情形就更加匪夷所思了。

电梯门的声音传来，迅速开了又合，也许归功于那个不停按着的某个键。

严央在坐电梯，电梯到了却不下，还在不停地按着关门键……他在搞什么？

嗡嗡，嗡嗡。

从那阵混乱到现在，其实并未过去多久，医院里的人却已经渐渐散去，电梯被严央一个人霸占着上下不停，却没有其他人来打扰。

电梯隆隆声还在继续。

“叮”，到达某一层。他又“啪啪”按着键让门开了又合。

就这样一直一直继续。

就在孙正几乎要以为复读机是不是一直在复读那一段声音的时候，“叮”的一声，严央停止了按键。

磁带里传来一声惊呼，仿佛他看见了什么惊悚的画面。

磁带开始晃动起来，伴随着一阵短促的脚步声，他跑出了电梯。

惊魂未定地，他沿着楼梯开始跑，磁带在复读机里也跌跌撞撞地响。就这么跑啊跑，似乎一路跑了好几层楼，他却没有丝毫犹豫，仿佛早已经知道自己要去哪里，要干什么。

脚步停在某一层楼。

“路晓云！我来了！你在哪里？”

因为之前的奔波和呼喊而有些沙哑的声音回荡在空旷的走廊里。

他又向前跑了几步，停了下来。

“这里好黑……路晓云？唔……”语调一个明显的转折，好像嘴一下子被谁从背后捂住了似的。

“你就是进来的那个人？”一个压得很低的声音，冷得没什么明显语气的，只隐约听出一点讶异，“麻烦了。”

磁带的主人本来还在动弹，听到这个声音一下子安静了下来：“路晓云？”声音也压得低低的，还没有从见到这个人的情绪里恢复过来。

一阵轻微移动的脚步声，两个人像是悄悄转到了更隐蔽的地方。

“这里没有你的事，你进来干什么？！”那个人又破天荒地再次开口了，之前的惊讶和所有其他情绪已很快地从他低沉冷漠的声音里消失了。

就因为这句话，拿着磁带的严央的呼吸声突然急促起来。他挣脱路晓云，“噔噔噔”向前走了几步，就大声吼了起来：“路晓云！我上有爹妈，下未成家，就跟一个姑娘好过初吻都还健在，这辈子年轻着潇洒着呢，你以为我为什么跑进来找你？还不是因为相信你这个疯子，相信你一定可以……”

“嘘。”另一个人立刻拉住他，不知道又用什么方法堵住了他的大嗓门。

严央也一下被什么吓到了：“路晓云……你好冰……”

没有正面回应他这句话，停了几秒钟，路晓云用平淡的语调问：“你怎么进来的？”

严央没有说话，但他一定给路晓云做了某个动作或者指示。

“电梯……”出人意料地，路晓云刚开口就顿住了，“你看见了什么？”

严央没觉得路晓云的问题突然多了起来，接着就滔滔不绝地讲述起他独闯禁区的经历来：“你听我说，都是你自作聪明一个人跑掉，我从三楼下来，你猜发生了什么？简直、简直就是莫名其妙！明明我们看见刘秦进了手术室，下来他们却给我说刘秦突发什么病死了，这怎么可能？！我一听就知道不妙，刘秦会害了你！……你点什么头？你知道？你这个不要命的疯子，还好我回来了……

“我到处都找不到你，突然就想起来咱们当时说刘群芳那个问题的时候，刘群芳怎么跑进去的？就是因为你当时提了一句要是不小心接触到或者看到穴里的某个东西就会很危险，某个东西，就是‘它’了，刘群芳故意去找‘它’，那我也可以故意去找‘它’……我想了半天想到你给我说的镜子，你说如果看到镜子，还看到有什么不该出现的东西就一定要避开，那不就是了嘛，我只要不停不停地坐电梯，总会不小心撞到‘它’吧，只要故意不避开‘它’我就可以跟着进来了……你眉头皱那么难看干什么……

“但是奇了怪了，我就只看到一面镜子，还以为会有什么怪物出现，但什么都没有……”

“这就对了，它还需要一点时间。”路晓云十分耐心地听完他的长篇大论，“跟我来。”

接着就传来两个人快跑的声音。

“手术室？”脚步声停下的时候，严央喘了口气，惊讶地轻呼了一声。

磁带里又一次静了下来，连两个人走路的脚步都显得小心翼翼的。

“看。”

“什么？……太黑了，什么都看不见……”

“你很快就会看见的。”

话音刚落，磁带突然剧烈地嗞嗞响了起来。

噪音淹没了所有录音，大到整个复读机都像在轰鸣。就像被强烈干扰的磁场，又像被使劲抓挠的话筒，磁带几乎就在此报废掉了一样。

可是这一阵怪异而突然的噪音转瞬又消失了。

背景音恢复了医院黑幕下的静谧，只有呼吸和说话的声音带来些许生气。

“刚刚、刚刚发生了什么？”严央说话带着明显的颤音。

却没有人接话。

“路、路晓云，你在哪里？别吓我啊……路晓云！”严央似乎察觉到不妙，立刻紧张地四处寻找起另一个人来，“啊，抓到你了！”

大概是谁打开了手电，又或者是谁移动了手电，严央又一次惊呼了一声。

“这是哪里？我也疯了，路晓云，我怎么、怎么觉得……我们在另一个地方？”

“砗磲钥匙给我。”

磁带里响起窸窸窣窣的声音，严央在拿他当宝贝一样藏着的那把钥匙。

“等等！别、别开，这是什么地方……315A？！”他的声音陡然大了起来，“我们怎么会在315A的！我们是妖怪吗？！”

路晓云却没有理会他，钥匙和锁孔接触的声音响起，接着“咔嗒”一声，锁开了。

“只要赶在刘秦之前到这里，我们就赢了。”

那扇遍体鳞伤的门吱吱嘎嘎地开了，黑洞洞的口越长越大，当年的那两个人也是这么带着探寻、紧张而又害怕的心情走进了这个房间，直到那些陈旧的阴影，腐败的空气完全吞没了他们的身影。

可曾再出来过？

“好臭……”严央轻轻抱怨一句。

脚步声停下之后，一时间竟再无其他声音传来。

磁带好像停了，这么安静，好像里面的人连呼吸都忘记了。

“啪。”

一声巨响。

前次经验表明，复读机再次重重地摔到了地上。

“这是……”严央的声音出奇的低，出奇的冷，那一瞬间他看见的什么东西，给他的震动如此之大，短短数秒之内，这种从未在他身上见过的沉和冷就盖过了他的任何惊讶、恐惧、疑问。

“人。”路晓云以同样严肃而冰冷的语气回答他。

“啪！”

复读机终于从什么都再也握不住的手里滚落到地上。

磁带嗞嗞地响着，像是卡住了。

孙正跌跌撞撞地站起来，手电筒光随着身体和手的摇晃在地上胡乱照着。

脑子里全是嗡嗡的乱响，所有医院里的人和声音都在叫嚣着，冲撞着他的脑袋，要挤出来，要涌出来。

就好像脑袋里装了许久的一个炸弹，濒临爆炸边缘，冲击力如此之大。

人。

是人。

他终于挤出点力气抬起手里的手电筒。

一个圆形的东西。

他眯了下眼，身体却已快于思想，出于本能地在颤抖，颤抖得厉害。

一个人的脑袋！

他一下子扔掉了手电筒，猛地用手捂住自己的眼睛，却阻止不了那一瞬间看到的东西在脑子里不停地回旋，又回旋。

脑袋，干瘪到连骨骼轮廓都能完全看到的脑袋，只剩一层皮，或许连皮都算不上，干裂的皮，乌黑的皮裹着那颗圆圆的脑袋，两个凸出的眼睛，紧闭着，却朝着自己的方向。

仿佛随时都会睁开，仿佛一直都在黑暗中凝视着门，凝视着自己。

一颗被吸干了所有，如同满地乌黑杂草扎成的脑袋，如同开裂的大地，脸孔里的每个裂缝都渗出黑气。风一吹就会碎成碎末，手一撕即可连皮剥落，露出黑乌乌的眼洞和鼻孔。

那画面几乎已渗入了孙正的骨髓，他无法阻止自己去回想，去思考那恐怖而诡异的脑袋。

脑袋下面是空的……脑袋却和自己在相同的高度。

不知不觉，捂着自己脸的手都快嵌进皮肤了，而他却没有任何痛感。

这颗脑袋……是倒吊的！

这是一具倒吊的尸体！

就在这个时候，断掉的磁带不知如何自己恢复了正常，跳了一跳，又突然传出了声音。

“这是……干尸……”严央一字一句地说，“这里，全都是干尸。”

“还有一个，你抬头。”

严央停了一秒，声音变了变：“猫？”

他突然反应过来：“难道这只猫，就是这一切的开始？刘秦当年死掉的那只猫？被她倒吊在这里，还用了什么保存得这么完好……她想做什么？”

“这是……随阴人的……祭祀。”

“什么意思？”严央不解地问。

“这就是……超越生命禁忌的代价。”

磁带里的严央愣了一下，又似乎看到了什么，迅速反应了过来："这些……这些尸体，都是医院里死去的病人……难道这个祭祀就是需要一个死人的尸体紧紧地被绳子绑住吊在这个房间？不，不对，还有一个活着的人……只要活着的那个替代品被'它'带入'穴'，就可以换得另一个人的生命……路晓云，这不可能，这……"

路晓云沉默了。

"还有那么多无辜入'穴'的人呢？刘秦难道没想过吗？'它'到底是什么？'穴'到底……"说到一半语气一滞，严央忽然发现了什么，"等等，绳子尽头连着的那是……"

"不要看！"路晓云的声音猛地提高了一倍，紧接着就是严央"唔"的一声。

嗞嗞。

嗞嗞。

不安分的噪音从磁带里跳了出来。

严央的声音远远地传来："路晓云……你捂我的眼睛……你……"

"闭上眼睛。无论接下来发生什么，都不要看。"路晓云的声音有些变了，哪里变了却又说不清楚，"这是……出口……"

孙正打了一个激灵，慢慢地把手从脸上放下。

他靠着手电灯光的方向，捡回了手电筒。

沿着那颗脑袋，他一点点向上移着。

干尸，因为彻底地被吸干而缩小到只剩一半的一具尸体。

刘秦是如何制作，又是如何保存这些尸体的，他无从得知。

本是白色，却已然污迹斑斑的病服松松垮垮地套在这些倒挂的尸体上，如果不是那颗脑袋还在细如干柴的脖子上倒挂着，只怕这些早已不合身的病服已全部垮落到地上了。

孙正走近了一小步，尸体上散发出一种奇臭，却保存得完好无缺，没有任何蛆虫和尸虫。不知刘秦用了随阴人的什么秘法。干尸衣服上好像还依稀挂了一个牌子。

模模糊糊的。

上面是编号：03。

他转向侧面一具。

同样干瘪的一颗脑袋，眼睛上有一层黑布。

编号：02。

手电筒一眼望去，面前岂止是一颗脑袋，那是一片倒挂的尸林。绳子紧紧地缠绕着他们的腿部，仿佛只要风一吹，这些尸体就会前后摇摆碰撞着，像倒挂的风铃，一串串的。

他突然就明白过来，当年路晓云一眼之下就明白了的一切。

一切的开始，是刘秦的那只猫。

她是如何开始这种超越理解的祭祀的，因为那只猫的死，令她终于走向丧心病狂？

那只猫是第一个祭品，换得了陈志汶当年手术台上的那条人命。

02 号祭品，当年老张见到的那具蒙有黑布的尸体。

那是医院第二次进行这种祭祀，那个“它”带走了老张，却不知换得了谁的生命。

03，04，05……

刘秦在这几年做过多少次祭祀，而陈志汶又是如何一面得意于成就一面战战兢兢地与“它”擦身而过？

“它”不仅仅带走了祭祀需要的那个活人替代品，还有无数无辜的人也因此不小心入了“穴”，再也回不去真实的光明的世界。

“穴”到底是什么？为什么路晓云就能突然明白？

那么……刘秦被破坏的这场祭祀里，最初设定的祭品是某个死去的人，和那个将被送往 315A 的替代人“穴”的活人，躺在手术室的人即将从“它”那儿获得新生命。严央延迟了活人被送往 315A 的时间，而“它”却已经出来，寻找最近的一个替代品——陈志汶。

最混乱的时候，刘秦情急之下，引着路晓云和她一起入“穴”。祭品，替代品，新生命和“它”，这四个必须条件里面，只有“它”和替代品是不确定的。难道……刘秦竟然是想成为那个死去的祭祀品，然后利用路晓云成为那个替代品来完成这个祭祀？

那，路晓云跟着刘秦入“穴”又是为了什么？

忽然，隐没在层层尸体后面的一张已经扭曲的面孔映入他的眼帘。

一张脸，一双眼睛。

看着他。

这是……

孙正的脑子突然炸开了，他猛地拨开那枯木般的身体，发了疯般冲向最尽头、隐藏得最深的那一个。

而“他”，就像是望着他，望着那些干枯冰冷的尸体来回摆动着撞到他身上，他一路踉踉跄跄地在恶臭和碰得咯咯响的脑袋间前进着，“他”紧闭的嘴角也像是露出了森森的满足的笑意。

他几乎是扑到那张脸上的。手摸到那张脸，有一种冰凉刺痛的触感。

忽然，尸体垂下来的手动了动，搭到了孙正的后背。

他又猛地转过去。那手随着他身体晃动，又软软地垂了下来。

也许是因为之前的动静吧。

孙正的目光顺着那只手向上爬着，爬过病服，爬过被绳子一圈一圈紧紧缠绕的双腿。

绳子的尽头，不是尽头，是长长的一条绳子在延伸……

不对，那应该属于天花板的地方，那是……

所有之前轰轰烈烈炸开来的画面，又轰轰烈烈地涌回脑海，蔓延到全身骨髓深处。

出口。

他忽然也笑了，嘴角有个细微的弧度，眯着眼。

他摸着那张倒挂着的脸，慢慢地，沿着干硬的表面，摸到眼睛，就好像还在拭去上面残留的眼泪。

模模糊糊，听到磁带里还有人在说话。

那个人说：“我们……错了……”

和“它”斗了这么多年，才知道自己错了。

孙正抱着那个复读机，里面的磁带已经停止转动。他静静地走到门口，整个人的脑子和内心都没有如此安静过，就像这个医院，在黑暗里沉睡到了最深处。

他走到医院里隐藏的房间的门口，听到有轻轻的敲门声，好像还有个女人在轻轻地说话。

有一股花露水和香油混合的味道隐隐飘来。

她，这个味道虽然不好闻，倒也能遮掩这个房间带出去的奇臭。

是了，尽头挂着的这个人，就是当年门口这个女人——邓芸想去碰触的那个人。

在绳子尽头的那个地方，她如何倒挂了，入了“穴”。然后她倒着，倒着，像往常一样走出房间，走到叫杨菲的女护士面前，用手拨弄她，想叫醒她，就连头发垂到她脑袋上也浑然不觉。

然后这入“穴”后的残影，在夜里夜复一夜地重复着。

孙正又轻轻笑了笑，他自然而然地打开门，走出去。

STORY0 最初

那些血淋淋的东西密密麻麻地趴在地上，
抬起那张脸，齐刷刷地看着他。

01

“这边还有一个伤者，赶快！”

“这还算是伤得轻的，那边几个已经闹得人仰马翻了……”

“幸好今天医院不太忙……这个右腿骨折，送三楼做个止血接骨，赶紧的！”

……

“现在帮你做麻醉，深呼吸。”

“病人情况？”

“血压 110/70，脉搏 80，状况稳定。”

“医生，这里是 X 线片，病人右腿长骨骨折。”

“手术刀。”

……

“医生，长骨刺入血管了！病人呼吸增快，心动过速……”

“呼吸系统感染了？胸部 X 片？”

“医生，病人咯血！”

……

“医生……这是……”

“给我看心彩超！”

“右房、右室有扩大，右室运动减弱，医生……”

……

“这不是感染，这是长骨刺入血管引起的肺栓塞……”

“肺栓塞？”

“……已经晚了……晚了，准备通知病人家属……”

……

“请问哪位是病人家属？”

“家属？家属？人呢？！”

“他什么情况……不，我不是家属，他没有家属……肺栓塞？你等等，我打个电话……”

“陆、陆院长？这是个肺栓塞，发现的时候就来不及了，你做过急诊你知道……”

“别废话，这里交给我。”

……

“陆院长，行不得啊……人都死了这么多年，那个玩意儿不能碰啊！”

“我跟了陈志汶这么多年，他那点破东西还有什么不懂的，老女人也死了……人推过去没有？”

“陆院长，你忘了……”

“我没忘，陈志汶怎么上位的，我陆晌也可以怎么上位，这个人马上就要死了，连个屁大的亲戚都没有，送哪儿都是一样……”

……

“孙先生，现在送你到住院部315A病房入住。你放心，导演和大家都会等着你出来的。”

“没事的，好好养病，也让导演他们放心。”

嘎吱。

门开了。

黑暗，腥臭。

不。

不不不不。

放我出去。

我要出去。

出去。

出去出去出去。

放我出去!

出去!!

孙正霍然睁开眼帘，阴影覆盖下的一块巨大的手术灯迎面而来。

全身都软软的没有力气。他动了动手，脚乏力得紧，他用手努力撑着，坐了起来。

自己躺在这张手术台上，什么时候?

就在刚刚突然从 315A……刚刚?

不，不是的。

他抿紧了嘴，扶着床沿，双脚下了地。

一边站起来，他一边眯缝着眼端详了一下这个阴暗的手术室，然后用手掸了掸衣袖，似乎要掸去上面陈腐的气息，向门外走去。

关上门的时候，他从门缝随手把手电筒向里一扔，只听骨碌碌几声，没了踪影。

要找一个人，路遐。

路遐左右张望着，身上全是黏嗒嗒的汗。

刘秦不知去了哪里，自己追着出来，绕着三楼走了一圈，走出一身冷汗，却没有任何发现。

有人进来了。

那个时候，是谁进来了?路晓云又做了些什么?

他不是路晓云，无从探测到“穴”里气息的变化，也无从知道该采取什么样的行动。

三楼静悄悄的，手电扫开一片弧形的范围，照着几个紧闭的门，像是潜伏的狮子紧闭的嘴，一旦光线移开，就会张开嘴猛扑而来。

他感觉整栋楼里有什么在动，悄无声息地移动着。从那个“它”出来以后，这种感觉就没有消散过。

路遐密切地注意着四周的动静，眼睛、鼻子和耳朵，都以最紧张的状态探测着周围一丝一毫的变化。他甚至像他哥哥说的那样，学着闭上眼睛以皮肤来感觉。

这样高度耗费精力的过程已经持续了近一个小时，而他整个人从入“穴”到现在已经超负荷运作了十几个小时。

他的身体也已经快受不了了。最开始从脚部开始的变化已经爬过了下半身，开始向上半身蔓延，这让他更觉得自己是一个香喷喷的诱饵，一个即将成形的那种东西，必然吸引来无数同类。

而他手无寸铁，一个人战斗。

“嗒、嗒、嗒。”

一种脚步声忽然响起。

“嗒、嗒、嗒。”

缓慢而迟钝地踏在楼梯上的脚步声。

似乎勾起了他颇为久远的回忆，路遐皱着眉头听了一会儿，霍然惊起：这是他曾经仔细研究过的老张的脚步声！他朝着三楼来了！

无论如何都不能再接触到这些东西了，更何况谁知道“它”出来之后，这些东西又有什么变化？他看了看四周，数秒之间做了最迅速的决定，躲进档案室。

自他们走后，档案室的门一直虚掩着，眼看脚步声一步一步地逼近三楼了，路遐一个侧身就溜了进去。

以在“穴”里训练出来的速度，他飞快用手电扫视档案室一圈，从地板到天花板，确认没有任何奇怪的东西之后，他松了一口气。

“穴”里的东西活动越发频繁了，这是他刚刚独自在三楼转过一圈之后得出的结论，而这也是为什么他始终未能突破三楼到楼下去寻找孙正的踪迹。左侧楼梯有老张徘徊的影子，右侧楼梯是那个小孩活动的范围。

就好像冥冥之中什么东西把他困在了三楼。

侧耳听着脚步声渐远，他推开一个门缝，用手电小心翼翼地照了照外面。这样在无比的黑暗里晃着手电光是神经最为紧绷的时刻，越是照出这一片的明亮，越是显得那些依旧黑暗着的地方隐藏着重重危机，而新开拓的每一片黑暗里随时都可能跳出什么。

灯光晃过对面的墙壁和门框，暂时确定这一小块范围内安全，路遐轻踏出一小步从门缝挤了出去。

刚欲动身下楼，他即大呼不妙。

楼梯上有一条长长的血迹，不知延伸向哪里。

这决计不是孙正的血迹。

他轻骂了一句脏话，这下糟了。他几乎已经听到那令人毛骨悚然的沙沙声了，不、不是几乎，是已经听到!

手电光换个方向，赫然映出一个扭曲的身体，正横在他面前的走廊，看不见面部，只是以极慢的速度蠕动着，血咕噜咕噜地从“它”身下某个地方冒出来，淌了一地。

拳头一下子攥得死紧。

果然，这玩意儿也是冲自己来的。怎么办?!

他手里唯一有效的砗磲匙已经给了孙正，走廊里抓不到任何东西可以防身。

更危险的是——他似乎已经听到密集的沙沙声从楼下向这里来了，还有更多的这种东西?

怎么办? 怎么办?!

他脑子里浮现了一个地方。

腿可以不要了，活命要紧!

路遐咬紧牙关，飞起一脚狠力踩踏在那个蠕动着的东西身上，饱含憎恶之情。只听“嘎吱”一声，好像脊椎折断的声音，“吱”的一下一大汪血顿时从那个东西身下涌了出来。

路遐忍不住又骂了一声，继续以飞快的速度跃过这东西，直奔距离不远的普外三室。

普外三室是路晓云留给他的最后的防空洞。他丝毫没有犹豫地、连滚带爬地冲了进去，然后立马转身紧紧扣上门。

心扑通扑通狂跳不止。

自己在这里尚且如此艰险，孙正那边不知又是如何？

但愿这里所有的怪物都冲着自己来了。

他背靠着门，喘着气待心境平复下来。

而这短暂歇气的时间让他有了足够的空间思考：如果，如果路晓云真的成了“它”，不，不会的，他一定会用某种方法解决这个问题的，那么按照最后看到的那篇记录来说，医院从那以后进入了一段平静期，刘秦死了，“它”也不再活动了，问题应该是解决了。

可是，到 2005 年底的时候，“穴”又开始吞噬活人了。这只能说明一件事：有人重新开始了刘秦进行的那种活动，而这个“它”，也变成了另一个新的“它”。

是谁重新开始这种活动的？

听磁带里的情况，刘秦和陈志汶从来没有具体告诉他们是怎么一回事，他们只是听着命令办事，私下察觉这件事不太寻常罢了。

然而密切和这种事情接触的，有几位护士，对了，还有一个……当年急诊室的陆响。

而他就是自己不久前才见过的现任陆院长。

身居掌权之位，行事自由，由此看来，他的嫌疑比任何人都大。这也是为什么他一听说自己是来找人的，就赶紧叫人把档案室的资料处理掉的原因（虽然没有来得及处理干净）？毕竟当初严央第一时间接触的就是他，而他也应该从严央那里听说过不少事情（严央看起来比较信任他）。

他竟然胆大包天到动用这种禁忌的东西……但是，既然如此，他为什么还留着严央和刘群芳的资料，对了，还像陈志汶一样找人写记录……

原来如此！

路遐恍然大悟，陆响没了刘秦的指导，在执行的过程中必然出了什么差错，医院里就此出了一个大问题，他留着所有资料和记录都是为了寻找方法解决这个问题。

原来他和我们是一样的。他虽然身在“穴”外，却也如同被困在这个“穴”的怪圈里，苦苦挣扎寻找着破解的办法。

陈志汶，陆响，每一个试图利用“穴”的人，最后也都落得和被他们牵连而入“穴”的那些无辜生命同样的结局。

路遐笑了。他明明听到密集的沙沙声在门外聚集，却咧开嘴笑了，露出一口白白的牙。

不能放弃。

路晓云在最后关头做出了多大的牺牲，自己就必须鼓起多大的勇气。

路遐吸气，拧开门锁，浓稠的血水沿着门缝滴滴答答渗进来。他右手扣住门锁，侧身手肘用力，将门狠力向外一顶，动作顷刻之间一气呵成。

只听“啪”的一声重物落地的巨响。

这扇门不知被自己老哥施了什么魔法，对付起这么难缠可怖的玩意儿倒是得心应手。

“沙沙”“沙沙”。

“沙沙”“沙沙”。

又有数个密密麻麻涌向这里。“它们”畏惧着这扇门，只能在门外虎视眈眈。

不解决“它们”，就将困死在这个屋里。

路遐故意将门拉开一个更大的缝来。果然就有血淋淋的肉团往门缝里扭动着挤来。

路遐禁不住又噼里啪啦骂了一串，以飞快的速度倒退几步，然后猛冲一下，飞起一脚，将门板踢飞撞向右面墙壁。

只听啪唧几声血肉模糊的巨响，路遐本就高大，力气足，这一脚之下，门板不知夹死多少那个“东西”，又不知撞飞多少那个“东西”。

门前倒是一扫清明雪般空旷宽阔了。

他长吐一口气，拍了拍手。

“要不是我饿得没力气，那就是一脚一个……”

话还没说完，他忽然没了声。因为他隐约听见一个熟悉的脚步声。

很轻很远，但再熟悉不过。

这声音似乎从走廊尽头传来，手术室的方向。

孙正！

路遐一阵激动，奔出门外。

奔到走廊，他迫不及待地用手电向手术室方向照去，没有人影，脚步声却仍然在响。

他在里面。

“正，我在这里——”他喊话还未结束，就被一股大力猛地拖倒，下巴生生磕在地板上，差点没把舌头咬断。

什么?！他惊慌地想爬起来，却发现自己的脚踝被什么紧紧抓住了，向走廊的另一头拖去，亏得他身材并不瘦弱，那力气有点拖他不动。

路遐一眼向脚那边望去，这一眼差点没把他吓得一口气上不来，他竟然隐约看见一个苍白的手，小孩子大小的手抓着自己的脚踝。

这是那个高家的小孩，而自己，现在的自己，竟然能看见他了！

他不知是被小孩吓的，还是被自己吓的，竟怔怔的，不知道挣扎了。

“咔。”

那边普外三室的门动了动。这一声响倒是把路遐惊醒了。

他再转头看向那边，大叫不好。

刚才那脚之下，还有一个生还者，此刻肉团一般，蠕动着从血堆里格格怪响着爬出来，朝自己而来。

身形之扭曲，连脑袋在哪里也分辨不出了。

“正！孙正！”路遐叫着呼救，却发现自己已经用尽力气，这呼救声微弱不堪。

将自己拖倒的小孩也真是怪力惊人，那一只苍白的小手已将自己拖动，刷刷地摩擦着地板，整个人不着力地倒着往那侧楼梯而去。

血肉模糊的那个东西行动看似缓慢，却也慢慢挪到了自己跟前。

眼看那肉糊糊的一团就要撞到自己脸上。

难道我真要与他们化为同类，生活在这永恒的黑暗之下?!

千钧一发之际，路遐大吼一声，两手向前长伸，正好抓住了前方的门框。他死死扣着，脑袋躲避着那个肉团，可人已经躲到墙角，无处可避。

他忽然想起，自己在一开始就提到过的一件事，路晓云在关键时刻也曾经叮嘱过严央的一件事。

不要动任何会发出类似铃铛响声的东西。

他几乎是用尽最后的力气，从裤兜里摸出那把从头到尾都没能派上用场的院长办公室的钥匙，一把扔到那小鬼附近。

小朋友，对不住了!

路遐心里念叨。那块鲜血淋漓的肉团立刻一溜过去，一跃而起扑倒那小手看不见的后半部分。抓住路遐的小手终于脱力，和着那“东西”直滚到走廊那边去了。

那究竟是什么怪物……

路遐心惊胆战地扶着墙站了起来，浑身几乎虚脱。看不出来那块只会蠕动的肉块还能爆发出如此速度，看来自己真是次次死里逃生。

幸好不论身体如何变化，到底还是受自己控制。

想到孙正，他“呼”地一下又站了起来，狼狈不堪地继续朝手术室跑去。

02

阴影里，一个模糊不清的人影从手术室的门缝里款款走了出来。

路遐手里的手电筒晃了晃，停在那个人脸上。

清秀的面孔，苍白几乎无血色，微抿的唇，和被灯光照得睁不开的眼。

“正！”路遐叫了一声，直奔过去。

那个人也恍惚地抬眼看见了路遐，神情里有种说不出的感觉。

还差几步远的时候，路遐几乎是张开了双臂要拥抱了，但他忽然就猛地刹住了脚步。他看见孙正皱着眉头有些迷惘地看着自己，忽然就迟疑了。

如果自己靠近孙正，那堆追着自己而来的怪物也会追着孙正而去。

而自己，也俨然已是……半个怪物。

眼前的孙正和自己，好像已不再是十几个小时前的孙正和自己。

他开口想说什么，又闭了嘴。

他竟失去了相认的勇气。是害怕自己，还是害怕这个三番四次消失又三番四次从手术室里出来的孙正？

谁知道这个回来的孙正，还是不是消失时的那个他？

“路遐。”孙正叫了一声，又向前走了一步。

“正……你……”路遐欲言又止。

“什么？”孙正问道，眼里透露出一种欣喜，这欣喜却让路遐不知为何觉得有些陌生。

“你……”路遐刚想说话，突然感到一阵彻骨的凉意和黏腻感从脚上向上爬，“你不要过来！”

什么东西爬到了自己背上。

“你怎么了？”孙正脸色变了变，更靠前了。

路遐紧张地后退一步，身后的这个“东西”，不一般。很不一般。

他简直能感到那个气息吹吐在自己的后颈。冰冷的、死亡般的气息，就在刚才一瞬间倏地贴到了自己背上。仿佛两只黑洞洞的眼睛早就在观望着自己的一切，然后在这最后一刻，终于抓住了自己。

是…… “它” 吗?

“它” 终于找到了我们吗? 因为……我要成为 “它们” 的一员了吗?

“我、我没事，你站在那里，不要动。”

这下糟了……怎么身体，有点不受控制……脚动不了了……不可能的，不可能的……这……

不能让孙正过来，也不能让他被 “它” 捉住。

“你到底怎么了?” 孙正的声音着急起来。

路遐看着他，近在眼前，又好像远在天边。

我到底怎么了? 我也不知道。

“快……给我，给我那把钥匙，” 路遐艰难地说，“给我，我就没事了……”

也许钥匙……是最后的希望。

也许钥匙……也救不了自己。

孙正一边在兜里摸索，一边靠近路遐，眼睛四处张望着：“有什么东西?!”

“没、没有!”

什么都没有……不要看，我怕你一看……就看见 “它” ……

而那个时候，你肯定不会扔下我一个人跑掉的。

摸了一会儿，孙正终于摸出了那把砗磲钥匙，他刚拿出来，看见那晶莹如玉的钥匙，眼睛忽然一亮，说：“对了! 我终于找到出口了!”

路遐一怔：“出口? 你找到了?”

他伸手去够那把钥匙，却发现自己够不到。

孙正走近一步，语气也放温柔了：“路遐，我们终于可以一起出去了。”

那个 “东西” 似乎已经停在了路遐背上，就像死亡已经在虎视眈眈。

孙正的手也搭上了路遐的手，冰冷的。

路遐不知神经哪里一跳，“啪”地一下打掉孙正的手：“别碰我！”

孙正仿佛也被他这举动惊到了，看着他，眼里充满了惊疑。

“我……我……”路遐结巴着，我怕你被我传染，我怕你看到那个“东西”。但他没能说出口。

他不知道如何解释那个“东西”为什么总是出现在自己周围，可是他知道，这只能说明一个问题：自己已经不再是个正常人，自己在不停地吸引着这些“东西”。

而他，不能让孙正也这么明白。

“一个人常常都是莫名其妙就变得很重要的。如果，你突然意识到一个人非常重要的话，就会开始觉得害怕了……”

……

“同样是觉得一个人重要，刘群芳其实很害怕……我比她更害怕，孙正。”

……

“你找到出口了？”路遐遮掩尴尬，后退一步，又结结巴巴地说，“这很好，你、你可以出去了。”

孙正一挑眉，眉中隐隐有怒气：“你什么意思？！”

“其实，只要你出去，我就可以放心了……”路遐这句话是发自肺腑的，他强忍着黏在自己背上的那个“东西”带来的恶心感，认真地说道。

早在他发现自己腿出了问题的时候，他就已经有这个心理准备了。

自己恐怕是出不去了，但他会和孙正走到最后，只要能帮助他出去，他也没有什么放不下的了。

孙正正想说什么，路遐又开口了：“你不用担心，我会陪你到出口的，至少我也要看看出口是什么样子不是……”

他还想笑，却笑得很难看。

孙正猛地抓住路遐的手:“你说什么?再说一次?!”

路遐注视着孙正的眼睛,忽然觉得自己这么久的挣扎,此刻竟一下子都豁然明朗了。

坦然了。

心境虽然是从未有过的凄凉,但再也没有任何杂乱思绪的纠缠了。

背上的那个“东西”竟也似不存在了。

自己找到了哥哥,在这种极端的情况下,能将孙正安全地送出“穴”,就行了。这原本就是一种奢望,而如今有一个人能出去,那已是奇迹了。

“我至少……要帮你看看,那到底是不是出口……”路遐又笑了,一掌拍在孙正的肩膀上,顺势把他从自己身前推开。这掌牵动了背上的“东西”,他咧了咧嘴,又很快把这个表情遮掩过去了。

“路遐!你现在发什么神经?!”孙正几乎是吼了起来,“你是不是不相信我了?!你不想跟我一起出去了?!”

“来,砗磲给我。”路遐还在笑着伸手去拿孙正手上的钥匙。

“路遐!!”

路遐无奈,一摊手:“没错,我骗你的。我不能和你一起出去了。”

“啪!”

孙正将手中的砗磲狠狠摔在了地上。

“你骗我?!”

“我都是骗你的,你赶快走吧,我没有想过和你一起出去,我已经找到了哥哥的消息,我……”路遐一边说,一边连连后退,自己都觉得自己这模样,真是又可笑又狼狈。

“路遐,你看着我,你到底有什么问题?你认真说,好吗?”孙正又一次放软了语气,他看着路遐的眼光里,带着某种希求。

路遐从来没有见过孙正这样的表情。总是拒人于千里之外的孙正,眼里怎么也会有这么柔软的东西?

路遐几乎就想拉着孙正落荒而逃。

但他感到整个人都僵硬了，动不了了。

自己就像慢慢在被“它”吞噬，第一层皮已经被“它”剥下。

只剩下嘴，还能不流畅地说话：“我认真的……你走吧，我实话告诉你……这、这个‘穴’，想要出去，就必须、必须由‘它’来控制……你懂吗？我哥哥当年，就是变成了‘它’，‘它’就是我哥哥，所以医院才、才……”

“你在说什么，路遐……你……”

“所以……我留下来，最好，我也可以变成‘它’……一开始那封信里，就是这么告诉我的，我一开始就是这么想的，我骗了你……没办法，你赶快走吧。”

路遐说着，他从来没有发现，说谎是这么困难的一件事，每一句话，都要让头和心翻腾一遍。

这一次骗你，真不好意思。

但这是最后一次了。我以前说过的什么，你就当作都是在骗你吧。忘了最好。

“你相信我吗？”

……

“我们两个人一起进来，就一起回去，一起出去，这是我们最后的机会。”

……

“我一定会让你出去的！”

03

“没错。”孙正眼里的柔软突然消失了，脸色就在一瞬间改变了，仿佛笼罩了一层阴霾的冰山，“‘它’曾经是你的哥哥，路晓云。”

这句冰冷的话让路遐所有翻腾的情绪刹那静止了。

“因为他，这个‘穴’有了一个且仅有的一个幸存者，但是，”孙正语气一顿，忽然笑了，嘴角弯起的弧度像是刀锋锐利的弧度，“你回头，看看趴在你肩上的那个‘东西’。”

路遐惊而回头。

一张脸，一双眼睛。

一张熟悉的脸，一双熟悉的眼睛。

孙正的脸，孙正的眼睛。

“你不该骗我的，路遐。”孙正笑意愈浓，“我几乎都心软了。”

路遐不停地来回看着眼前的孙正的脸，和停在自己身上的那张脸。

两张一模一样的脸，他找不出任何不同。

但他感受不到任何呼吸。背上的这个“孙正”没有任何呼吸。

“我也没想过会是这样的。”孙正慢慢走近路遐，他伸出手，扣在另一个趴在路遐肩上的“孙正”的脑袋上。

渐渐扣紧用力。

路遐转过头不去看那血腥的场面。

肩上的重量一下子消失了，却没有鲜血溅到自己的身上。

那个人拍了拍他的肩，让他睁开眼：“你再看看你身后。”

路遐扶着墙，拿着手电向身后照去。他趔趄了一下，觉得自己快站不住了。

那些血淋淋的东西密密麻麻地趴在地上，抬起那张脸，齐刷刷地看着他。

都是孙正的脸，都是孙正的眼。

“很熟悉吧？喜欢吗？”

路遐一下子坐倒在地。

不可能……不可能……

孙正也顺着蹲了下来，凑近了看他：“你还好吧？我扶你起来。”说完他伸手就去扶路遐。

路遐一下子挥手挡开，抬头望向孙正的眼里有种说不出的凄凉。

孙正“哼”了一声，不一会儿又兀自笑了起来：“也对，我急什么，你不是很快就要和‘它们’一样了么……”

路遐只觉得呼吸也艰难起来，胸口剧烈起伏着。

也许这不是孙正。

也许这是“它”搞的什么诡计。

他如此安慰自己，可是越来越多的细节浮现脑海里，他的想法就像漂浮在水里的稻草，时而左，时而右，没了个定数。

他仰面靠墙，闭上了眼。

孙正注视着他，笑意隐退了，悲意从冷漠的脸上一逝即过，然而很快他又挂上了笑容。

过了一会儿，路遐突然睁开眼，竟似十分平静地问：“这个‘穴’，到底是怎么回事？”

这个问题让孙正一怔，顿觉十分无趣似的，他将怀里的复读机扔了出来：“315A 里捡到的，自己听吧。”

路遐仍十分平静地捡起复读机，擦了一擦，摁播放键的时候，却不知为何手抖了一抖，按成了快进键，他匆忙去按停止键，却又手滑按下了播放键。

磁带里呜呜响着。路遐两手一摊，靠在墙上，整个人就像被抽空一般，竟任它去了。

孙正面无表情地捡起那个复读机，按了快退键，直退到磁带的最开始，“咔”的一声不动了，他又面无表情地按下播放键，把复读机放回路遐的面前。

不知为何，这里播放的磁带嗞嗞噪音竟少了许多。

路遐像死人一样听着严央坐着电梯一路追着路晓云追到了“穴”里，

又听到他们进到 315A 病房所见的一切。

讲到倒挂的人的时候，他的嘴唇动了动，似乎是想问点什么，却哑着声音，什么都没能问出口。

路晓云刚刚说完“这是……出口……”孙正“啪”的一声按掉复读机。

“你确定你还想知道接下来的故事吗？”

路遐的脑袋转向孙正，目光都显得十分呆滞，然而他还是缓慢地点了点头。

“咚！”

磁带里传来巨大的重物坠地声。

“路晓云！！！”严央一声急吼。

一阵轻微的混乱，严央惊慌失措的声音：“路晓云，你醒醒，你、你怎么、怎么……”

怎么可能会倒下？

但路晓云确确实实倒下了。

“嘎吱。”

门被谁推开了。

严央问道：“谁？！”

“这个时候，好。他，不懂‘它’，只有我，才可能。”中年女人嘶哑难听的声音说着不流畅的语句。

看不见任何东西的严央像是一下子撞到什么，“砰”的一声：“刘、刘秦？！”

女人没有说话。

“你不是死了！哦不，你没死？你来这里干什么？！”

女人走了两步。

严央立刻紧张地喊：“不许动他！”简直可以想象得到他是怎么像被踩到尾巴一样护在路晓云的身前。

"'它'要带走他，不用我。"刘秦突然格格怪笑起来，"你，知道了这个秘密，'它'也不会饶过你。"

"秘密？这里除了一堆恶心巴拉的死人和你这个恋尸癖的怪女人，还有什么秘密？！"严央急了，"我要是那个什么'它'，就第一个带走你这个扰'它'清净的女人！"

"哈哈哈哈！"刘秦更加刺耳尖锐地笑了起来。

"你不懂，'穴'是什么。你们，懂吗？"刘秦尖厉的声音几乎穿透了磁带，"这个世界，每个地方，都有数不清的罪恶，又有数不清的新生命出现，没有'穴'，这些罪恶就会不停地累积，传给新的生命……"

"什么？"

"'穴'，是一个通的、循环的通道。每个城市里所有的罪恶和污秽都从这里过滤，新的生命才有一个新的开始……你们不懂'它'，不尊敬'它'，不守护'它'……'穴'是再自然不过的一个过程，只有随阴，守护'它'，在你永远都找不到的地方……"

严央没有说话。他也说不出话来。

"你看，这就是你所谓的出口……"

严央动了动，又惊起道："不，我不能看！"

路晓云说不能看，就一定不要去看。

"你，怕了，"刘秦格格笑着，"出口，是什么？这里和那里，不过，是两个对称的世界，这两个世界，有什么区别呢……你看，这个门，这个房间，在医院出现之前，在很早很早之前，你们就害怕'它'，封闭'它'……直到我，才真正地打开了'它'……"

"你在说什么，我不懂！"

"很简单，我把这些，都献给'它'做礼物，没有灵魂的——死人，都是'它'的祭品。我用他们把'它'吸引了出来，'它'碰到的每一个人，都会被带进'穴'内……"

"不可能！这是绝对不可能的，这些都是生命啊！"

刘秦没有理会严央，继续道："每个祭祀需要一个死人，就是挂在这里的，他们，和一个活人，一个准备被'它'带入'穴'的替代品。这样，我就可以用这两个人，从'它'手里换得另一个人的生命。"

"难道就是这样，这个医院……才不断有人误闯入'穴'，却一直没有出口……"严央的声音听起来挣扎而痛苦，"我还是不懂……"

"没错，是我，打乱了这个'穴'的循环，我没想到，这些祭品，死掉的东西，无法流通，阻碍了'它'，'它'不停、不停地吸收着罪恶，却永远没办法消化……所以'它'找了很多很多人，很多、很多人入'穴'。"

"你这个丧心病狂的女人！"

"不，我也不明白为什么。不过，当我变成'它'的时候，我就会明白了。"

"那些入'穴'的人和这些、这些干尸有关系？不不，不可能。没有谁可以主宰人的生命，以命换命，什么罪恶，什么新生，这些都是不可能的，你知道这些是不可能的！"

这些都是不可能的。

刘秦在颠覆严央的整个三观。

除非这个"它"……

"它"把接触到的人都带入"穴"里，而把应该死去的人的生命留了下来，"它"岂不是主导死亡和生命的存在……

"如果，要用你们常见的那些东西来说，"刘秦顿了顿，"'它'就是死神。"

死神……？！

"你们都错了。"

"我们……错了……"严央喃喃重复着这句话，不知是在疑问，抑或是在思索。

所以刘群芳的爷爷才说，和"它"斗了这么多年，才知道自己错了。

因为这个"它"……从来都不应该是敌人。

“好了，”刘秦语气转冷，“时间到了，‘它’该做出选择了。”

磁带里响起绳子拖动的摩擦声，还有一阵金属碰撞叮叮作响的声音。

“好臭，你在做什么？”严央掩住了鼻子，声音有点闷闷的又十分理直气壮地喊，“有我和路晓云在这里，你还能继续胡作非为吗？”

刘秦轻笑了一声。

“这里有三个入‘穴’的人，‘它’会选择我成为新的‘它’，而他——就会是那个死人，你……就陪我永远待在这里吧……”

严央闭着眼睛，看不见刘秦的动作，但他似乎没有怯退：“怎么可能？！我不知道你会怎么做，我也没什么特殊本事，但无论你想做什么，我都会拼了命地不让你成功，你就永远无法完成那件事了。”

“这不是你或者我的选择。病毒会选择宿主，‘它’，也会选择下一个‘它’，你不懂。”刘秦声音尖厉起来，“我 12 岁的时候，祭祀，‘它’就选中我，阿妈把我放跑了出来……这一次，‘它’当然还是会选我，‘它’会选择最能承受这个世界的罪、怨、冤的那个宿主。”

刘秦又走了一步。

“不、不许动他，”严央的声音听起来开始发颤，“路晓云，路晓云，你快醒醒……”

磁带里面传来一阵窸窸窣窣的声音。

“大不了，我、我背你，我们逃出去，路晓云，你……”

他突然不说话了。

因为那个熟悉的平稳无波的声音终于出现了。

“我说过，你不会，也不可能，因为……”刚醒来的他说话还有些低沉。

“路晓云……你真是大英雄 superman，我对你是又爱又恨欲罢不能……”严央又惊又喜。

“严央。”路晓云打断他。

“哎，哎？”这大概是严央第一次听到路晓云直呼其名。

“记着，刚才她所说的‘穴’的秘密，和这里你看到的听到的相关的一切，出去之后全都要忘了。”

“可是……”

“如果不能忘了，这个秘密就要保守一生。所有从‘穴’里出去的人，生命都很短暂。我不觉得你会成为一个例外，所以你不用保守这个秘密太久，也不会太辛苦……”

“我不会说的，这些胡话说出去有谁相信吗……”

“一直到死，都不能告诉任何人……我弟弟也不行。”

“停停……”严央听到这些，竟开始有些恼怒，“什么死不死的，这个医院的问题怎么解决？我们怎么出去？你脑子是不是还有点晕？”

“磁带，也不能带走，再也不要回这个医院。”

“路晓云？！”

路晓云没有回答他，而是突然对着另外一个人说话了：“随阴人，你敢和我赌吗？”

“哈哈哈！”刘秦再度尖锐地笑了起来。“赌？”她说，“赌什么？”

“赌他，和这个医院。”路晓云指的“他”无疑就是站在一旁的严央。

“路晓云？！”严央又惊又疑。

嗞嗞。

噪音响了起来。

嗞嗞。

而且越来越大。

“我已经赢了。”路晓云淡然宣布。

“哈哈哈！”女人大笑起来，“怎么可能？”

“你看看我，你 12 岁就认得这是什么。”

磁带尖厉地响了一下，就像是一个急刹车，一个刀锋猛烈划过玻璃的声音，女人在磁带里尖叫起来。

“怎么可能！你怎么可能会赢过我？！我才是‘它’选中的人……”

她不可置信的凄厉的呼喊戛然而止。

“砰。”

一声重物倒地的巨响。这个疯狂而执着的女人在最后一刻终于感受到了失败和惊惧的滋味儿。

她留给这个世界的影子将是无止境的怨念。

刘秦死了。真正地死了。

“它”其实早已经做出了选择，就在之前路晓云倒下的那一刻。

只是严央此刻仍然不曾意识到，他和眼前这个男人之间的距离。严央以为，面前的他仍是那个言语冷漠、朋友少得可怜、神出鬼没的路晓云。

“路晓云，那绳子的尽头，一圈黑黑的，像没有底的……你、你看见了什么？”

“……生命。无色的生命。”路晓云的声音就像从遥远的边缘地带传来，每说一句话，就伴随着阵阵嗞嗞声，使得原本就因为距离而难以听清的谈话更加模糊。

“生命？生命是什么样的？你怎么知道那就是生命？”

没有人回答这个问题。谁向前走了几步，另一个人又紧紧跟了上去。

“路晓云，我可以睁开眼睛看吗？”

“不可以。”

“我什么时候可以睁开眼睛？”严央急着说话。

“有光的时候。”

“那我睁开眼睛就可以看见你，是不是，路晓云？”

突然有人笑了，这个笑声如此陌生，仿佛从来不曾出现过：“别傻了，这里没有路晓云了。”

只有“它”才能带你从手术室到315A，也只有“它”能带你出去。

因为，我已经成为“它”。

刘秦才是那个替代品。

桐花医院的“穴”从来没有人出去过，或许会有唯一的一次例外。桐花医院的“穴”从来没有出口，或许从此会有。

他赢了，战利品只有赌注，没有路晓云。

空气仿佛停滞了一刻。

“严央，你抬头。”

“不……我不看了……”严央的声音里压抑着什么，哽咽着什么。

“抬头。”

“不。”

“你看，有光。”

多年以后，不知谁留下的一张照片，缓缓从门缝里飘了出来，照片里有一个沐浴在阳光里的灿烂笑容。

04

曲终一声，戛然而止。

磁带断在这里。

再也不会有任何路晓云或是严央的声音响起了。

“听到了吗?”孙正靠近路遐，“你哥哥，是被‘它’选中的下一个‘它’，刘秦是替代品……”

路遐的眼皮动了动，抬眼看孙正。

“我就欣赏你们路家人这一点。”孙正回视路遐的目光，“他是第一个赢了‘它’的人。”

路遐的目光移向躺在地上的那个莹白的砗磲钥匙，上面隐隐有一小条裂纹。他之前最不愿去想的一种猜测，终于要成为现实了。

“我至今仍然觉得，路晓云生下来就是要成为‘它’的。留在穴里的‘它’，在这之后竟然没有让任何一个人入‘穴’，”孙正说着，摇了摇头，仿佛不敢置信，“一个人，都没有。”

路遐的手指慢慢在收拢，握成一个拳头。

严央出去了。

医院之后也再也没有出现过新的问题。

“现在你知道……为什么过了这么久你才收到这把钥匙了吧？”

带不走的磁带，尘封在医院里的秘密。

信封里的砗磲，保留一生至最后一刻的秘密。

“可惜，你哥哥功亏一篑，留下了一个最不应该留下的人。”说这句话的时候，孙正的脸色渐渐变了，笑容彻底消失了，笼上了一股阴怨的气息，“陆响。”

这个名字让路遐从恍惚中醒了过来，他突然伸手抓住孙正的双肩：“所以，315A 里倒挂的人里……是不是有一个，是你？”

孙正任他抓着自己的肩，又像是自顾自地在说：“是啊……我看见那张脸，我就想起来了，什么都想起来了……”他停下来，似乎在回想什么，“算起来，那个护士，叫邓芸是吧？她不应该找到我的……”

路遐的手向里扣紧了，孙正却像是丝毫感受不到疼痛。他继续说：“因为陆响很怕我，怕到了极点……知道为什么后来那个女护士怎么都找不到 315A 吗？因为陆响，哈哈哈，陆响把整个 315A 的大门都封上了，他亲自刷了一遍又一遍的漆。

“那个晚上，他不停地刷着，白色的漆沾了他一身，因为他不停地在发抖，不停地说，对不起，对不起……太难看了，陆院长，那个样子太难看了……

“他以为从此就再也没有人找得到这个房间了，他以为我从此就再也出不了这个房间了……”

路遐的眼睛闪了闪，眼前的这个孙正太不真实，太陌生，他已经分辨不清这是梦，还是现实。

可是孙正，从进医院到现在，确实一点点在变，从他开始消失，对看见的血人一声不吭；从他开始怨怼地说些什么；从他开始听到陈志汶和陆晌的名字就头痛……

路遐竭力把这些不是孙正的孙正拼凑起来，拼凑成眼前这个挂着阴郁的笑脸的男人。

“我不停地在提醒自己，又不停地忘记。这不怪我。”孙正注视着路遐，“因为我的思想，已经碎成无数个碎片，连我自己都拼凑不起来。”

他看到路遐露出茫然的表情，又接着说：“你听不懂了是不是？是你一路拼回了我的记忆。在那个手术室，我看见一个男人坐在那个房间的窗边向我微笑，就好像在说，来吧，来吧……”

路遐记起孙正在那个房间里奇怪的举动，他指着黑暗里模糊的一片，却说，你看，那个房间！

“后来我忽然想起了，那个向我微笑的男人就是我自己啊！”孙正抚掌大笑，“哈哈哈，哈哈哈，我曾经多少次坐在那个窗边，满怀仇恨地看着窗外的世界啊……我想，你们都来吧，都来吧，和我一起……”

他的笑容又突然停了：“可是，我来到三楼的时候就该想起来的。你记得吧，这层楼有死亡的气息……”

路遐脑子里又闪过他们从四楼来到三楼时的画面：像记忆里老电影般的楼梯，孙正奇怪的反应，走廊里的沙沙声。

“因为这层楼，这个手术室里，有死亡的回忆，”孙正指着自己的脑袋，“死亡的回忆……我的，很多很多人的……连你哥哥，也在普外三室的门前提醒过我，他留下的东西狠狠地震了我一下……”

“你到底……”面对这样的孙正，明明有太多太多的疑问，路遐却发不出一个完整的问句。

“对了，那个时候，我们还遇见了我，我在地上沙沙地爬，流了一地的血……我们却只是害怕我……”孙正指着自己的手开始微微颤抖，“我不甘心，我爬到了自己面前，我看到那张脸，一下子想起，那是自己的脸……”

血迹的尽头，是一团东西。

在缓缓地爬着，缓缓地挪动着。

沙沙，沙沙。

好像人的躯体，扭曲的形状却又不是任何正常人能做出的形状。

“我一看见那些自己，就头痛欲裂，每张脸都印着我的过去，表示着我曾经的渴望都化为了绝望。路遐，你从来都没有看过‘它’的正面，你要是鼓起勇气看过哪怕一眼，那该多好玩啊！”

每一个沙沙爬着的东西，都有着孙正的脸。三楼走廊的，和路遐搏斗过的，二楼化验室大厅的，一楼黑暗里的，这些，都有着孙正的脸。

“不、不可能……”路遐动了一下，却没有力气支撑自己坐起来，“这些都是不可能的！”

孙正温柔地伸手把路遐扶起坐正，轻声说：“你自己不也告诉我，这个世界上有许多事情都是无法解释的吗？你对我说这句话的时候，我还什么都不知道呢，是你一步步带着我，找回我自己的……”

“正，一定是哪里出问题了！”听到这里，路遐找回了一点思路，抓着孙正的手更紧了，“你本来不是来看牙的吗？后来我正好遇见你，我俩不小心就入‘穴’了，这个‘穴’里的一切东西，都和你是无关的……”

“怎么可能是无关的呢？”孙正又浮出一个浅浅的微笑，“这个世界才是我生活的世界，早在之前，我就完全想不起来我在这个世界以外是什么样的，我出去了又该是怎样的……毕竟那个世界的生活，离我也有很多年了。”

“……很多年？”

“是啊，很多年，这么多年，我总是记起了又忘记，忘了又记起。”孙正拍了拍自己的脑袋，好像自己记性很差似的，“所以当你被困在起过大火的那个房间里，又逃出来的时候，我还以为，是我把你放出来了。因为，我忘了我曾经在‘穴’里看到过那场大火的再现，我也冲上去打开过那道门……

“可是后来我发现，无论我打开多少次，那都是过去的事，都是无法挽回的……就好像，无论多少次我站在那个电梯前……

“镜子里的人，始终只有我自己。”

我会在“穴”里每个发现的入口都放上一面镜子，如果你看到了面镜子里面有“它”……就是一个本来你身边没有，却出现在镜子里面的人，不要乱动，闭上眼睛用皮肤感觉相对温暖的方向，朝那里走。

……

门又一寸寸地左右分开。

迎面竟是一面镜子！明晃晃的，映出缓缓分开的电梯门和孙正面部僵硬的模样。

……

“路遐，怎么不看着我？我肯定地告诉你，”孙正扬起了眉毛，表情里带着一种快意，“我，就是现在的‘它’。”

这是一个路遐已然能猜到的事实，也是一个能彻底击败路遐的事实。他的哥哥是曾经的“它”，眼前的孙正是现在的“它”。

路遐抓着孙正的手一下子松开了。

孙正脸色一变，一把抓回那只手，直勾勾地盯着路遐：“怎么，你怕我？对啊，我也很怕我自己，我不是‘它’主动选择的，我仇恨着，然后这思想不知不觉就占领了这个世界……”

“为、为什么？”

孙正看着路遐茫然无望的眼睛，仿佛穿透了这个人，看到很远很远的地方去了：“那也是个像那天一样混乱的下午……”

“砰。”

不知哪里的大门轰地一声打开，几十个纷乱的脚步声也随之而来，远处的，近在身旁的。

这些跑动着的惊惶的脚步声几乎将医院都震得隆隆响，磁带也鼓噪到了前所未有的大声，仿佛担架车，举着输液瓶的护士，从楼上慌忙跑下来的人们都拥堵到了磁带跟前。

“那个下午，医院里迎来了一批伤者，有十来个。他们都是在这里不远处的古镇上拍摄电影的剧组人员，那天正赶上拍摄一段飞车爆炸的戏，古镇路窄，屋子破旧，不料这一爆，正好将旁边一座危楼震塌了。

“你没听过吧，路遐？应该的，因为这本来就不是个大事故，受伤的也大多都是皮外伤，于是那个编剧，那年……那年他应该才 24 岁吧，刚入行，跟着到现场，被老房子的横梁砸了一下，跟着送医院了。

“你想起来了吧？那时离 C 大的讲座也并没有多久。年轻的编剧在急诊一看，就说是骨折，送手术室（四）。手术室（四）是个什么地方，那时他还什么都不知道，躺在担架车上，麻药，送进去。

“没有任何人察觉骨折引起的肺栓塞，直到他开始咯血，心力衰竭……不，不急，他还没死。

“医生还没有找到家属，陆院长和导演就赶过来了。他没有死，陆院长推着他一路来到 315A 病房，告诉他：‘你在里面住一段时间，导演他们都等着你出来。你要是撑不过，导演和开车的小陈可得内疚一辈子了。’

“那个房间，有个看房人，是个瞎子。他没等到陆院长所说的人死去，就开始了他的工作。倒吊人，听起来很可怕吧？哈哈哈！！！”孙正忽然放声大笑起来，脸却狠狠扭曲了，“我没死！我从头到尾都是活的！我有意识！”

路遐仿佛也被这段故事惊呆了，怔怔地望着孙正。

那部电影，就是他们还曾经聊到过的《黑暗的救赎》。那是在 C 大讲座一年多后的事情了。

那也确实是多年前的事情了。

那个时候的桐花医院已经宁静了很多年，路遐在四处游荡，干点儿闲活，寻找哥哥的消息，孙正躺在手术台上，导演和陆响达成了某种协议。

无亲无故独身一人的孙正，成了牺牲品。

于是，315A 在陆响当上院长之后重新被打开了，送进去的第一个人，就是孙正。路晓云当年苦心阻止的一切，又死灰复燃。

“那是一种很巧妙的手法，得用一种针，极细的针，扎在倒挂的人头皮上许多地方……血凝得很快的，所以这人必须是刚刚死掉的，这有个度，极精妙的度，还有刘秦的秘法，就像腌制一块肉，你不想听是不是？”孙正的语气突然放得极轻柔，眼神也变得极温柔，望着路遐，“我的故事，你也不想听了么？”

“孙正……”

“我为什么还会有意识呢？我本来应该是死掉的啊？我还在想着，要出去，安慰安慰导演和小陈，出了这件事，不怪他们，不能让他们太内疚。是不是很可笑？

“那明明……明明是永远也出不去的房间……也许我已经死了，挂在那里的那具尸体，皱巴巴的脸……可是，路遐，”孙正的手抚上路遐的脸，“为什么我又还活着？”

“我无时无刻不想着出去，我拍打着门，拍上一天一夜，直到浑身没有力气，没有力气的时候，我就用指甲挠门，一个劲儿挠。总有人会听见吧？总有人会来看看我吧？剧组里，总有一个人会问问，孙正呢？

“没有，我等了这么久，一个人都没有来过。我于是又想着，早在躺在手术室的时候，从那张床上滚下来，自己扭着腿，爬出去就好了。爬遍整个医院，也要找到一个人，带我出去……找到一个愿意带我出去的人，一个要和我一起出去的人……就那么爬得浑身是血，腿折了，伤口撕裂了，我也不在乎……”

孙正看到路遐的脸上有什么东西亮晶晶的，他伸手去擦，擦得手上也湿了。

“你流什么眼泪啊路遐，我早已经没有眼泪了。我想了这么多年，想出去，想出去，后来我才发现，最初的我，已经死了，变成那具尸体，倒挂着，看着我多么可笑。我那些想出去的渴望，挠着门的我，手术台上爬下来的我，甚至幻想着成为一个正常人等着别人带我出去的我，都仿佛变成了活体。那些都是我碎裂的想法，唯一维系着这些东西的……就是出去这个想法……

“你不要不相信，路遐。你自己不也说过吗，有些强大的精神力量会实物化。和你一路走到现在的我，就是那万千碎裂思想里塑造的其中一个我。”

又似乎想到什么，孙正温柔的神色又忽地凌厉起来，他甩开路遐，恨恨地叫了起来：“他们骗了我！你又一次骗我！没有人在等我出去！也没有人愿意和我一起出去！”

路遐终于缓缓地摇了摇头，嗫嚅着张嘴，但是发不出一个音节。

“因为我和他们不一样吗？我不爱开玩笑，我是袁教授的学生，我比谁都认真，比谁都优秀……他们不喜欢我。我喜欢一个人待着，我没有朋友。即使我走了，即使导演和陆响就这么出卖了我的生命，也不会有一个人关心，有一个人过问。他们也许还拍手称快……路遐，我没有做错什么吧……我在这里见过许许多多的罪，我一个都比不上……”

“困在这里的人，都是应该受到惩罚的人吗？”

……

“为什么任何一群人，哪怕只有三个人，都总会去排斥另一个人呢？”

“因为害怕。”

害怕你的不同。

……

“我所有的这些想法，这些怨念，笼罩在医院的每个角落，直到有一天，我才突然发现，我已经侵蚀了整个医院……‘它’还没有选择我，就已经消失了……

“于是，我成了这个‘穴’里的‘它’，你无法理解这种奇妙的感受。你告诉我，‘穴’是这些罪恶和咒怨的汇集地，而‘它’就是这个‘穴’的核心。当你日日夜夜看到那些，体会到那些相同的相似的怨念，听到那些人来来往往的声音……

“当你有一天变成‘它’的时候，你才能明白……这是一个死‘穴’，被这些祭祀吸引出来的‘它’只有不断地不断地寻找下一个人来代替自己，解除这种痛苦……这是一种本能，路遐。”

“它”唯一的本能。

“我最快乐的，就是看着陆响因为他唯一的一次冲动而后悔恐惧一辈子。我终于知道刘秦当初的感受了，这就像会上瘾一样。你看着另一个人的生命，他的情绪，他的思想，都完全被你左右，这是至高无上的力量和快乐！陆响陆院长，他的整个医院都因此而一塌糊涂，他要把我封起来，他翻到从前的资料，他去寻找严央他们留下的线索，可是他什么都找不到，哈哈哈哈……

“你不要摇头，我不痛苦，一点都不。我明白，因为我太明白了。

“罪恶？哈哈哈哈，世界上到底有什么罪恶？

“谁来定义邪恶与正义？谁来定义死亡和生命？没有。世界上是没有罪恶的。有的是我们身上这张皮，你可以说，这是一张皮。

“这张皮构成了我们的整个世界。这个世界是我们所有的声音，所有的文字，所有的图画，所有一切能与我们交流的东西。我们住在这层皮里，罪恶？纯洁？正义？那些都是别人和我们涂抹在这张皮上的东西罢了。

“为什么你认为它是污秽的？因为你看到的，你听到的，你学到的，你由此理解到的，这个世界告诉你——它是污秽的。

“我让那么多人入‘穴’了。我没有剥去谁的罪恶，我只是剥去了一层皮。

“我还原了生命本来的颜色，生命最初的存在。

“他们为什么走不出去？为什么他们永远无法存在于你们的世界？因为他们的这个世界，已经被我拿掉了，永远不存在了。

“你能明白的，我知道，你那么聪明。”

“孙正，为什么是我？”路遐终于平静地问出口，他看着眼前这个人，还是那么活生生的，有温度有生命的一个人。无法想象这曾经是一具尸体，又或者这曾经是在地上扭曲爬动的一团肉体，更无法想象这个人背后有着一段黑暗故事，还有一个宛如巨大黑洞般的“穴”。

“穴”的深渊里闪烁着万千繁星，每一颗都是一个故事，一个灵魂。

“你？我想着自己还是那个从前的自己，偶尔走进一家医院，然而你拍了我的肩一下，你告诉我，陆院长是你的叔叔。是的，你提醒了我，陆院长，这三个字，你还记得吗？”

“叔叔，院长是我的叔叔，不知不觉就买了家医院呢！”路遐禁不住有些得意。

“但是你拉着我逃跑，你多傻啊路遐，你没有你哥哥那么厉害，你却比他还逞强。你明明自己都救不了，还想救我吗？你给了我这么多希望……我从来没有看到过的希望……”

我却不能回应你什么。

“你知道为什么‘它们’总是跟着你吗？那些爬着的东西？”孙正笑了，这是一种真诚的笑，眼睛也第一次笑得弯了起来，“因为我喜欢你，路遐。”

“每个‘它’都是我，‘它’代表了我的每一个思想和渴望。想接近你，靠近你。”

路遐记起了。

“它”第一次出现，是自己救了孙正，两个人互相扶着走下楼梯的时候。

“它”第二次出现，是在化验室大厅，自己那样宣布：“同样是觉得一个人重要，刘群芳其实很害怕……我比她更害怕，孙正。”

“第三次‘它’出现，是你说一定会带我出去的时候。我知道你心里还有更多的话没说，对吧？我看见身后一片片的我，眼睛里闪烁着狼一样的目光，几乎要扑食掉这唯一仅有的一刻。”孙正贴近路遐的脸，“这句话，你该是没有印象了吧？”

“它们”已经毁掉了这唯一仅有的一刻了吧？

“不是！”路遐几乎是立刻起身反驳，脸一下子就贴到本就离自己很近的孙正的脸。

你拿掉了一层皮，你却拿不掉一份感情。

那张脸，此刻已经是冰冷的。令他想到在大楼的另一面，倒挂着的那张脸。

两个人的目光终于碰到了一起。

“你好冰，路遐。”然而孙正却笑着这样对他说。

就好像在对他宣布：你走不掉了，路遐。

路遐好像看到那双眼睛里，晶莹闪烁着泪光。

这句话撬动了路遐脑子里的某根线。

> 我们一起逃出这里。
>
> 不可能！
>
> 我们是逃不出去的。如果你不能出去，我也不能出去。

“我差一点儿就让你走了。”孙正说着，扬起了眉，“那个时候你却因为‘它’而想一个人留下，‘它’又怎么样？大不了我们一起留下，是不是，路遐？”

大不了我们一起留下……

孙正牵起路遐的手，路遐顺从地跟着他慢慢地站了起来。

“你看，我不会选择下一个‘它’的。”孙正转头对路遐笑着，“刘群芳做媒，老张老毛群鬼为证，档案室拜堂，手术室洞房，领养门外的小鬼当儿子，做一对鬼夫夫。你觉得怎么样？”

路遐跟着孙正向前走了两步，想起这是一个问句，于是他麻木地点点头：“挺好的。”

“我跟你开玩笑的，你想得真美！”孙正笑了起来，“但是，我们可以成为两个‘它’，是不是？”

“是。”路遐挤出一个微笑。他的食指在衣服下摆轻轻划着什么，就像在一点一点理清什么。

磁带。路晓云。严央。“它”。

只有“它”才能带你从手术室到315A，也只有“它”能带你出去。

孙正没有注意到路遐的动作，他满意地点了点头，两人走到手术室（四）的门前，路遐主动推开了手术室的门。

“你一定也想看看，真正的我是什么样，是不是？”

路遐又点了点头。

两个人穿过黑暗的走廊，悄无声息地，仿佛已与这黑暗融为一体。

什么时候路遐的手电也没电了，两个人却一直没察觉。

推开手术室的门，孙正领着路遐进去。

“啪。”

这是一条黑雾弥漫的走廊。空气里是彻骨的冰凉。

走廊的尽头是什么？

手在墙壁上慢慢地摸索着，摸索着。也许下一刻，就不小心摸到另一只冰冷干枯的手。

也许下一刻就摸到另一个未知的空间。

然而，两只手同时摸到了一扇门，门上刻满了道道痕迹，就像刻下的是远古洪荒的记忆。

这个房间，是什么年代遗留下的记忆？又在医院新兴之时，被收容为了其中一部分。

孙正闭眼去摸到门把手。会成为两个“它”的。他这么认真地想道。

路遐在黑雾里倏地睁开了眼睛。这里就是出口。我们会一起出去的。无论他是什么。

两个人各怀心事地一起推开了那扇门。

尾声

那两个站在那里说话的年轻人，就好像从来没有存在过。

01

桐花路中街的私立协济医院，又将易主。

医院占地约有 3 万多平方米，共有三幢大楼，正前方的六层建筑，外铺一层 20 世纪 90 年代流行的碎石子表面，然而这栋最旧的正是主楼；主楼后并排着两幢五层高的大楼，右边一幢是经过改头换面的内科住院部，左边一幢带些雨打风吹痕迹的粉色大楼就是外科部。

黄旬扶了扶眼镜，走进医院。他以傲慢的目光扫视整个一楼一圈。

破旧，采光差，太阴暗。

然而正适合我。他想，想必这个医院也有不少故事可以发掘。

他走到挂号处，一位老护士懒懒地翻着什么。

“院长办公室在几楼？”他得意地亮出自己的记者证。

老护士抬头看他一眼：“五楼，电梯出门向左。”

他点了个头，迈步就朝电梯走去。

护士在后面嘀咕一句：“医院都卖了还采访院长干什么？顶屁用。”

电梯不知是多少年前修的，相当古旧。外面一层绿色的漆，少部分已经剥落了，露出了银色的金属内里。按键也不甚灵光，从前按的人多了，表面起保护作用的透明塑料已经碎裂，向中心凹陷。黄旬用力摁了好几次，终于显示了向上的键头，看来屏幕显示还比较完好。

电梯终于停在了一楼，果然太旧了，开门相当缓慢，像是一寸寸地向左右两边分开。

电梯里两个年轻男人抬头看了他一眼，又继续聊天。

黄旬进门时下意识上下打量了一下，右边那个戴着副有点过时的宽边眼镜，还笑得很夸张。左边的男人长得挺白净，书生模样，只是一脸严谨，叫人看了不想亲近。

“这电梯还是有这毛病，下个楼还要先上几趟六楼，哈哈哈。”宽边眼镜男笑着说。

“自从那小子找你哥哥坐了这电梯，它就落下这毛病了。”书生模样的那个一本正经地说。

黄旬用余光奇怪地瞟了后面两人一眼。他们说的话题有点儿让人摸不着头脑。

“他就知道乱来。”宽边眼镜男颇不满地抱怨。

“乱来？你才是最乱来的那一个。”电梯里映出后面那个书生狠狠瞪了旁边的宽边眼镜男一眼，“你当时在 315A 怎么还敢再骗我一次？！你怎么还敢做那种绝对不可能的事？！”

“哈哈！”宽边眼镜男笑着猛地一拍手。

黄旬被吓了一跳，幸好自己一向比较稳重，在两人面前保持了风度。

“因为当时我突然想起一件很重要的事，”宽边眼镜男的声音一下子严肃认真起来，“一件我本来一直觉得很矛盾的事。”

“什么事？”

“你记得咱们最开始打开复读机上面的时间吗？ 2002 年 1 月 20 日，03:03:00。”

“嗯，然后呢？”

“可是你算一下，刘群芳失踪大概是在 2001 年 6 月份，而他们是过了大概两个多月去的化验室，严央自己说是在 2001 年 8 月 24 日，录的最后两盘磁带……”

“时间不对？”

“就是这个问题，你看，2002年是谁动过那个复读机？而且，按照最后的情况，复读机应该是和最后一盘磁带被留在那个房间的，又是谁把第一盘磁带装进复读机，放回到那个箱子里呢？”

“你是说……在刘秦那件事结束之后，又有谁把一切都放了回去，在等着我们的到来？”

路晓云，还是严央？

还是说两个人一起？

可是，他们俩一个是成为“它”的人，一个是再也不能回到医院的人，又怎么可能完成这件事呢？

除非……

“叮！”

电梯突然叮的一声。

黄旬猛地抬头一看，大叫糟糕！自己一进电梯就被这两个男人吸引住了，不仅忘了摁楼层，还跟着他们坐到了六楼。

好不丢人！

他只好挺起胸膛装作若无其事地走出去。

刚走出电梯，他就远远看见两个人靠在窗边，好像在看什么。

怪就怪在，这两个身影有点儿熟悉。

就在这个时候，其中一个人转过头来，向这边看了一眼！

那个人戴着过时的宽边眼镜，脸上挂着有点儿夸张的笑容，隐约听到他问着旁边那个书生样的男人：“那你说，我们现在到底是什么呢？”

这是——

黄旬的心脏漏跳一拍，他赶紧转身向身后看去。

身后一个人都没有。

那两个站在那里说话的年轻人，就好像从来没有存在过。

番外篇·噩梦逃杀

序·螺旋

孙正向前走了一步。

不对。下雨了。

他抬头一看，不知何时，天空一片阴霾，淅淅沥沥地下起小雨。雨小却迅疾，密密麻麻地在眼前铺成了雨帘。没有一丝风，这雨直直地下，细细地下。

天阴得只有一片淡墨的乌云。

哗啦哗啦。雨不知何时汇成了小流，沿着石板路的两边顺坡而下。

石板路?!

地上是一片窄窄的青石板路。大约由于常年下雨，上面薄薄地覆着一层绒似的青苔。石板都是不规则的方形，却很用力地想规矩地拼在一起。缝里都是稀泥，还有被碾碎的青草。

青石板路修在一个小坡上，弯曲着向上。两边都是墙，像是古早以前谁家院子的石灰墙。

孙正揉了揉眼睛，走了一两步。

雨打在肩头，仍然在下，已然是一片雨雾，视线都有些模糊。脚下还是石板路，沿着坡向上，看不见尽头。

他总觉得手上有些不舒服，什么东西毛毛躁躁的。

“奇怪了……”孙正嘀咕起来，“做梦吗?”

也有可能。这两天心情抑郁，没有睡过好觉，也许自己正在睡觉。

他想着，继续向前走。

身上被雨淋湿了，有一种极其逼真的透骨的凉意。这雨水不仅比往常所见的更加密集，而且格外地凉。

天地之水本是一个无限循环的过程，不知道这凉入骨髓的雨，来自哪里？

青石板的路是绕着院墙环形向上的，远远望去，折过弯就不知道它将去往何处。孙正就这么沿着青石板路弯弯地向上走着。

走过这段院墙，前方依旧是一段青石板路，石板曝露在青苔之外的地方都被雨水冲洗得有些过分干净了。那些发白的痕迹让人几乎怀疑这是常年下雨冲刷出来的。

孙正又耐心地绕过这一段向上的青石板路，头发开始湿答答地滴水。

手上毛躁的感觉更加明显了，他低头瞥了一眼，好像手腕上系了一根粗麻绳。原来是这玩意儿，他把绳子从手腕上退了下来，拎在手里。

这条绳子在末尾打了个死结，形成一个巨大的环状，有点像用来拴什么东西的绳子。

孙正恼怒地想，这个梦有些过分逼真了。

还是环形的青石板路，灰院墙，雨雾。孙正一直在上坡，他开始思考自己是要去哪里。

可是在梦里是不用思考的。

又一段弯曲的上坡路，仍然不见尽头。院墙也永远弯曲着没有尽头。连一个直角的拐角，他也不曾见过。

这院子该有多大？

雨蒙蒙的天气，无尽的拐弯，还有那粗鲁的视线，终于让孙正烦躁起来。他停住脚步，转头向后看了一眼。

这一看，却令他的心猛地像被冰锥刺了一下。

脚下是陡峭的，倾斜着的坡度，密集的雨水溅起在石板上形成了一片浓雾，自己居高临下地看去，竟然看不穿那蜿蜒向下的石路。只觉得视线随着螺旋般的坡道似乎要陷入未知的深渊。

自己从这里走上来，竟然不知道来路有些……有些狰狞。

那背后看不穿的雨雾里有什么，让他背脊阵阵发凉。自己为什么一直这么向上走着？下面是什么？上面是什么？

等等，地上淡淡的红色是什么？

他顺着那个颜色的方向往自己身上看去，这才发现，手里的绳子在雨水的冲刷下滴滴答答地滴着淡红色的水，在无数石板缝里蜿蜒。

这么看来，有点像血……

孙正努力压抑自己惴惴不安的情绪。他告诉自己，梦，都是这么没头没脑的。

他开始加快脚步，本来上坡路就走不快，但他仍然尝试着提快速度。

一圈，又一圈。

忽然，他倏地停了下来，趔趄了一下。

因为他想起来了——自己一直沿着这个螺旋形的石板路向上，可是，这面灰色的院墙，怎么可能也一直螺旋形向上？院墙里的，不是房屋，是什么?！自己手里拿着的绳子，到底被用来做过什么?！

一·委托

风雪哗哗的。路遐裹着外套，戴着帽子，缩在位子上一动不动。

“去嘛，去嘛！”胖子仗着皮糙肉厚，穿着一件T恤在他旁边要命地撒娇。路遐好不容易从层层衣服下伸出一只手，冒着寒风颤巍巍地竖在胖子面前。

“停，你到底想去干什么？我不记得你对任何通俗、古典音乐，现代主义戏剧，感兴趣。”

“还记得前天给你指的那个美女吗？嘿嘿……”胖子终于吐露实情。

“哪个？黑丝的，卷发的，还是那个摔了一跤的？”路遐飞快地把手缩了回去。

“都不是，是那个你难得打出 90 分历史最高分的。”胖子有些不好意思地搓了搓手。

路遐回头以鄙视的目光瞅了他一眼，说：“我那 90 分是打给她旁边那个男人的。”

“去嘛，去嘛！”这胖子又开始撒娇。

路遐受不了地捂住耳朵，终于站了起来：“好吧，时间地点？”

“今天下午两点，C 大，通俗古典乐与现代主义戏剧，连续三天哦。”

路遐伸了个懒腰，拍了拍胖子的肩膀：“下周晚饭，你知道的。”

说完，悠悠然走出了房间。

路遐不是来听讲座的，准确地说，他是来了解新委托的。

他的副业，用他的话讲，是解决各种怪奇事件，用别人的话讲，是装神弄鬼。

胖子是一次委托中误打误撞认识的，不但兴冲冲地搬来和他成了室友，还自告奋勇地成了他的中间人。但胖子是个不太靠谱的中间人，因为他从来不懂路遐的理论，也从来没打算弄明白路遐的“业余业务”到底是怎么做的，只是时常有便宜赚便毫不客气地担负起牵线搭桥的责任。

来听讲座的人很多，整个会堂里人声鼎沸，还有不少路遐的熟面孔。

路遐看了一眼入口的海报，今天是讲座的第一场，上面写着袁成莫教授的名字，他心里一跳，这位高人降临 C 大了，他居然还不知道。

幸好胖子拖我来了。

一边排队，他一边用余光瞟了瞟正在往人群里张望的胖子，心里暗喜，赚了一个免费讲座和一周晚饭。

最后在拥挤的人群中，胖子以其强健的身躯在第四排为两人占得一席之地。

“在那边，第二排。”胖子指了指前面。从他手指的方向，只隐约看见一个后脑勺。

“好吧，黑发，是中国人，脑袋不是很大，说明脸大概不大，估计也不太胖……”路遐瞟了一眼，给胖子下评价，伸着脖子只等着袁教授出场。

胖子给他一胖拳，说：“我去打听打听，你待着。”说完，他就弓着身子溜出去了，也不知跟谁打听去了。

袁成莫教授出场了，这位享誉界内的重量级学者个子虽矮，其貌不扬，但甫一出场就显出大家气度，只是眼光轻轻一扫，大胡子动了动，偌大的会堂原本嗡嗡的人声一下子就匿了下去。

袁教授刚刚站定，从旁边匆匆走出来一个穿着黑西装的年轻人，抱着一份文件走到教授旁边，台上灯光还没完全打开，隐隐约约只看出两人相衬之下，那个年轻人倒是身材修长。袁教授一面伸手接过文件，一面低声对他嘱咐着什么，原本严肃沉重的面孔上竟然浮现一丝难得的笑意。

路遐稍稍注意了一下教授身边的这个年轻人，有些羡慕地想，真好啊，有袁教授做导师，将来也应该是相当厉害的人物吧。

那个年轻人跟教授说了几句话，又匆匆退场，走了下来，坐在了第一排，正好在那个美女的前面。

路遐刚好瞥了个侧脸。

讲座进行到一半，胖子又溜了回来，气冲冲地一屁股坐在路遐旁边。

“有什么了不起的呀！啧啧，我看在学校再混这么几年出来也迈入高龄了，咱是尽早投身社会主义事业，为人类繁衍生息……”

“停停停。”路遐赶紧叫胖子打住，“怎么了？那美女拒绝你了？”

胖子立刻低下声来，凑在路遐耳边，说：“你猜 Linda 为什么来这个讲座？”

“Linda 是谁？”

“就那美女，她也是别有用心的一小撮人中的一个。”胖子的声音里带着诡异。

路遐又抬眼看了那美女一眼。

“我听说——她都追坐她前面那男人好几年了，那男的也是袁教授手下的研究生，说什么一心研究，不考虑这些，给拒绝了。”胖子说完，又感慨一句，“唉，美人啊！”

路遐点点头，说：“嗯，美人，98 分。”

胖子又皱起眉头：“也没发现那人长得怎么样，还不是跟我一样一个鼻子两个眼睛的，为啥她就没看上我……”

路遐扬起眉看了胖子一眼，不疾不徐地说：“嗯，刚刚 98 分也是给那男人的。”

第一场讲座结束，主持人宣布了明天一大早的讲座时间和地点。

观众齐刷刷站起来鼓掌。

胖子一边鼓掌，一边往前面凑：“Linda 过来了，要带我们去见委托人，我们跟上。”

路遐点头默许。

掌声经久不息，那个年轻人迎着他的导师下来，似乎走到幕后去了。会场上想追上去围观教授风采的都堵在台下。

名叫 Linda 的美女避过拥堵的人群，妖妖娆娆地带着路遐和胖子从会堂出去，右手手腕上一长串首饰晃得叮叮当当响。路遐和胖子不知不觉被带到一处僻静的 VIP 小厅，走到门前，Linda 忽然停了一停。

“路遐是吧？”只见刚刚还笑容满面的她脸色严肃了起来，“没想到这么年轻，不过这位客人既然指名找上你，我希望你能做好保密工作。”

路遐一笑：“请相信我的职业操守，保密工作我一向做得最好。”

他心中却隐隐有些兴奋起来，自从他开展副业以来，从未接过大单，一切都因为在他的头上，有个巨人压着他，但是今天这个客人又是VIP小厅，又是双重中间人，这项委托，一定不简单。

Linda同样微微一笑，笑容看起来别有深意，路遐来不及细究，胖子就急吼吼地想推门，Linda却脸色一变，伸手将胖子拦下："他进去，你留下。"语气不容拒绝。

胖子一僵，瞬间又赔笑道："留下就留下，我也不爱凑热闹，还不如陪你聊聊天……"

路遐被胖子恶心出一身鸡皮疙瘩，一边哆嗦了一下，一边推门进去，刚推开，他就愣住了——

"袁、袁教授？"

VIP厅的阴影里，端坐着一个人，刚走进门，那种窒息的安静就令路遐觉得像进入了一个隔离的世界。室内光线昏暗，但刚刚才听完整个讲座的他，还是轻易地认出了坐着的这个重要人物。

居然是袁教授……路遐擦了擦眼睛，又赶紧左右看看有没有什么人在监视着自己。

"我本来，不是找你的。"袁教授突然开口，相比之前会堂上的雄浑，此刻的声音竟有些疲软。

路遐尴尬地停在原地，好半天才回了句："教授你好。"

"路晓云，是你哥哥吧？"

路遐怔了一下，反应过来："是的，不过如果您要找他的话……"

"我知道，"袁教授不耐烦地打断他，"我从去年开始就没能联系上他了。"

路遐不好意思地笑了笑："大概，他很忙吧……"心里却暗暗叹息，果然，大人物都是冲着哥哥来的，也只有老哥才有这个脾气对这种大人物都不理不问……

"谁都好……"袁教授原本冰冷的口气带上了一丝哀求，"帮帮我……"

转变得太过突然，路遐惊了一跳，差点以为房间里换了个人。

“教、教授……”他紧张地看了下身后的门，好像犯了错的孩子，生怕别人听见动静冲了进来。

“我不敢睡觉……不能睡觉……我受不了了，所有人，我找过了所有人……”袁教授的声音在厅里回荡着，整个厅里仿佛都充斥着一种悲凉，“随时都可能，随时都会……”

“教授，你、你冷静，到底怎么回事儿？”

袁教授抬起头来，斜映在墙上的他的人影跟着伸出五根手指头：“五个人，他来了，我们五个人都会死……他会杀了我们……”

什么意思？路遐皱起眉头，他忽然有种奇异的预感，他即将接触到的是一个前所未有的事件，一个从来只有路晓云才能接触到的事件……

“您是说……您的生命受到了威胁？”

袁教授把头埋得更深了，仿佛不愿让任何人看清他的表情。

“这是他的诅咒，我们五个人……在噩梦里，无穷无尽的噩梦里……一个接一个地死去……”

“诅咒？在梦里？”路遐以为自己听错了，“您没有在开玩笑吧？”

“是的，在梦里。”袁成莫斩钉截铁地回答。

“在梦里？”路遐觉得有些滑稽，但是他不敢笑，他只好结结巴巴地问，“您怎么会……怎么会觉得……”

他本来想说，像您这样德高望重的文艺界教授，怎么会相信这种荒谬的东西，可是话到嘴边，出于礼貌，他又生生咽了下去。

“因为，”袁教授突然抬起来头，看了一眼右手戴着的手表，“我昨晚，在梦里的这个时间，被杀死了。”

袁教授的话音里带着一种冰凉彻骨的寒意，蹿到路遐的脚底，沿着他的每一寸筋脉攀爬遍了他的全身。

路遐不能说话，也不知道怎么说话。

忽然，只见袁教授的脑袋向后一仰，就像脖子被紧紧拧住之后一下子被松开，软塌塌地倒向了座椅后方。

“教授！！”回过神来的路遐猛地冲了过去，“教授！！”

袁教授倒在他的座椅上，终于近距离看清教授的脸之后，路遐才发现，那紧闭的眼睛下是深深的一道黑眼圈，灰败的脸色和花白的头发显示出他最近一直处在神经衰弱难以入眠的状态。

路遐探了一下袁教授的鼻息，回头就对着厅外大喊：“救护车！！！胖子！Linda！！快救人！！！”

袁教授的身躯轻微地动弹了一下，右手紧紧握住路遐，吐出十分微弱的几个字：“请……帮帮我……”

“怎、怎样帮你？怎么让你活下来？！”路遐急得语无伦次，额头冷汗涔涔而下。

“不……不是我……”袁教授的声音渐渐衰弱下去，“那个孩子……孙正，他还不知道，让他……活下来……”

二·头七

C大的讲座因为袁教授突然的病危而一时陷入混乱，当天晚上的活动不得不全部取消。虽然内部在没有任何准确消息之前明确指明要封锁消息，不少媒体还是闻风而至。

在所有到场人中，路遐是最为惴惴不安的那一个。因为受不了胖子的追问，路遐已经把胖子赶回了公寓，他以为自己一定会备受责问，Linda却只是深深地看了他一眼，便匆匆忙于处理因为袁教授的突发事件而带来的一系列麻烦去了。

那个年轻人，袁教授提到的孙正，此刻正站在被记者重重包围的袁成莫教授病房的外围，好像有些疲惫地扶着额。

从一丝不苟的着装打扮和面部表情看得出来，这是个挺严肃正经的人。

还是有不少人上前找他搭话提问，他都简短地回答了，不过总是一副很冷淡的表情，旁人想问话，甚至想慰问的，都被这种不冷不热的表情拒之于千里之外。

看他微扬的头、挺直的背脊和蹙眉的样子，果然名师高徒，骨子里就透着一种高傲。难怪 Linda 那样的美女也会在他面前碰钉子了。

他也并不是那种在人群中会闪闪发亮的，只是如果不小心晃过这个人，视线会停留一下，然后有人会觉得，嗯，还挺好看的。

路遐就是这个视线不小心停留了一下，正好觉得也挺好看的人，不知不觉自己已经盯着别人看了好一会儿，他醒了醒神，站直身体，终于下定决心走了过去。

袁教授的声音在他脑海中久久回荡不去——

“那个孩子……孙正，让他……活下来……”

“你是跟着教授做现代主义戏剧研究的？”路遐看到搭话的人都讪讪离开，主动凑到那个人身边，一边问着，一边和他一起看着前方拥挤的人群。

“嗯。”那个人漫不经心地应了句。

路遐两手抱胸，也似乎很漫不经心地自我介绍：“哦，我是路遐。”

那个人好像没听到一样，好长一段时间没有回答，半晌，又好像才反应过来，轻描淡写地应了句：“嗯，我是孙正。”

虽然早就知道他的名字，路遐还是以多年搭讪和识人的经验立刻下了判断。人如其名，太过一本正经。看样子是就算让他扫大街也会扫得一丝不苟一尘不染的那种人。

而自己却是那种一门心思歪门邪道，什么都琢磨，什么都半吊子的人。

我那两分果然没扣错。

孙正突然又开口了：“讲座结束的时候教授还在和我讨论‘文艺复兴’对现代美学的意义……没想到……”

路遐愣了一下，不知该如何安慰，只好书呆子似的回答："不可否认沃尔特·佩特对后来美学研究有很大影响，但是我更赞同教授从巴赫金语言哲学和结构学的角度对现代主义戏剧的认识。"

真是没有比这更糟糕的安慰了。路遐后悔地心想。

孙正却反而侧脸看了他一眼，问："你是谁？"

路遐无奈地在心里叹了一口气，重复介绍自己不是一件令人愉快的事情，但他还是脸上带笑地伸出手："叫我路遐就好了。"

孙正的面部表情也松了下来，眼睛里闪着一丝愉悦的光，回握他的手："路先生你好，我叫孙正。"

路遐心想你之前已经说过了好吧，但还是保持着笑容跟对方握了握手。

刚收回手，孙正又恢复了一脸严肃的表情，侧过脸去，半皱着眉看着远处的重症监护室。

路遐心里偷偷训道，这孩子真不懂事，一边轻声咳了一下，脑子一转，继续话题："老袁啊，好像还跟我提起过你。"

孙正敏锐地捕捉到了自己教授的名字，疑惑地转过身来，看着这个至少比自己导师小三十岁的年轻人。

路遐熟练地摆出"我就知道"的理解的笑容，说："他还跟我提过他前段时间睡眠不好，但是怎么……"

"是的，自从那次旅行回来，教授的状态就每况愈下。"孙正微微叹息。

来了，情报。

"旅行？"路遐在脑子里记下这条重要信息，"哦，那次旅行，我听说了，出了点小状况吧？"

他试探着问。

这一试探，就歪打正着，孙正点了点头，举起右手："那天晚上急着回来，走了小路，结果出了点小车祸，你看，当时留下的伤都还没好。"

他的右手腕上有一道明显的疤痕，像是被什么锐器划过。

"这真是太惊险了，幸好你们五个都没什么大碍……"

路遐借着之前袁教授提到过的信息，一边假装熟悉地对话，一边循循善诱，希望可以获得更多的信息。

“五个？”孙正奇怪地看了他一眼，又笑了，“你大概记错了吧，我们只去了四个人。”

“哦，是吗？那……”路遐对他的这个回答却有一丝怀疑。

我们五个人都会死！这是袁教授留下来的话。

路遐又紧接着问：“你呢……你也做了那个梦吗……”

“梦？”孙正笑了起来，“什么梦？”

路遐一怔，难道这个年轻人在装傻？可是他的表情确实很茫然。

“你知道，有时睡眠不好，是因为一些奇怪的梦……”路遐解释说，观察着孙正的表情。

他要么是个影帝，要么就如教授所说，噩梦还没来得及降临到他身上。

“你说笑了，我睡眠一向很好。”孙正轻描淡写地回答。

不等路遐再问，孙正就站起身来：“我得去问问教授的情况了。”但他又像是想到什么，脸色忽然变了变。

路遐捕捉到了这个轻微的表情变化，连忙问：“怎么了？”

孙正看了他一眼，迟疑地说：“如果算上司机的话，确实是五个人，不过司机齐先生上周已经去世了……”

胖子唯一能让路遐刮目相看的能力就是信息搜集。他很快就查到了齐先生的信息，家庭住址亲属关系生辰八字一点不漏。路遐一面记录电话那头胖子查到的信息，一面叫上一辆出租车，飞奔至目的地，连他都对自己这迅速的行动力感到吃惊。

大概是亲眼见到袁教授送入抢救前的最后一刻，他留下的那句话仍旧让路遐心中震荡不已。

让他……活下来……

路遐业余接触的灵异事件也零零总总有几十件了，大部分的一眼便知道是假的，无非是自己吓自己，只有极少数有确实无法用任何常理解释的现象存在。但他这是第一次，还未做过任何查证，就对一个委托如此上心。

齐征，跟随袁教授二十年的私人司机，上周五晚凌晨三点在睡梦中突发脑溢血病故，享年 42 岁。

路遐穿过了半座城来到齐征所住的偏僻的小区，小区是 20 世纪 90 年代初的建筑，大门口写着“天乐小区”，可惜年久，名字的一部分脱落了，于是变成了“大乐小区”。

路遐可没有时间大乐，他越过门卫室，直奔 2 幢 3 单元 7 号齐司机的家。他在脑中已经想好一番说辞，如何说明来意，又如何巧妙打听消息。

可是计划赶不上变化，刚爬上三楼，他就停住了。

2 幢 3 单元 7 号，一扇灰色的防盗门，门上的小铁窗扣得严严实实的。

“有人吗？齐太太，请问你在吗？”路遐敲了敲门，站在楼道口大声叫道。

没有人回答。

他又叫了一遍，只有他的回音在昏暗的小区楼道间回荡。

日光通过狭窄的楼道间的雕花形孔透进楼梯间，静幽幽的，路遐孤零零的身影在地上和墙上拉得老长。

好阴暗。大概是和对面那幢楼靠得太近了。

路遐想着，瞟了一眼这道门，他的心忽然不自觉地加快了跳动，不对，不对。

这里，有问题。

防盗门的门把手上布满灰尘，这个污染严重的城市只要一天不打扫就会有一层灰，看来这里起码两天没有人回来过。

门框上方有红色的印记和类似羽毛的残留物。如果不出意料，那上面曾经是狗血和鸡头。

门上有乱七八糟的刮痕，大概是小孩子胡乱划上去的，但是有一大片却是空白的，那上面应该曾经贴了什么东西，不久前却被撕掉了。

大概是过年时贴的“福”吧，为什么撕掉了呢？

他又回头看了一眼旁边的6号门，这家人的门把手上也满是灰尘，他们也正好两天没有回来了？

对了……7号门缝下还有什么东西。

路遐凑近门缝，眯缝起眼睛，觉得门缝下的东西有些奇怪。

时近傍晚，太阳渐渐下山，窗外的日光又黯淡了几分，路遐只好半蹲了下去。这个屋里果然没人，否则这个时候门缝下应该隐隐透出灯光了。

不，就算没有灯光，这种防盗门下面的门缝也捂得太严实了些。

路遐大胆地伸出手指，在门缝处，轻轻向里面，用指尖叩了一下——

这一叩，他顿时像个兔子似的，猛地跳了起来，差点撞到背后的6号门。

他震惊地看着自己的手指：上面沾着些许炭灰。

他一下子明白了！

齐司机上周五去世，天干逢七为煞，地支逢七为冲，前天凌晨，是齐征的头七！

头七，头七这天发生了什么？！这家人地上密密麻麻铺着炭灰，就连门缝也铺满了，他们是想证明什么？

他们又看到了什么？

为什么两天都不回来？不、不是不回来……

路遐站在楼梯口，看着日光在两扇门间影影绰绰地描出的雕花影，这楼梯间有一种毫无人气的宁静。

对，就是毫无人气。

因为，这两家人，不但齐家人，就连对面的6号住户，都在两天前匆匆搬走了！

路遐慢慢地从三单元退了出来。

头七在地上铺炭灰，这种习俗，在现代城市早已销声匿迹，就连农村也很少再见到。

而且，如果仅仅是脑溢血死亡……这动静闹得也太大了……

齐征的死亡，袁教授的病危状态……这么看起来，确实有些巧合，袁教授的说法令路遐总是充满质疑的内心动摇起来。

这么一边想着，一边走着，他突然感到一个视线。

从走出单元楼的那一刻起，一个紧紧跟随着自己的视线，因为太过强烈，令他不得不注意到的视线。

“谁？”他左右张望。

一张晒得黝黑的脸，正盯着他，竟然是小区的门卫。

路遐以为自己是不是被误认作形迹可疑，连忙匆匆低着头朝外走去。

“他们搬走了。”刚与门卫擦肩而过的时候，路遐听见他开口说。

“果、果然搬走了？”路遐抬起头来。这个约莫五十来岁的门卫，大冬天的，只穿着一件破旧军大衣，手里提着个水盆。

“发生了那种事，搬走了才好。”门卫裹紧了自己的军大衣，“我劝你，不要再去找这家人。不吉利。”

这个可怕的老门卫，竟然从头到尾都默不作声地将自己的行踪看在眼里。

路遐笑了：“老伯伯，这能有什么不吉利的呀，听说齐叔叔去了，我也该来探望探望阿姨一家啊。”

老门卫冷哼一声，抬眼盯着他：“你大概很久没和你齐叔叔联系了吧？”

“怎么？”

“那个齐征，他前阵子就疯了，你不知道？小区里接到好几个投诉了！”门卫突然凑近了些，压低声音，“他晚上做梦……发出鬼一样的叫声，整栋楼都能听到……”

路遐却见怪不怪，耸了耸肩。

老门卫见他不以为然，扇了一股凉风：“还梦游……”

“梦游?”路遐想起袁教授所说的梦中杀人,“他梦游?”

“那天早上起来,整个三单元楼上都是血迹,把整栋楼的人都吓坏了,到处一问才发现,齐征晚上梦游把自己的右手戳得满手是血,大家都以为他疯了要割腕自杀,他老婆准备第二天带他去医院,可是——”

“可是什么?”

“第二天凌晨,齐征就真的去了。再也没醒。多年轻一个人啊……”

“那他们为什么这么快就搬走了?”

老门卫意味深长地看了一眼2幢3单元的方向,摇头不语。

路遐几乎已经迈步走出小区,老门卫也慢慢走到之前的木板凳处准备坐下,忽然,路遐又猛地大跨步折了回来,悠悠然停在老门卫面前:“老伯,你留不了那个东西,还是交给我吧。”

老门卫久经风霜的脸上一变:“你在说什么?”

路遐顺着老门卫坐的方向向不远处的3单元看去,缓缓说:“3单元坐东朝西,你选择放板凳的这个位置正是避煞东西大利向,你坐在这里没有移动过吧?否则怎么能一直看到我去了齐叔叔家又等到我出来?前天晚上按日数来算确实是头七,按照齐叔叔的生辰来算,却正好也是‘出煞’的第一日——私归,今天晚上才是真正的出煞回魂夜,正归。”

老门卫目瞪口呆地看着路遐,说不出话来。路遐又瞅了眼背后门卫室,面露了然的笑意:“桌子上放着剪刀,是利器,你手里的盆子隐隐还有桃子的甜香味,是不是熬了桃汤用来洗澡?明明是齐家的事,你在避什么煞?”

“你……你……”老门卫舌头也打结了。

“老伯,你是不是在头七那天留了不干净的东西?虽然你封建迷信懂得不少,可要真是什么妖邪,你今天晚上肯定躲不了。”路遐有一丝得意,“把东西交给我吧,我来解决。”

“你?你才多大?你就懂?”老门卫抬眼上下打量着路遐,嘴上逞强。

路遐脑中灵光一闪,顿时想到了答案:“是录像是吗?头七那晚,你们竟然录像了?! 你们录到了什么?”

门卫浑浊的眼珠转了一下:“不是我录的，是……是他们家里人。”

“你看了录像?! 录像现在在哪里?”

门卫点了点头，又摇了摇头:“录像已经被他们家作法烧掉了。”

但接着，他的脸色惨白了起来:“但是，我洗出了录像截图的照片……”

三·照片

路遐捏着手上那个信封，能感觉到里面包着的薄薄几张照片。他脑中闪过无数个可能。

最好的办法，是现在就把它烧掉，一点痕迹不留。只要烧掉，再做点处理，就什么事都没有了。

如果是路晓云，一定会默不作声地把收到的任何不干净的东西，点一把火，全部烧至灰，然后平静得跟什么事都没发生过一样，打电话过去，对雇主说，钱。

可惜路遐不是路晓云，他唯一比路晓云多的东西，就是好奇心。

老门卫到底洗出了什么? 齐征的头七那天到底出现了什么?

关于头七的说法实在有太多种，因为传说死者的魂灵会在这天回归，房间里便会留下魂灵的痕迹，譬如地上有脚印，又譬如被喝掉的半壶水之类的，只是往往都是人为的装神弄鬼，真正的头七回魂已经成为传说。

路遐攥紧了拳头，无论如何，只有看到这组照片，他才能解答这个疑惑，才能解决袁教授的问题。

他缓缓打开信封口，轻轻抽出一张照片。

照片的光线十分黯淡，一层灰炭的地面，照片下方写着时间：01:23。

第二张照片，01:45。

路遐凑近了些看，他看到地上有一点痕迹，均匀分布的炭灰散开了一小块。

他抽出第三张，一边想：接下来会是脚印吗……

01:50。

不是。散开的痕迹变长了，正好有电视柜那么长。

01:52。

痕迹变得更长了，从电视柜一直到了客厅尽头。路遐的手抖了一下。这是什么？

01:53。

痕迹折过客厅边缘，拐了个弧形。

01:54。

痕迹不知怎么变化的速度也快了，一分钟之内，已经完成了一个绕着客厅的巨大弧形。

01:55。

一个大的椭圆形。路遐凑近了看，这个形状令他莫名地开始有些出冷汗。

01:56。

依旧是椭圆。但是地上的炭灰好像又少了些。

01:57。

椭圆。

01:58。

椭圆。

01:59。

椭圆。

路遐突然手猛地一抖，数张照片从他手中散到地上。他一下子站了起来，浑身发冷地看着照片。

他终于懂了！

这不是脚印——这是拖痕！！

这就像是人被什么拖着在地上一圈一圈又一圈地画着所留下的痕迹！

时近傍晚，路遐一边吃着泡面，一边在纸上凌乱地画着，试图拼凑出一些线索，他同时吩咐了胖子在网上搜索关于梦中杀人的信息，包括各种民俗文化里与梦有关的妖魔。

一共五个人，五个人都会死。

第一个是齐征，从手上的那组照片来看，至少在梦中，他不是死于脑溢血，而是被拖着走……被勒住拖死的吗？

第二个是袁教授，还在重症监护室，无从得知他在梦中遭遇了什么。

第三个已知的是孙正，他昨天还很正常。

第四个是谁？第五个又是谁？

如果袁教授所说的都是真的，那么至少剩下的这三个人，都会在梦中死去，也许就会在今后几天。

可是……为什么会杀死他们？他们的梦里又出现了什么？

“他的诅咒”？“他”又是谁？他们在旅行中遇见了什么？

袁教授没有来得及告诉他这些答案。现在看来五个人中有三个人都在同一个城市，另外两个人也很有可能就在这个城市。但是城市这么大，怎么才能找出另外两个人呢？

孙正？不，从昨天的情况看，他的戒备心很重，大概不会吐露更多的消息了。更何况，在路遐心中，袁教授一心委托给他的孙正，也是他的怀疑对象之一。

目前所知道的这五个人之间的联系只有那次旅行……特征？大概都会因为噩梦而出现睡眠不足的种种状态。不过，另外两个人会不会也凑巧出现在 C 大的讲座呢？

路遐正冥思苦想，他的手机却不合时宜地响了起来，路遐看了一眼来电显示，犹豫地接起电话。

“喂——”路遐顿了一下，将桌上乱七八糟的照片反面扣在桌上，“妈……”

“臭小子！”那边一个女人吼道，“怎么这么久才接我电话?！”

“我才起床呢。”路遐连忙撒了个谎解释，“妈，什么事啊?”

“你小子，什么时候回家?”女人声音放缓和了些，“你还记得小时候隔壁王家不? 他家女儿玲玲啊，来咱们城市工作了，哎呀，真是女大十八变，今天我一见啊……”

“停停停！”路遐赶紧叫停，“妈，我大学才毕业，别急着给我相亲找媳妇好吗?”

“哎呀，小子，你就没个上心的?”

路遐叹口气。

那边咕哝了一下，又不甘心地问：“真没有? 你小子没什么毛病吧? 你是不是也成天研究那些有的没的怪东西……你呀，工作也定不下来……”

“没有……我这不是没什么感兴趣的嘛……”路遐无奈不已，“再说，怎么相亲也轮不到我啊……”

好像意识到自己提到了不该提的东西，路遐一下子闭了嘴。

电话两边同时静了下来。

好半天，那边女人才喑哑着问：“……有你哥的消息了吗?”

路遐挂了电话，把照片都收了起来，揣在兜里，他把窗户拉开了一条缝，傍晚冰刀般凌厉的风让他的头脑清醒了些。

窗外C大的路灯刚亮，影影绰绰摇晃着树影。

他轻轻呵了呵气，在寒风中呼出一团白雾，望着这团白雾在空中慢慢消散，他的心中却渐渐升起一股空旷的迷茫感。

“真是的……以前也经常几个月不见人，这次只不过是长了些吧！”路遐说着，自嘲似的笑了笑。

他又打开手机，按下一个键，屏幕上拉出一长串未接通的通话记录，都是同一个号码。他静静地按下确认重拨。

电话里传来“嘟——嘟——”的声音，接着就是一句：“对不起，您拨打的用户现在无法接通，请稍后再拨。”

路遐却对着电话自言自语般地说起话来，仿佛电话另一头有人正默默地听着：“哥，我遇见一件事，一件很奇怪的事……你还记得袁成莫教授吗？他在梦里被人杀害了，是的，在梦里，而且他不是第一个……哥，梦里真的可以杀死现实中的人吗？”

“对不起，您拨打的用户现在无法接通，请稍后再拨……”

要完成袁教授的遗愿，他只有一个办法。

“哥，今晚是出煞回魂夜，我决定再去一次齐征的家里。”

路遐再次返回“大乐”小区的时候，天色已经完全暗了下来，他看了一眼时间，刚刚九点整，在午夜之前，他还有大约三个小时的时间。

门卫室的门紧闭着，老门卫不知所踪。

小区里的路灯幽幽亮着，抬眼望去，一排几栋楼上，稀稀疏疏也都亮着住户的灯光，再把视线投向 2 幢 3 单元，无灯的三楼在一片灯光中显得格外黯淡。

他确认了一下身上所带的道具齐全，深呼吸了一口气，迈出右腿，朝着三楼 7 号进发。

小区仍旧是老式的应声楼道灯，路遐使劲跺了跺脚，灯才蒙蒙亮起。他冷得将双手揣在兜里，慢慢地向上走着。

他走得特别慢，眉头越皱越紧。他感到一股视线在注视着自己，可是狭窄的楼道里，只有他一个人，没有别人。

他抬头看了一眼，那盘旋向上的楼梯缝间一片幽深，延伸至未知一般的漆黑。

啪！他又在二楼狠狠跺了一脚，灯闪了闪，亮了。

视线——那股视线，又来了！

路遐猛地转过头去——没有人！一楼的灯光闪烁着，眼看就要熄灭。

他又一次抬头。

三楼的灯光因为他响亮的脚步声，也隐隐闪了闪——那是什么？！

人影？！

路遐三步并作两步地飞奔跨过二楼，等他快爬上三楼的时候，刚才还在闪烁的灯，此刻已经熄灭了。

他站在三楼楼道口，一动不动。

此刻一楼、二楼、三楼的灯竟然已经全灭了。他只要一跺脚，也许二、三、四楼的灯就会全亮。但他没有动。刚才三楼有一个人影。虽然只是短短的一瞥，但他十分确定。

现在，在黑暗中，在这不足两平方米的三楼楼道间，这个人影，在哪儿？

路遐的手慢慢在兜里攥紧了，是的，他兜里有一把剪刀。

就在这个时候，他感到一个更加尖锐的东西抵在自己后腰。

“别动。”一个声音锐利地说。

不知怎地，路遐竟然松了一口气。他乖乖地一动不动了。

“拿出你的东西，开门。”那个声音说。

说话的人仿佛没有呼吸一般，或者呼吸也是极冷极浅的，明明刀就抵在自己身后，路遐几乎感觉不到人的体温或者呼吸的热度。

只有一种莫名的、十分沉重灰暗的感觉笼罩在他左右。

路遐不敢乱来，他拿出自己的一套撬锁工具，将细铁丝歪歪扭扭地塞进了 3 单元 7 号的防盗门锁孔。

这个人是普通的小偷吗？或许是把自己当成回家的人想要进屋打劫？路遐一边想，一边摸索着开锁的方法。没错，他确实学了不少歪门邪道。

咔嗒。门锁松动了。

不、不对……

他说的是“拿出你的东西”，而且，自己正在撬锁，他竟然没有一丝惊讶。他是有备而来的。

他知道自己的目的。

他是谁?

门轻轻地开了，里面传来一股浓重炭灰味，路遐忍不住咳了一声。

这就是齐征家。

外面稀疏的灯光让路遐看不大清楚屋内的摆设，似乎进门的正是客厅，因为这家人已经搬走的缘故，屋内什么大件家具也看不到。

只有地上角落有一些块状黑影，应该是遗留下来的废弃物。

路遐感到自己的心跳在加快，额头上沁出了汗水。不知是因为他正站在这个客厅，还是因为身后那个人所散发出来的死亡一般阴郁的气息。

地上的灰，有痕迹。

“进去。”那个人说，就好像没有看到地上的灰痕。

路遐迟疑了一下，没有动。

冬夜很冷，空荡荡的客厅旁边有三个敞开的房门，那黑魆魆的房门口，也正一动不动地、冰凉刺骨地注视着他。

“进去。”背后的刀威胁似的动了一下。

路遐的脚踩上了炭灰。看来没有时间做任何准备了。要死一起死。他想。

“看见地上的痕迹了吗?沿着这个痕迹走。”声音命令说。

路遐不得不服从。他的脑海里回荡着照片里那一圈又一圈的划痕，他感到自己浑身的汗毛在踏进这个圈的一刻，全都倒竖起来了。

这里有过什么。

他摇了摇头，要把双重恐惧的感受从脑海中赶出去。

“你是谁?”路遐问。

当然没有回答。

路遐咬着牙，绕着客厅的那圈痕迹，慢慢地，慢慢地，走完了一圈。

当他走过月光最清晰的地方的时候，他隐约看见地上的人影，在自己的身后，那个人影，阴沉沉的，毫无生气。

“继续走。”发觉路遐停了下来，那个声音又下令道。

第二圈？路遐心中一凛。

难道他的目的是……三圈？！

那个人另一只手不知拿出了什么东西，“啪嗒啪嗒”地滴到了地上。

啪嗒啪嗒。

待路遐看清楚时，他打了个趔趄。

是血。他几乎不用看，那浓稠的血腥味已经弥漫了这个房间。

鸡血。

离午夜还有多久？路遐觉得自己的冷汗也在“啪嗒啪嗒”地向下滴。

和地上的血一起几乎画了一个圈。

路遐脑中回响起一段古老的童谣，他在哪里听过……也许是哥哥那里，也许是在最早最早的偏僻的老家……

樱桃嘴，小姑娘
叮当环，响叮当
绿山坡，红衣裳
转啊转，转三圈
转三圈，小姑娘

路遐打了个寒战。他顿了一下。

“你想要什么？”路遐问，“为什么这么做？”

那个声音破天荒地吐出了两个字：“答案。”

路遐不得不继续走。最后一圈。

绿山坡，红衣裳
小姑娘，不见了
……

这个童谣背后，寓含着民间一个迷信的传说。

最初的唱歌人在山坡下远远看见一个穿红衣的小姑娘，戴着叮叮当当的耳环，沿着山坡一直转啊转，转到第三圈的时候——

人影却消失了。

等唱歌人好奇地跑上山坡再看的时候，山坡上只剩下那件红衣裳。

对，那件红衣裳，本来不是红的，是用雄鸡血染成的。

马上就要走完最后一圈了。

路遐只觉得客厅里的三道空荡荡的房门中伸出了三只无形的手，已经温柔而冰凉地抚上了自己的肩头。

“什么答案？”路遐最后哑着嗓子问。

背后的人影在阴暗的月色下停住了。

“一个人。他在哪里，他过得好不好。”那个人这么回答路遐，然后慢慢消失在路遐的视线里，融进了那片月光中。

四·小镇

好凉。

路遐哆嗦了一下，他摸了一把脸，发现脸上湿漉漉的，这么说来，他抬起头，下雨了。

细细绵绵的雨，是他最讨厌的天气。偏偏这雨比他所见过的任何雨都来得细，又都来得密，小路间腾起一片蒙蒙雨雾。

他把眼镜摘下来，用袖子擦了擦上面的雨水，又重新戴上去。这才想起来有些不对。

不对。他这是在哪里？

眼前是一条青石板的小路，像是一条上坡路，两边都是草和泥，他踮起脚尖想看清楚前方有些什么，隐隐约约却只能看见一块一块的青石板，和像是石灰墙围起来的建筑形状。

轰隆隆。

忽然大地震了一下，路遐一抖，再向声音来处看去，只见高高的山坡下，隔着雨帘，在遥远的平地上，横排着十分阔大的数条火车道。一列火车，在这里望去小得就跟火柴棍似的，正徐徐启程。

看那数条宽敞的铁轨，山下那里想必交通来往甚是频繁。但却没有见到像大火车站一样的建筑。

这里没有站，只是许多列车的必经之路。可是这里究竟是哪里?

路遐试图看个清楚，但是山下地势低处全是雨雾，他什么也看不见。那条条火车道，看似很近，却又无比遥远。

路遐又擦了下眼镜，他沿着古老的、长满青苔的石板路向山坡上走去。大约走了十来分钟，他的全身都已经湿透了，那雨不知为何凉沁沁的，直透到他骨子里。

前方好像有什么……

雨雾中朦胧有个人影，在慢慢地行走，手上还拎着一个什么。路遐又抹了一把眼镜上的水珠，小快步追了上去。

这会不会是在齐征家的那个神秘人?

不，这是……

孙正?!

路遐吃了一惊。那个人影，正是孙正。

他正仰起头，迷惘地看着天空，雨水顺着他的下巴和脖子流进了衣襟里，他也毫不在意，只是两眼空洞地凝望着。

路遐正想接近他，却又看见孙正手里的东西，顿住了。

一条打成环的粗麻绳，上面隐隐还在向下滴着淡红色的水。

这个是……

路遐正踌躇着，孙正却突然偏过头来看着他，脸上迷茫的神色变成了惊讶：“路先生，你怎么会在这里？”

“这里？”路遐连忙问，“这里是哪里？”

孙正仍然奇怪地一眨不眨地打量着他，还绕着他左右走了起来。路遐从来没被人这么直勾勾地打量过，顿时浑身都不自在。

他不觉得有些失礼吗？

“我怎么会梦见你呢？”孙正自顾自地笑了起来，“看起来我还记得挺清楚的。”

“梦？”路遐心中一紧，“这是你的梦？”

孙正却指了指天上：“你看，这里的天一直没有太阳。什么都没有，一直在下雨，就好像想洗干净什么。”

路遐却接着追问：“你梦见这里多久了？这是哪里你有印象吗？”

孙正转头瞥了他一眼，摇了摇头：“断断续续的，我之前还梦见一直一直地绕着一堵墙在走，但是今天就到了这个小镇。”

“小镇？”

“你看——”孙正指着前方，声音里有一丝雀跃，“那里——”

雨雾中耸立着一幢灰黑色的建筑，依稀可见上面一块一块的石砖，看外观，那是一栋十分古旧的建筑，几乎在现代农村都已绝迹。

它的顶层有一扇窗户，不，与其说是窗户，不如说是一个窗口。因为它没有玻璃，只有框起来的一圈木条，上面飘着一层青色的帘布。

雨打落在上面，帘布悠悠地晃动着，那窗口里若隐若现的，是黑黝黝的一片。

等两个人稍稍走近了些，才赫然发现，眼前这幢楼，不过是冰山一角。

它的身后是一片延伸出去的房屋，黑色的砖瓦屋顶，每个房屋之间都紧紧地连着，从他们的角度看去几乎看不见任何空隙。

那一片广阔的屋群，就像是一群从天上降落的乌鸦，密密麻麻地停在这个山坡上，将所有的翅膀都铺展开来，散发出深沉而不祥的气息。

他们遥望着这片攀附在山坡上的房屋群，两个人不由都看得痴了。

他们从未见过这样的小镇，明明有大片的土地，却将房屋密密地靠在一起，雨“噼里啪啦”地打在那灰黑色的像是被浓烟熏过的屋顶，却无法渗透进它们之间。

“这根本不符合小镇建设的原理。”孙正一板一眼地说。

“太奇怪了。”路遐和孙正达成了共识，“这样紧密地靠在一起，他们怎么分得清楚自己的田地……”

“不，不是。”孙正又一次将指尖遥遥地指向他们所见的第一幢楼，“这样的话，他们每一户，都没有窗户——除了这一间。”

路遐心中没来由的一阵寒意。

他看着这片房屋，确实，在那连雨水都无法渗透的屋顶之间，是没有真正的窗户的。至少通过那片房屋里的窗户，是无法看到这外面的世界的。

除了最高的这个窗户。

那帘布又轻轻地飘了起来，就像是温柔地抚过窗台。

那看不见的窗户里的黑暗，是谁曾经，或者现在，正注视着窗外的他们……

“啊，入口在那边！”孙正眼睛一亮，小快步走上山坡。

路遐惊讶地发现孙正竟然对这陌生的村庄毫无惧意，但他瞬间又明白过来，因为孙正把这当作了自己的梦，自然可以肆无忌惮。

路遐忽然就有些不好意思起来。

这里的孙正和他之前认识的死板的孙正相比活泼了一些，他感觉自己好像无意中走进了孙正的内心世界，而孙正自己却毫不知情，单纯把他当成了梦中的路人甲。

“等等！”路遐伸手拉住孙正，直觉告诉他，这个小镇没那么简单。

这是一个可以杀人的梦。

而这个小镇在他眼中，正散发出森森的肃杀之气。

“你来过这里吗？”路遐问道。

孙正奇怪地看了他一眼，摇了摇头。

“可是……你没发现，这里一个人都没有吗？”

“你不是人吗？”孙正笑了出来，“难道你做梦都会有很多很多人吗？”

路遐噎住，他在这里似乎不能用常理跟孙正解释沟通。

孙正又看了他一眼，若无其事地继续说：“在我的梦里……我常常都是一个人……”

这句话他说得轻描淡写，路遐却莫名被刺了一下。

这个人，该是有多孤独？

两人毕竟不熟，他这样想着，倒没有太过放在心上。

最初的那幢房屋下，有一个像山洞似的拱状门，里面依稀有些光，却看不清楚门之后是什么。

路遐亦步亦趋地跟着孙正沿着上坡路向那个门走去，还不停地分神观察周围有没有可疑的事物。

“阿嚏！”路遐打了个喷嚏。再这么淋雨下去，他可要感冒了。

可是，就在这一个喷嚏的瞬间，他脑中忽然响起一片嗡嗡的嘈杂声音。眼前模糊的一瞬间，视野里仿佛朦朦胧胧出现许多人影。

跑着跳着的小孩的声音、花花绿绿的衣裳、在身边一擦而过上坡的人的影子、迎面对着这个方向挥手的人的影子……

路遐一晃头，猛地睁大眼睛——

雨。

眼前还是只有雨。

静谧的雨的声音，和阴沉的空无一人的小镇。

砰！一声巨响，水花溅了路遐满脸。

只见孙正倒在地上，手紧紧抓着脖子，脸上浮现痛苦的神色，路遐大吃一惊，连忙冲了上去。

他这才发现，孙正的脖子上牢牢缠着的正是他之前手上的绳子。因为被勒住了脖子无法呼吸，孙正张着嘴，像是在呼救，又像是在拼命呼吸。

但是——

路遐的动作停了一秒钟，因为，他没有看见勒住孙正的人。

孙正的身后什么都没有。

只有一根绳子，勒住了他。一根湿漉漉的、血迹尚存的绳子。

“我来了，我来救你！”

路遐叫着，连忙去扯开绳子，却根本拉不开，就连自己也几乎被那股大力跟着被拉动。

一股大力在拉着孙正，向着那道门的方向……

路遐心里此刻是说不出来的惊惧，慌乱间，他猛然想起，自己兜里还有一把剪刀。

他拿出剪刀，对着绳子方向就是一阵乱戳。

“唔……”一声闷哼。

绳子松了。

雨水里汩汩染开一片血色来。

孙正的身后正渐渐浮现一个人形，那人一身黑衣，连戴的鸭舌帽都是黑色的，他捂着腰部，血正是从那里不断地涌出来。

孙正大口大口地喘着气，然后回头看了一眼身后这个刚刚企图谋杀自己的……人？

“是你？！”两个声音异口同声道。

路遐看了看孙正，又看了看地上那人。“你认识他？”他的声音拔高了。

“你不是……”孙正有点犹豫，“搭车的那个人？”

“搭车？”

那个人痛苦地哼了一下，路遐和孙正才想起来这个人受伤了。两个人都有点不知该不该帮忙止住伤口。

这个人刚刚还试图用绳子勒死孙正……

“就是我们一起去旅行的时候，你中途上来搭车的……”孙正又说了一遍。

路遐却一把抓住孙正：“你说你们一起旅行？是不是和袁教授一起的那次？是不是齐征开的车？”

孙正被路遐激烈的反应吓了一跳，茫然地点了一下头。

路遐冷冷笑了一声站起来，俯视着那个人：“原来如此。原来这么容易就找到了，跟着袁教授旅行的是你，在齐征家背后拿刀威胁我的，也是你，对不对——”

那个人却把头埋得更低了，仿佛不想让路遐看见他。

他身上有一种非常契合这细雨的气质，让人莫名地感到抑郁。

毫无生气，行尸走肉般的一个人。

“所以，”路遐盯着这个人，“梦中杀人的也是你吗？”

“梦中杀人？”孙正有些糊涂了。

可是……路遐皱起眉头，他是怎么办到的？

难道是自己眼花吗？刚才孙正的身后明明什么都没有，直到自己刺中了这个人……

那个人刚才说“是你”，他认出了孙正还是认出了自己？

那个人缓缓地，慢慢地，指着孙正，说了一句话：

“他，必须死。”

轰隆隆。

山下的火车忽然发出一声巨大的轰鸣。连同大地也猛地震颤了一下。

前方的那幢楼里的帘布又飘了起来，此刻飘得特别高，终于露出了整个方形的窗洞里的全貌：

一个长方形的相框，里面一张模糊的黑白人像。

端正地看着这个方向。

……

五·凶手

“孙正……快醒醒！”

“孙正！”

孙正霍然睁开眼睛，猛地坐起来。天蒙蒙亮，映着眼前一个凑近的、明媚的面孔，她正有些不安地看着自己。

“Linda？你怎么进来了？”眼前这个女人出现得实在太突兀，孙正吓了一跳。

Linda丝毫不觉得失礼，反而埋怨地看了他一眼：“我看见你房门微敞着，又没人应声，有些奇怪，就进来瞧瞧，你做噩梦了？”

“嗯……”孙正没有明显表达出对她擅自闯入的不满，又皱了下眉头……昨晚忘了锁门？因为袁教授的事情，自己竟然恍惚得连门都忘了锁。

“没事吧？”Linda又关心地问了句。

“没什么。”孙正回答着，向她示意回避一下，Linda耸耸肩，站起身来，又叮叮当当地摇着手链出去了。

孙正觉得自己身上湿了一片，酒店的空调兀自呜呜吹着暖风。他摸了一下，才安下心来，自己只是出了一身冷汗……不是雨。

他很少做梦，刚刚那个梦，不知为什么让他十分不舒服。

孙正走进卫生间洗了一把脸，水浇在脸上让他觉得清爽不少。脖子附近莫名地火辣辣地痛了一下，他下意识地摸了一下，没有在意。

洗完脸，他立刻打了个电话，却得知袁教授仍然在重症监护室，至今没有醒来的迹象。

他茫然地坐倒在床边。

路遐一个激灵，睁开眼来。

他发现自己正四仰八叉地躺在齐征家空旷的客厅里，暖暖的阳光洒在他的身上。

他站起来，拍干净自己一身的炭灰，地上有一串血迹，从他落脚的地方一直延伸到了门外。

梦醒了，那个人逃走了。

路遐的拳头慢慢握了起来，他一定会找出这个人来。

什么梦中杀人，都是他在装神弄鬼。

他环视了一下这个房间，不由打了个冷战，一边拿出手机，一边快步走出门外。

“喂！”电话那边是胖子激动的声音，“你小子昨晚去哪儿了?！一个晚上没接我电话，你……”

“停停停，我待会儿再告诉你，另外两个人查到了吗?”

胖子那边传来噼里啪啦打字的声音，不一会儿，他口齿不清地回答：“唔，查到的不是太多，我只查到今年夏天 8 月底的记录，8 月 8 日在成都的 ××× 酒店，嗯，没错，成都，但是酒店方面的资料没有很多，袁教授是他们的白金会员，入住资料都是加密的，当时订了四个房间……但是除了袁教授，另外四个人的姓名身份都没有注明。”

“四个房间?”路遐琢磨了一下，五个人，订了四个房间?

如果昨晚那个人就是凶手的话，袁教授又怎么会同意让这样一个来历不明的人临时搭车，和他们一起旅行呢?

袁教授之前就认识这个人?

路遐脑子里连续冒出了一连串疑问，直到胖子在那边吼起来：“喂，你有没有在听我说?”

“什么?”路遐一呆。

那边传来胖子咀嚼食物的声音，他懒洋洋地说：“关于你让我找的第二份资料。”

“快说！”路遐激动了。

“哼哼……”胖子得意洋洋地，“我手上没有，不过在 C 大新闻系的资料室里，你可以找到。我已经打电话过去确认了，你报上名字他们就会把资料给你的。”

路遐大喜过望，道了一声谢，又使劲拍了拍身上的灰，嘱咐了胖了几句，挂了电话。

“孙先生，早啊。”

孙正转过头去，看见一个十分眼熟的戴眼镜的男子在跟他挥手。

“啊……”他呆了一下，“路、路先生，你好。”神色有些不自在。

路遐看出他是想起昨天的梦了，心里不知怎地暗笑了一下，于是故意说：“昨晚睡得还好吗？”

孙正很快恢复本性，不冷不热地回答：“还成。”

“袁教授怎么样了？你今天怎么有空来C大？”路遐又问道。

说到袁教授，孙正的眼神黯了下去：“还没有醒来的迹象，我过来散散心。”

路遐却突然一个箭步冲过来抓住了他的肩膀：“你脖子怎么回事？”

孙正被他的举动吓了一跳，摸了摸自己的脖子，手碰到一圈皮肤都火辣辣的痛，他这才意识到有些不对。

路遐对着他用手比划了一个圈，做了一个吊死鬼的表情，还逼真地翻了个白眼。

孙正立刻明白过来，心中咯噔了一下，又立刻镇静下来，笑了笑：“可能昨天在哪里刮到了吧……”

路遐并不点明，也微微笑着回答：“下次小心啊。”他又接着提议，“一起走走？我还有很多学术上的问题想向你请教。”

孙正显然是没有心情跟人研讨学术的，他犹豫了一下，却点了点头。

两人于是探讨了一路文化研究的理论，从雷蒙德·威廉姆斯聊到斯图尔特·赫尔，最后争论得兴起，干脆买了杯咖啡一起坐在C大操场边，看着几个年轻的学弟正冒着凛冽的冬风英姿飒爽地打篮球。

“啊，好久没活动活动了。”路遐捂着咖啡一边取暖一边感叹。

孙正只是笑了笑，抿了一口咖啡。

“袁教授平时也锻炼身体吗？我看他身体挺硬朗的，怎么这么突然……”

孙正刚刚稍微放松的心情又突地沉了下去。“教授平时都忙着研究和四处讲演，没有时间锻炼，不过……”他忽然想到什么，莞尔一笑，摸出手机，翻了一下，递给路遐，“你看，这是他去年宣传新书活动时，唯一一次打乒乓球的照片。”

路遐接过手机，上面是袁教授正抬起左手挥拍的照片，就连打乒乓球都有着一股汹汹气势，孙正特地拍了照片，十分自豪地分享给路遐看。

孙正还真不是一般地崇拜袁教授啊。

路遐心里感慨，也许袁教授没有看错，孙正从各方面来说都是值得袁教授最后嘱托的一个人。

但照片……总觉得哪里怪怪的……

“对了……”路遐迟疑着问出口，“上次跟你们一块儿去成都旅游的另外两个人怎么没来探望袁教授？”

孙正脸色一变，手中的咖啡险些洒落在衬衫上。

“什么两个人？”

路遐故作无知：“你们不是四个人一块儿去的吗？另外两个呢？”

孙正停了一下，像是想起什么不太愉快的回忆，眉头皱了起来：“有一个是临时搭车的。”

临时搭车的，就是昨晚那个人，也就是说，第四个人，是那个神秘人。

路遐心知肚明，却装作好奇的样子：“那，另外一个你也认识吗？”

孙正手一僵，忽然站了起来：“好像不关你的事吧！”说完，他愠怒地看了路遐一眼，连告别的话都不再说，转身就朝操场外走去。

路遐呆在原地，甚至忘了追上去道歉。他原想这并不是那么难以回答的问题，但是孙正的反应怎么这样激烈？

还是自己试探得太突兀了，显得多管闲事？

然而这还只是其次。

袁教授，孙正，齐征，神秘人，和最后一个人。

这五个人都到齐了。

所谓“他的诅咒”说不定就是指这个人，袁教授只是被他迷惑而已。

一切都是这个神秘人在作祟，他可能用某种手法在梦中出现，然后在现实中用某种手段谋杀他。

在梦中杀死一个现实中活生生的人……这是不可能的……

路遐在脑中这么说服自己，他把手上的咖啡纸杯揉成一团，扔进垃圾箱里，决心再去 C 大的新闻系看看另一条线索的资料。

C 大新闻系的资料室里，有着堆积如山的旧报纸，依次按照日期和报纸名字分类陈列着。路遐径直走了进去，跟值班管理员报上名字。

那个管理员却抬头疑惑地看了他一眼。

“路遐？”他重复了一遍。

路遐点点头。

“你要找的资料是……96 年 8 月 28 日的《× × 晚报》？”那个管理员看着本子上的记录。

路遐又点了点头。

管理员瞪大了眼睛看着他，喃喃说：“不对啊……怎么又来了一个路遐？”

路遐也懵了：“什么？”

管理员把本子一合，站起来朝着资料室后方，叫了一声：“喂，你，那个路遐！”

资料室后方站起来一个黑色的身影，他朝这边望了一眼，立刻慌慌张张地把桌上的报纸胡乱一收，往怀里一塞，从另一个方向夺路而逃。

“是你！”

真是踏破铁鞋无觅处，路遐立刻认出这个人影，大叫了一声，一个箭步追了上去。

眼看就要追上了他，刚想一把抓住他的肩膀，那人却飞快地一侧身，路遐顿时扑了个空，差点儿跟着跌了一跤，气急败坏地又冲上去，那个人正好又趔趄了一下，路遐一把抓住他的右手，拖住了他。

“你这家伙！”路遐说着，却暗暗吃了一惊，这人右手冰凉得可怕，当真不像个活人的体温。

那人用力想挣脱，路遐却抓得更紧，低头斜瞄了一眼，只见那苍白的手腕上有一条细长可怖的红色疤痕。

“你是谁?！”路遐质问道，“你先是在齐征家拿刀威胁我，后来在梦里作怪，现在又在这里冒充我，你鬼鬼祟祟地到底想干什么?”

那人戴着黑色的鸭舌帽，帽檐拉得低低的，又戴着大大的墨镜，路遐完全看不见他的长相。

那人眼见自己逃不掉了，恼怒地把一堆报纸扔到路遐身上：“我不知道你在说什么，东西还给你就是！”

路遐单手接过报纸，却没有看一眼，只是狠狠盯着他：“你到底是谁?！你是怎么杀死他们的?”

那个人眼见路遐无论如何也不可能放过自己，叹口气，说：“路遐，今年 23 岁，待业，单身，爱好灵异搜查和文艺研究，喜欢侦探推理类电影和小说，最喜欢的推理小说家是阿加沙·克里斯蒂，最喜欢吃的食物是京酱肉丝和……香蕉棉花糖，至今最惊险的经历是小时候在废弃厂里走失，最崇拜的人是……路……他哥哥。”

这段话他说得毫不费力一气呵成，路遐呆住了。

等路遐反应过来，才结巴着问：“你、你调查我……”可是话还没说完，他自己心里已起了疑心。

如果说身世背景，那确实是可以轻而易举调查到的情报。但是，关于他的爱好和喜欢吃什么……这也……这也……

“你是谁?！我们认识?！”路遐脸色一变。

“不认识。”神秘人别过头去，“我就是知道而已。”

“你还知道什么？！”

“我不是你要找的人，白痴！”神秘人一字一句回答，“没有人在杀人。”

路遐被他一句白痴骂得一愣一愣地：“没有人在杀人？”

但他又马上一连串问题反击回去：“哼，那齐征是怎么死的？袁教授又是怎么回事？昨天你被我亲手抓住了你还敢狡辩吗？”

“唔……”神秘人突然发出一声痛苦的呻吟。

“你少……”路遐话吼到一半，忽然感到手心一热，他低头一看，惊呆了。他的手上沾满了猩红的血。

“你……”路遐抓住他的手不由得松了，“你怎么了？”

“你忘了，我昨天在梦里也被杀死了。”神秘人虚弱地对他笑了一下。

“我……我杀的？”路遐震惊地看着自己的手。

上面的鲜血十分刺眼。

那也仅仅是个梦啊。

这一切不都应该是眼前这个男人的诡计吗？为什么……

“今晚你们可以进去了……每死一个人，你都离他更近一些……”那个男人说话的声音渐渐弱下去。

路遐反应过来，慌忙扶住他，另一只手拨打着急救电话。

“你、你先别说话。”救人要紧，路遐试图帮眼前这个男人止血，他下意识地看向昨天被他刺中的部位——

不对，他又看了下自己的手。

刚刚自己的手抓住他的衣领，也就是说，他现在出血的部位是在锁骨附近，但是，昨天自己刺中的是他的腰部……

“白痴，你不是很喜欢……学你哥吗……你动动脑子找找联系啊……”神秘人最后这样说着，沿着墙壁滑了下去。

“喂！——”

这是路遐在两天之内，第二次看见一个人倒在自己眼前。

六·记载

路遐在急诊室外徘徊了半晌，却不见里面有人出来，他在走廊里来回地走着，周围人都带着同情的目光偷偷地看他，全把他当成了一个遭遇不幸的家属。

谁也不知道他脑子里此刻正做着无比激烈的斗争。

他没有杀人，但是他的手却抖得十分厉害，因为还有另一个未知的凶手，在用未知的方法杀人，这个刚刚发现的事实更令他感到毛骨悚然。

而这第二个凶手很有可能曾经也潜伏在他的身边，就在昨天的梦里。

路遐打了个寒噤。

会是最后那个人吗？孙正看起来十分忌讳提到这个人，为什么？

就在这时，一道妩媚的女声从他背后响起："路先生，你怎么在这里？"

路遐转过身去，竟然是 Linda，他这才想起这家医院本来也是袁教授一直被看护的地方，Linda 在这里出现再正常不过。

"哦，哦，我想来看看袁教授……"路遐回答得有些不自然。

Linda 看了他一眼，神情并不十分友好："教授还没有醒过来，也不能见任何人，你倒不如花点时间去完成教授交给你的事。"

她语气中带着责怪，路遐却是有苦难言。他正想开口说点什么，视线恍然瞟到 Linda 手腕上新戴的一串绿色手链，胸口忽然像是被猛地撞击了一下！

"……你动动脑子找找联系啊……"

神秘人的话此刻敲在了他的心尖。

联系——手！

手上的疤痕！

在最初遇到孙正的时候，孙正就曾提到过自己在旅途中右手受了伤。

而昨天在抓住神秘人的时候，也在他手上看到了一条细长的伤疤。

齐征的手腕已经无从查证，但是袁教授……袁教授……是了，之前看到袁教授照片的时候他就觉得哪里有些异样，他现在终于明白过来了。

袁教授是个右撇子，他在讲座时接文件用的是右手，他在最后一刻紧紧握住路遐的也是右手。

而且，他右手上戴着一块很大的手表。

但是——在孙正给他看的那张照片上，袁教授却是在用左手打乒乓球！

路遐不禁大胆地猜测……也许袁教授的右手腕上正是有什么东西，让他一直用手表遮掩，运动时因为不便露出来，才换上了另一只手。

他的手上有疤痕！

同理——路遐看向 Linda 的目光变了，他的目光变得谨慎而敏锐。

“Linda，你今天换了新的手链，看起来很好看，可以取下来给我看看吗？”路遐厚着脸皮装作很好奇的样子问着。

Linda 的脸上立刻露出了厌恶的神色，她冷冰冰地拒绝：“这是水晶，我从来不会让别人碰的。”

路遐识趣地收回请求，心中已经逐渐确信了自己的猜想。

一直带着叮叮当当手环的 Linda，一直跟在教授和孙正身边的 Linda，她就是参加旅行的五个人中的最后一个！

她的手链之下，一定遮掩着一道疤痕，就和其他四个人一样。

这就是联系！

这样也能解释为什么孙正如此忌讳提到最后一个人，是想保护她吗？因为 Linda 是追求他的人，所以他也不想在外面随意提到她的名字，免得引人非议？

所以 Linda 才是在梦里杀人的那一个吗？教授，齐征，还有那个神秘人，也许都没有意识到这一点，才会被暗算的……是这样吗？

路遐盯着 Linda，但他现在什么都不能做。

在现实世界里，他什么证据都没有。

“对了，你要是知道关于袁教授上次旅行的事一定要告诉我啊！”路遐假装不知情，临走之前叮嘱。

Linda 一怔，马上反应过来，微笑作答：“虽然我也不太清楚，但我一定帮你问问。”

路遐挥手告别。要验证自己的猜想，他只能等到今晚的梦，他今晚一定还要再做一次那个梦。

雨落如铅，路遐一身都凉透了。

他拿下眼镜，抹了抹上面的水珠，又戴了回去。远山是翠蒙蒙一片，山底乌黑的火车轨道若隐若现。

轰隆隆！

一阵天摇地动，一辆火车从山下云雾中穿梭而出，远望而去那似乎是十分旧式的火车外表，墨绿色的车身，拖着一道长长的黑烟。

等火车完全驶出了路遐的视线，他再抬起头时，发现自己不知何时已站到了一处无雨的地方。

他一抬头，那是一道拱形的门顶，全用灰黑色的砖砌成，他眯缝起眼睛，这些砖上面好像都刻着什么。

他踮起脚尖，仰头仔细去瞧，那上面像是小孩鬼画符般歪歪扭扭刻着许多的符号，他又伸手去摸了一摸，谁知道一摸就摸出许多砖灰，飘进自己鼻子嘴巴里。

阿嚏！

他痒得打了个喷嚏。

等他再睁开眼时，发现屋顶上多了一片黑影，一团摇摇晃晃的黑影，越来越大——

“喂！”一个人在背后叫他。

路遐缓过气来，这个黑影本来就是走近的人的倒影，他转过身，看见孙正侧着头好奇地看着他。

“路遐？”

“你、你好啊……”路遐摸着脑袋，不知道该装作什么都不知道像是在梦里第一次见面那样，还是该像电视剧那样，接着演出这个梦的第二集。

“对了，谢谢你上次救我。”孙正拘谨地笑了下。

还没等路遐回答，孙正又猛地拍醒自己：“昨天明明就是做梦，今天也是做梦，我还给当真了……真糊涂……”

“啊？没、没事……”路遐看着好笑却不敢笑出来。

他想起之前孙正说过他梦里常常是一个人，心中一动，提议说：“不如我们在这里交个朋友吧，以后在梦里也能陪你说说话。”

孙正一头雾水地看他一眼。

路遐不好意思地摸了摸脑袋，低着头大胆说：“一个人在梦里总会很闷的。”

孙正停了一下，终于回答：“好吧！”

“既然是朋友嘛……”路遐侧头看了他一眼，“我就叫你‘正’吧！老是孙正孙正的听起来太正式。”

孙正又停顿了一下，眼睛里多了一丝柔软的笑意：“好吧。”

“正！”路遐大大方方地叫了一声。

孙正“嗯“了一声，探头向前面一看：“既然都走到这里了，不如我们进去瞧瞧吧？”

好黑。

一进去，这是路遐的第一反应。他立刻又想起这里是没有窗户的，自然，也是没有阳光能够透进来的。

他探手在墙上摸索，应该有电灯开关什么的。

他摸着摸着，却不知怎么心底发起寒来。这墙触感冰冷，一片漆黑之中，他所接触到的，都是凹凸不平的表面，在这堵看不见尽头的墙上都是什么呢……

忽然，他的手碰到什么细而长的东西，只碰了碰，那个东西弹了开来，又轻轻地弹回他的手背。

路遐像触电似的，收回了手。

那诡异粗糙的触感……令他想到……女人的辫子……

呼。

屋内的一角突然荧荧亮起一簇烛光，晃悠悠地闪烁着。

烛光映出屋内的一角，似乎是极古旧的设施，一方小木桌，旁边靠着两个摆得整整齐齐的竹藤椅，桌下还有一个热水瓶，上面涂抹着一团团淡粉色的小花，却又不似从前流行的那些图样。

“这是什么？”借着烛光，路遐这才看清一些刚刚吓到他的东西，好气又好笑。

原来那是一条粗麻绳，悬挂在钉子上，沿着这面墙过去，竟然齐刷刷挂了五条打成环的绳子，绳子下另有一个很窄的小桌，桌上还有两个烛台。

路遐又借过孙正手中的蜡烛，把这两个烛台也点亮了，这下整个室内总算亮堂起来。

两个人眼中都露出了惊奇的神色。

路遐颇有些庆幸自己刚才及时收了手。此刻望去，除去一些回忆中古旧的家常摆设，四面墙上都挂着动物头骨，也不知是真是假，多数是牲畜，牛骨、羊骨，也有一些小的点缀在周围，看得出来是狗头骨，或者猫头骨。

被这些黑乎乎的头骨眼洞注视着，两个人没来由的一阵背脊发凉。

再一瞧，刚才那挂着五条绳子的地方，竟是被这些头骨环绕起来的，下面的烛台和方桌越看倒越像是供台。

“怪了，没事把绳子供起来干什么？”路遐嘀咕着。

孙正却好似完全被这个怪异的房间吸引了，他认真地端详着房间的每一个角落，然后露出一丝喜色：“墙上还有东西！”

一听此话，路遐又凑近了些，他干脆把桌上烛台中的一个拿了起来，刚拿起来，他就发现桌上还写着什么。

“壹，贰，叁，肆，伍……”原来对准每一个绳子，桌上都有编号。

目光再转回墙上，他这才发现，这些凹凸不平的墙面原来大有文章。

上面刻着文字符号，还有小人儿。

小人儿在走路，小人儿在爬坡，两个小人儿在说话，等等等等。

“噗！”路遐被这些幼稚可爱的雕刻逗乐了，“这家的小孩儿真有趣。”

“你怎么知道一定是小孩儿刻的？”孙正也在研究墙上这些东西，反问一句。

路遐耸了耸肩：“除了小孩还会有谁这么无聊……”话还没说完，他就停住了。

“窗户！”他惊喜地叫起来。

因为累积了太多灰尘，墙上一个可移动的木板已然和墙融为一色。路遐无意中扣动了这块木板，向旁边挪开，才发现，木板背后是一个窗棂。

他伸手在窗棂上抹了一把，心里又是一震。这窗户装的竟然不是玻璃，而是纸糊的。

路遐干脆把烛台放到窗棂边，这一照，便照出了窗外的景况。

窗外似乎是一条细长的小道，深幽幽地延伸到小镇深处，因为顶上仍旧是砖瓦遮盖着，这小道越向深处望去，越是如同黑洞一般。

路遐不敢细看，这一看就好似会被吸进去。他又将目光转向正对窗户。

对面仍旧是一扇空空的窗棂。

他手上的烛台剧烈地颤动了一下，他踉跄了一步，差点坐倒在地。

“怎么？”孙正听见响动，转过来问。

路遐胸口起伏两下，强作镇定说：“没什么，自己吓自己罢了。”

对面确实也只有一扇空空的窗棂。那窗户没有木板遮掩，大敞着。

乍一看仿佛没什么稀奇，但刚才那烛光扫过，只见靠窗的方向，斜放着一张竹椅，就紧贴着窗户。

而在窗台边上，有一把木梳，随意地放在上面。

就好像……一个女人刚刚正坐在对面的窗边，细细地梳着自己如瀑的黑发，又随手将梳子忘在了窗台上，起身去做别的事了。

如此鲜活灵动的想象令整个小镇都在路遐的梦中活了起来。

他简直能看到人们伛偻着身躯在这遮掩下的小道中走动，那像层层大伞交错互叠起来的房顶将连年的雨水隔绝于外，以此作为代价的是，永不见的天日，和紧邻相对的家门窗户。

再看这些屋内器具，路遐也忽然明白为什么这些东西看起来格外袖珍，常年无法晒到阳光的居民，身材自然矮小。

也许偶尔他们也能通到那扇拱门外，呼吸一下新鲜空气。

两个人找到一扇侧门，鼓弄了许久，终于打开门闩，走了出去。他们不得不弓着腰，才能不顶破门外小道的屋顶。

小道顶上的砖瓦之间隙开了些许小缝透光，又铺上几层油布挡雨。地上一直湿漉漉的，两人挤在这小道中，感觉十分拥闷，可见他们的体型比这里的原住民确实大出不少。

“这里还有……”孙正低语。

路遐一看，小道两边的墙上似乎也刻着画和符号，密密麻麻的。

然而这次的图画却显得血腥许多。他看着看着又似乎摸清了这些图画的规律：

这些画是成组分布的，每一组前面都有一段符号和文字，但是文字已经模糊了。第一幅画总是五个小人儿团团围着。但从第二幅画开始，就有些不一样了：有的是一个小人儿倒在地上，胸口插着什么东西；有的是一个小人倒在地上，少了胳膊和腿，一团黑乎乎的，似乎在暗示是血；还有的是小人被牛和羊拉扯着，血从眼睛鼻子里流出来……越看越是触目惊心。

每组里面，除了第一幅，剩下都是四种不同死法的小人。

接下来两幅又是一样的。

倒数第二幅是许多人浩浩荡荡地抬着一个方形的容器爬坡。

最后一幅则是一团巨大的黑块，和一个小人的头。

如此类似的图在两面墙上延展出去。有时多些点缀，比如多了两块像云一般的东西围绕在小人儿身边，或者一些花花草草在附近；也有的一开始会把五个小人放在大拱门下，那个拱门就仿佛是整个小镇的象征。

这些画里还有一些小圆点，似乎在暗示是雨水，但是最后一幅却没有。

“你说，这会不会是说，他们集体把最后一个小人煮了？”路遐不无残忍地想象。

孙正的神色却比他严肃起来：“别开玩笑了，你现在还觉得这是小孩画的吗？”

路遐摇了摇头：“不像，倒像……倒像……”

“像在记录什么是不是？”孙正说，“不知道是什么的记录，说是祭祀又不像，说是宗教崇拜，也不大像……”

路遐没敢直接说出来。他看到这些图画的时候，心中就已经主动将这些和最近这一系列的事件联系了起来。

五个小人。五条绳子。奇特的崇拜。

“我们都会死。我们五个人。”

齐征，袁教授，神秘人，Linda，孙正。

这会不会是某种暗示……这五个人，并不是第一批。在这里，在梦中，已经有无数批这样的人……

“这是不是，这个小镇的历史？很多文化都有将自己的历史记录在壁画或者山洞雕刻里的习惯……”孙正依旧着迷地看着墙上的东西，喃喃自语着，“我一定在哪里见过它们，好眼熟……”

仿佛已经沉迷其中，孙正摩挲着这些凸出来的符号，沿着小路一边走一边读下去。

哈哈哈哈。

咯咯咯咯。

看着另一侧符号的路遐此时却忽然听到一串串奇特的笑声，就像几个孩子在不远处嬉戏。

怪了……

“哎哟！”他还没迈出脚步，又被一个匆忙路过的人撞了下肩膀，“喂你怎么这么不注意……”

他话音刚落，忽然心中一凛。

路人？这里哪来的路人？

他猛地转过身。

他的背后不远处是一堵严严实实的石墙。

路遐颤悠悠地举起手中的蜡烛。

火！

这是他的第一反应，出于本能他差点儿倒退一步。但当他看清楚才发现，那只是刻在墙上的一幅极其逼真的壁画。

一团熊熊燃烧的、蔓延了整个山坡的大火。

天空上腾起一片片黑色的云，疯狂而热烈的火，跳脱一切的火，偏偏又笼罩在无尽的阴霾中。

这片布满整个墙的壁画，看起来比那些血腥的小人更令人不寒而栗。

这幅画……是什么意思……？

“火在很多宗教里都有重要的意义，既是毁灭，又是重生，孙正你觉得——”路遐说着转过身去。

身后已没了孙正的踪影。

孙正?!

路遐几乎忘了他们身在梦中，此刻不见了孙正，路遐心中猛地警醒，想起自己的最初目的——

Linda！孙正！

七·业火

“正——！”

路遐在小道中焦虑地呼唤着。

他的声音在整片区域中回荡，来回走动的脚步在地面溅起水花。他不敢走远，因为这一整片小镇如此铺展开来不知究竟多大，内里房屋交错穿插，也不知路线如何复杂。孙正想必不会走太远，看起来也并不是一个容易迷路的人，他应当知道回来。

但是如果 Linda……

“谁？！”

路遐听见极细微的声音，以防又是之前的幻觉，他保持着原地不动。

“嗒、嗒、嗒。”

滴水的声音。

这里都是遮盖的屋顶，哪里在滴水？

“嗒、嗒、嗒。”

一双红色的高跟鞋出现在路遐的视线里。

然后是一双雪白的脚踝。

“嗒、嗒、嗒。”

水珠从发尖滴落下来，在淌着的水中溅开一圈又一圈。

“Linda！”路遐下意识叫了出来。

果然渐渐走出一个浑身湿漉漉的女人来。路遐没想到 Linda 竟然这么直接大方地出现了，反而有些手足无措起来。

Linda 一见到是他，脸上立刻露出楚楚可怜的神色：“路、路先生！这里是哪里？！”

路遐愣了一下，眼珠子在 Linda 身上转了转，留意到 Linda 右手仍然戴着手链，回答：“这是梦，难道教授没有跟你提到过吗？”

“梦？”Linda的表情越发惊恐，“难道是那个……会死人的梦？！我、我怎么会进来的？”

路遐抑制住当面质问她的冲动，只是默不作声地打量着她的表情。看样子，Linda并未察觉自己已经发现了她是这五个人中的一个。

“你不知道？你之前没有做过类似的梦吗？”

Linda惊疑地看向他：“怎么可能？这是什么样的梦？下好大的雨，我又不知怎么走进这个迷宫一样的地方，好可怕……”

“那就奇怪了……”路遐若有所思地说，“你有没有见到其他人？如果你不是那五个人中的一个，你不应该进来的……”

“当、当然不是！”Linda眼神看起来很无辜，“教授没有醒过来，孙正又回酒店了，我还不知道上哪儿帮你打听这消息……”她见路遐面有疑色，瑟瑟发起抖来，“路先生，我好冷啊，什么时候才可以醒来啊？”

这个女人当真好演技。

路遐心里嘀咕着，既然如此，不如自己先把她从孙正身边引开，也好一探究竟。

“我们一起去探探出去的路吧，我记得入口在这边。”他指了指自己进来的小屋方向，“我们也许可以登上那座小楼，在高处比较容易找到出口。”

提到那座小楼，Linda面有难色：“小、小楼？”然后看见路遐疑心的表情，她迟疑地点了点头。

两人一路走着，不知为何，Linda跟在路遐身后走得有些慢。只听她一边低声抱怨，一边似乎为了打消路遐的疑虑，喃喃自语着：“一定是我下午回去医院的时候，见到了那个人……那个人真是不祥的灾星，他一定把什么可怕的东西传给我们了……我真不该见他……”

“谁？”路遐转过头。

Linda连忙掩嘴，不好意思低下头去：“没有谁，我实在太过害怕，让你见笑了……”

路遐坚持问：“谁啊？也许是重要线索也不一定。”

“那个，好像是袁教授在搞民俗研究时认识的一个很神秘的人，那个人后来旅行时还搭了车——对，袁教授告诉我的，我今天在医院撞见他了，好像受了很重的伤，我一时担心，就去看了看。”

是神秘人，路遐心中肯定。

“我实在不该在他生命还未脱险的时候说这种话，但是……他真的很像，很像一个活死人，你知道吗？就连教授都说他身上带着一种很诡异的能力。可在我看来，那与其说是能力，不如说是一种阴影。”Linda 一面说着，一面用余光瞄着路遐的表情，“他一定是从极可怕的地方回来的，说不定，我们这些怪梦，都是他引起的……”

Linda 刻意地把焦点转向神秘人，路遐心知肚明，但又不得不同意她的一些说法。至少，自己并不是那五个人中的一个，但却由于神秘人的干涉和那个奇怪的仪式，也被带入到梦里来了。

两人走回拱门附近，发现一侧小门，路遐用力拉了一拉，随着门的松动，一股灰尘弥漫出来。

两人挥开烟尘，发现门后是一个阴暗的楼梯。Linda 面有惧色，有意无意地朝路遐贴紧了一些。绅士在紧要关头，自然挺身而出，路遐心有戒备，却也不能刻意拉开距离，只好随她。

楼梯的尽头又是一扇阴暗的小门，路遐闻到一种说不出来的臭味，身后 Linda 也捂着鼻子：“是不是这里太潮了？好臭。”

路遐试着去拧动门把手，门松了一下，路遐使出了吃奶的劲，终于推开一道小缝，门后是一股更浓的臭味。

他心里有些惴惴不安起来，但 Linda 已经走了上前，搭手帮他一起合力推开了门。

门后隐约是个宽敞的大堂，光线从高处那扇小窗中射进来，本来室外光线也并不明亮，在风中猎猎飘动的窗帘更使得这光线忽明忽暗，视线不甚清晰。

Linda 站到路遐身边，和他一块挤到了这个房间里。路遐能明显感到她在颤抖，却不知是冷的，还是装的。

“对了，你今天不是想看我手链吗？”Linda 忽然说，然后就听见哗啦啦解手链的声音。

“嗯？”路遐没想到她怎么提起这茬儿。

Linda 不由分说把手链塞到他手里：“喏，就当作我的保护费好了，嘻嘻……”

不愧是个小女人，关键时刻倒装起可爱来了。

路遐不明就里地接过手链，表面装作要到光下去看手链，却时不时地偷瞄 Linda 的手。他朝着有光的窗户走了两步，脚上好像踩到了什么——就在这一瞬间，Linda 猛地推了他一把，然后，“啪——”按下了墙上的一个东西。

路遐只觉得两条腿各被一道大力拉得整个人腾空而起，他还未反应过来，世界已经在视线里完全颠倒过来。

他被倒吊着悬挂在了空中。血流刹那齐齐涌向了他的头顶。

大意了！！！

路遐心中的第一反应。

他看着下面的 Linda，Linda 朝着他娇俏一笑：“现在还需要看我的手链吗？”

路遐叫苦不迭。

Linda 在下面望着他，脸上又带上了从前的高傲：“真可惜，你看不懂这里的符号，这也难怪你不知道，这个阁楼，是这个小镇的——处刑室。”

路遐的身子在空中晃了晃，两只脚似乎都被什么机关牢牢钩住了，以现在这种姿势，他完全没有任何力量摆脱。

Linda 踩着高跟鞋，在下面悠悠绕了一圈，又在下方那个桌上摸索着，听见他挣扎的声音，对他回眸一笑：“路先生，您不但四肢不发达，连头脑也很简单，你以为我的目标只有孙正一个吗？”

桌上两支蜡烛忽地被点亮了。

房间里荧荧闪着两团光，而光线里，正对着路遐的，是那张遗像。

黑白的相片。

一张脸，一双眼睛，直直地看着路遐。

路遐只觉得全身从头到尾都发麻了，差点惊呼出声——这不是——这不是——

“袁……袁……”

“袁教授？不不不、当然不。”Linda也抬头看了一眼那个人像，笑了，“这张照片的年龄比袁教授还大，怎么可能是他？这大约是，他的曾祖父，这个小镇最后一位镇长。”

路遐只觉得血全聚在脑门，他连说话都感到吃力，含糊不清地吐着字眼：“这、这什么小镇……不是梦……梦吗？”

“梦？”Linda看向他的眼中陡然射出怨怼的光，“我倒真希望这只是一场梦，路先生！是的，现在它只是一场梦，但一切都是真实在发生的！你不是已经发觉了吗？！这是曾经鲜活存在过的一个小镇……在谁也找不到，谁也不知道的地方……”她从路遐的头顶下方走过，走到窗户前。

她踮起脚尖，仿佛想看清远山深处，那一条条火车轨道交错的地方。

“我只知道他们曾经生活在这个鬼地方……没完没了的雨，没完没了……不见天日……他们一定是因为某种天意才被困在这里，日日听见火车呜呜的声响，却从来没有人走出去过……”

“这、这个镇，叫什么名字……唔……”趁Linda还看着窗外，路遐一边吸引她说话，一边在室内搜索着能摆脱这个机关的办法。

“名字？我不知道。这些都是我听说的故事。”Linda嘲讽似的笑了一声，“我跟随袁教授多年，他一直没有停止这个研究，看见墙上那些画了吗？这是‘它’的诅咒，每一年，小镇都会供奉上五个人，然后‘它’就会从其中选中一个，活下来的那一个。他们便会浩浩荡荡地抬着这个被选中的……”

话还没讲完，Linda忽地转过身来，眼中射出锐利的光芒看向路遐：“不许动！”

被发现了……路遐乖乖停止了手上的小动作。

“看来我不应该跟你废话，”Linda走了回来，她随手从遗像下的小桌上端起一个烛台，挥散周围的灰尘，“先把你解决了也不迟。”

“那些字符上写着，这里的任何生产生活活动都是由镇长和长老们严格组织，按照每户的编号进行，一旦违反纪律，或者试图逃出小镇，就会被送到这个处刑室，跪在这里，忏悔受罚……”说到这里，她脸上浮现出一丝冷酷，“那么，就让我来看看，那个年代的刑具到底是怎么玩的……”

这幢阁楼扼住这个小镇的咽喉，又以绝对优势的高度监控着周围一切的发展活动。因为隔绝人世，便一直实行着高度压迫性的管制。

Linda手中的烛光照亮了这个大堂的一角，墙上挂着几排阴森森的刑具，上面污迹斑斑，不知是血迹还是锈迹。

单是这么瞟上一眼，想象出的场景也足够路遐生出一身冷汗。

地上更是有大片大片的黑块，还有残留的物件，角落里甚至堆放着几件破旧的衣衫。

也许，恶臭便是从那堆污秽的衣物里散发出来的。

见Linda果真开始寻找着刑具，路遐心中也有些怕了。他勉强控制着情绪，断断续续说：“那、那这个小镇现在还存在吗……？”

他试图拖延时间，这样孙正发现与他走散，也许可以找回这里。

Linda用余光留意着他的动静：“存在，就像一个幽灵一样，存在在人的梦里……哈哈哈哈哈……”她忽地笑了起来。

“几十年前，这个镇上起了一场大火，很奇怪吧，你看这片小镇，永远都是雨，怎么会起火呢？但它就是起了一场大火，烧毁了一切的大火……那天他们抬着那一年选中的祭品登上山坡，等待着，等待着……却等来了这场大火……那年的祭品是一个十二岁的小女孩，她的母亲就在她被抬上山的时候，和私下密谋的几个同伴，在镇上各处点燃了这场大火……你看看这片连着的房屋，一旦起了火……毁灭就是一瞬间的事！”

路遐想起了那墙上的壁画。

火。

熊熊燃烧的怒火，烧毁了整个小镇的孽火。

“所有人都烧死了吗？”路遐倒吊着，颤巍巍地问。

“有的逃走了……大部分却没有……这只是个传说……但是！”Linda的眼神怨毒起来，“‘它’却没有消失……‘它’成为一个游荡的幽灵……无休无止地，继续在梦里寻找着‘它’的祭品……”

路遐想到了袁教授的话。

“五个人，他来了，我们五个人都会死……他会杀了我们……”

袁教授口中的他……不是一个人……而是“它”，是这个小镇！

小镇中的小人儿画揭示的就是小镇每年的五个候选人，小镇每家房屋里供奉的五条绳子，也代表着这五个人。

一个，两个，三个，四个……他们因为各种原因死去，最终存活下来的那一个，就是最后那幅画里的小人儿。

就像神秘人告诉他的：每死一个人，你都离它更近一些……

每死一个人，他们就会从梦中的一个场景苏醒。而在下一场梦里，他们就更接近这个小镇的核心。

孙正一开始梦见过在山坡上走，袁教授出事后，他们一起梦见了站在小镇外，等到神秘人死去的时候，他们便进入到了这个小镇里。

那么最后剩下的那个人会去到哪里？

壁画的最后，那一团黑云里，仅露出一个脑袋的小人儿。那到底……意味着什么……这里年年举行这种奇怪的仪式，又是为了什么？

Linda 不知怎地抓了一下手腕，这让路遐终于第一次看清了她手上的那条伤疤。

“不知什么时候开始……它出现在了我的梦里……自从这道伤疤出现以来……”她说着说着越发歇斯底里起来，手挥舞的动作变得更大了，“为什么就选中了我们为什么为什么为什么！！！”

她又抓了下手腕，森森的目光看向路遐：“啊，找到了！”

路遐看见她面前有一个控制台似的桌面，上面布着许多机栝按钮，桌子旁边看起来像是一个老虎凳，上面还叠着几块砖和几条粗麻绳。

这个小镇虽然封闭，却在研究这些刑具和诡异的仪式上下了不少工夫。

这个大堂简直犹如旧时土匪的酷刑窝，比路遐曾在重庆所见的白公馆渣滓洞有过之而无不及。

Linda 在上面细细看了一番：“如果按下这个，便会有一根尖针钻出来，当你倒吊的时候，全身血液都汇集于头顶，于是这根尖针便会轻轻地……轻轻地从你的头顶正中钻进去，只需那么一下，你就会全身血液暴流！”

“你、你疯了！”路遐再也忍不住激动起来，拼命扭动着身子，“是你杀了齐征，杀了袁教授，神秘人……就算你杀死所有人成为被选中的那一个，你也逃不掉‘它’的诅咒！”

“你说什么？！”Linda 举起手来，手上那道伤疤被她雪白的肌肤衬得鲜艳无比，“我杀了袁教授？我逃不掉‘它’的诅咒？你也不想想……袁教授口中所说的五个人，到底是谁……”

路遐僵硬了。

路遐心中忽然腾起一种他从未有过的猜测，几乎推翻了他之前所有的想法。

> “这是它的诅咒，我们五个人……在噩梦里，无穷无尽的噩梦里……一个接一个地死去……”

“我们五个人”，并不是齐征、袁教授、神秘人、孙正和 Linda。

而可以是——齐征、袁教授、神秘人、孙正和路遐他自己！

他早已是这梦中的一个了！他早该意识到这一点！

难道、难道……路遐心中大骇，这才是袁教授把委托交给自己的真正目的?！如果自己成为这五个人中的其中一个，那么自然，孙正就可以侥幸活下来。

而自己，也许还一路傻乎乎地护卫着孙正的安全，直到最后却成了祭品。

原来、原来……这是袁教授早就安排好的计划，就连梦中所杀死的这些人也大概在他的计划之内……

"这坟墓一样的鬼地方！这没完没了的雨！！我不能死，我不想死在这里！！！我还年轻，我还漂亮！！我还有我的生活！！！"Linda尖叫着，伸手猛地按下了那个键。

咯噔。

房屋震动了一下。从地板下方传来某种机器转动的声响，地板上正对路遐头顶的位置渐渐隙开一个小口。

路遐剧烈地挣扎着，然而倒吊中的他根本使不上任何力气，因为两腿悬挂被缚，就连利用腹肌挺身而起也很难做到。

他面红耳赤，喘着粗气，不甘心地想到最后一个人，叫了起来："孙正，那孙正怎么办！你难道连他也要牺牲吗?！你不是喜欢他吗?"

Linda一怔，忽地咯咯咯笑了起来，更是高兴得拍起手来。

"正啊正，不愧是教授的好学生，我喜欢他? 哈哈哈，只要你死了，我们就会醒来。到明天，就是最后一个梦了。哦不，也许他到死也会愿意替教授隐瞒这个事实呢……"

"什、什么事实……?"路遐的心越跳越快，他已经看到一个黑黝黝的尖钻头从那个小孔里艰难地伸了出来。幸好因为年代久远，机器有些生锈，这个钻头出来得比他想象中还慢一些。

Linda没有说话，却冲路遐抛了个媚眼。

精神高度紧张的路遐，在这个关头，思维哪里还能运作。他只能死死地，死死地盯着 Linda。

Linda 挠着手臂，这里飘散的灰尘令她觉得痒酥酥的。

但她的神情是欢喜的，看见那个钻头终于钻出了地板，她就像发现了新大陆一般，露出了小女人一样新奇的表情。

“你瞧，若是你死了，那么就剩下孙正和我了，孙正就只能是被选中的祭品了，哈哈哈，你瞧，我帮‘它’铲除了不必要的候选者，‘它’说不定该感谢我，把你们一个个都杀死杀死杀死杀死！！！”因为激动，她连抓挠的动作也变大了，开始挠起后背来。

“是了……所以……所以……”路遐艰难地说，“那个时候，你就逃脱了这个诅咒是吗……孙正呢……那孙正呢？”

“孙正？”Linda 歪起脑袋，脸上是坚决的表情，“是的，就是他！凭什么只要他活下来？凭什么要牺牲我？我不要再被诅咒缠身，不要世世代代仍旧背负这个小镇人的命运。我要烧掉这个地方！就像当年一样，我要烧掉它烧掉它！！！连梦里，也烧得一点不剩！”

随后她又抓挠起来，越抓越快，越抓越快，脸上露出厌恶的神色：“痒死了痒死了，什么东西！”

正……快来……救命……

路遐已经无法思考了，他的唯一希望是孙正能够找回这个地方。他的呼吸也已经困难起来，他转动着脖子，想避开视野里离他越来越近的那个黑点。

会从自己的头顶钻进去！

他简直能感到汇集在头顶的血液在颤抖，在沸腾，在汹涌！在被锐利贯穿的一瞬间，这些热烈的鲜血将喷溅而出，他的身体将爆炸，他的肢体将遍布房间各处……

血！

“别动！”路遐突然一声大叫。

Linda 僵硬了。她感觉到了。

而路遐终于看到了。从窗帘浅浅淡淡照进来的光里，他看见了。

空气里飞舞的，不是灰尘。他们之前用手挥去的，也不是灰尘，是肉眼几乎看不见的丝。

他们之前挥开的，是已经断掉的丝。而此刻，无数条无数条丝，从 Linda 的右手手腕伤疤处密集地发散出来，然后穿过她的肩，她的脖子，她的背脊，她的左手，她的腿……

她的全身，都被这些无数的丝穿连着。

谁也没有看见，谁也没有发现。

这些丝，本来也是肉眼看不见的。只因为 Linda 来回的抓挠和走动，这些丝上沾上了血。路遐看见的，就是这些在光里隐隐闪着血色的密密麻麻的丝。

一滴冷汗沿着 Linda 的脸颊边缘滴落下来，溅在那些细丝上，映出晶莹的光。

"好痒！" Linda 还是忍不住伸手挠了一下。

路遐的眼睛直了，不是因为直逼他而来的钻头，而是他看见 Linda 移动的那只手臂消失了，空气中泛起一股浓重的血腥味。

不，也不是消失了，是在她动的一瞬间，整个手臂被那无数丝线切成了碎屑。

从碎屑中飞出无数的闪着血光的"灰尘"。

"啊啊啊啊啊！！！教授……"因为陡然传来的剧痛，Linda "咚"的一声栽倒在地上，空中那千万条丝线就此切过——

路遐强忍住心中极大的震动，闭上了眼睛。

是梦醒，还是钻头，他已经听天由命了。

八·葬礼

“咚咚咚。”

敲门声。

“咚咚咚。”

“咚咚咚。”

“胖子！我不是跟你讲了我在睡觉别进来烦我吗……”路遐没好气地从被子里探出个头，“进来吧！”

一个人捧着一束花出现在病房里，那束花遮住了他的脸。

路遐一怔，坐了起来：“你是谁？”

那个人把花轻轻放到床头边，露出一张被巨大墨镜和鸭舌帽遮住的脸：“来探病的。”

路遐差点没从床上滚下来。他擦了擦眼镜，又擦了擦眼睛，再瞪大了眼睛盯着这个人：“你、你没有死？！”

“我本来就是个死人，哪来死不死的说法。”那个人顺手搬了张凳子坐下，“你看起来活蹦乱跳的。”

路遐还没从震惊中恢复过来，指着这个人：“可是，如果你没有死，我们就不可能完成，也不可能达到最后一个梦……”

那个人叹了口气，反问：“所以，你成功进入了最后一个梦是吗？”

“我们。”路遐强调。

“你杀了 Linda？”

“你早就知道是她？！你为什么不告诉我？”路遐又激动了。

“难道不是我给你的提示吗？”那个人说着，又问了一遍，“你杀了她？”

“不……”路遐不忍回想那惨烈的一幕，他摇了摇头，别过脸去，“不是我……是那个房间里……大概，是因为潮湿和污染的空气，房间里养着某种嗜血的……极微小的虫……肉眼都几乎不能发现的怪虫，被她手上的伤口吸引了……”

路遐没能讲完 Linda 之死，他停在这里，难以继续，而这个人也并没有逼迫他讲完，似乎知道他并没有杀人，便安心了，随手翻起了路遐床边的一张泛黄的报纸。

1996 年 8 月 28 日的《× × 晚报》。

报纸的一角还沾有一块触目惊心的血迹，是当时他留下的。血迹一旁是一篇特别报道：

善举成就事业，袁成莫教授十余年来资助数名学子。

内容大致是袁成莫十多年来一直资助几名孤儿读书，其中有两个考上了袁教授所在的名牌大学，其中一个还在采访中十分感激地回答说将来的愿望是可以成为袁教授的学生，和他一起从事研究。

袁教授也在这篇采访中提到这几名孤儿和他出自同一个孤儿院，同病相怜，所以他坚持不懈地帮助了他们十多年。

虽然整篇报道隐去了这里面几名学生的名字，但在报道旁边附上的照片里，却可以隐约看出两个熟悉的身影：Linda 和孙正。

“你比我先发现了吧？那个梦，并不是随机的……”路遐注意到他在看那张报纸，“Linda 和孙正很有可能和袁教授有着相同的出身，只是他们不知道罢了……”

他们都是那个小镇大火后残存下来并逃到外界的人们的后裔。

即使小镇的原形已经毁灭，小镇居民世世代代所背负的命运仍然在它的子孙的血液里流淌传承。

大火上方，那汇集的一团团的黑云，也许就象征着这个小镇不死的灵魂，象征着这些盘绕在它的子民梦中的、未尽的仪式……

“我有很多问题想要问你。”路遐说。

“嘘，别急。”那个人做了个手势，“我可以回答你的问题，但你必须先告诉我，最后一个梦里是什么，最后发生了什么？”

提到最后一个梦，路遐脸上露出疲惫而厌倦的神色，他躺回病床，望着苍白的天花板，好半天才吐出两个字：“石棺。”

“石棺？”

“细雨，阴沉的天，山坡的顶上，一口孤零零的石棺。”

“有没有……有没有别人？”

“没有。”

“没有吗？”那个人苍白的脸上第一次表现出急切的神情，“没有你认识的人？你熟悉的人？”

路遐愣了一下：“我认识的人？”

那个人意识到自己问了多余的问题，又收回了自己的话：“不，没什么，我随便问问，然后呢？”

路遐没太在意，继续说：“然后，我决定，毁了这个小镇，从梦中，就像 Linda 所说的那样。”

“怎么可能？”连那个人也惊诧了。

“可以的。”路遐转过头来，肯定地望着那个人，“用火。”

“用火？但是……”

“下雨是吗？没错，这个小镇的雨从来没有停过，除了……”路遐顿了顿，他从旁边拿起一支笔，在报纸上顺手画了一组图，那是他记忆中小镇街道上的那组壁画。他指着最后一幅，“这个时候。”

最后一幅是一团巨大的黑块，和一个小人的头。

其余的画里都有一些小圆点，暗示着雨水，但是最后一幅却没有。

“只要第五个人躺进石棺里，仪式启动，小镇的雨就会停下，迎来短暂的晴天。这个时候只要燃起一把大火，这个小镇就会毁灭。”

“这只是你的猜测，可是谁也说不准……”

“即使冒险也要一试，不是吗？”路遐冲他笑了笑，虽然他不认识这个神秘人，还发生过一些小冲突，但不知怎地，今天见了他，竟意外觉得亲切。

墨镜下的人似乎看着路遐，发怔了。

就好像这样的话，这样的笑容，让他曾经的某个记忆复苏了起来。

“所以，我和孙正两个人，只有我们两个人，才能完成这个计划。”

“但是你怎么才能说服他？对他来说，这不过是荒谬的梦，你要他躺进棺材里，还是要他去放一把火？按照他的性格，无论如何都不会答应你吧？”

“我没有说服他，”路遐的神色黯淡下来，“我威胁他。”

细雨，荒芜的山坡，稀稀疏疏的草。

每走一步，草地里都能踩出水来。

山顶是一方棺材，孤零零的，映着那片布满阴霾的天空，也阴森森的。

路遐看着孙正，一字一句地说：“躺进去，只要十分钟，否则，我就把这件事告诉所有媒体。”

孙正眼中是不敢置信，紧接着是难以抑制的愤怒。

“我已经知道了，教授和 Linda 的关系。”路遐的表情是冷酷的，“Linda 表面上装作是在追求你，其实她和教授私下里有不正当的关系，对吧？你为了教授，一直在帮他们掩饰，不是吗？为什么我问起你那次旅行你会那么紧张？五个人四个房间，Linda 和教授睡在一起，再简单不过的问题，只怪我一时被胖子误导，没反应过来。”

孙正手中的拳头攥紧了。

然而路遐却已经了然于心，教授对孙正来说，是世界上唯一的恩人，也是世界上唯一的亲人。为了教授的名誉，在一场梦里，躺一个棺材算什么。

但是孙正看起来很生气。也许吧，被一个还算朋友的人用最尊敬的人威胁，这样愤怒也是再合理不过。

路遐心中唏嘘。

他甚至无法告诉孙正另一个真相：教授所资助的这些孤儿，都是当年从小镇上逃出来的人们的后代。他教给他们这些小镇的符号，给他们讲小镇的故事，甚至带着他们做关于民俗和古迹的研究，却没有告诉他们身上所带着的诅咒。

是的，齐征、孙正、袁教授、神秘人、Linda，还有路遐。这六个人都是被带进这个梦里的人。

然而他终于醒悟过来，Linda 当初给他那一个媚眼的暗示。Linda 从来没有喜欢过孙正，她一直嫉恨着孙正。因为教授的一切计划，都是为了让孙正活下来，不是同床共枕的情人，甚至不是教授自己。

“好。”孙正深深地看了路遐一眼，朝棺材走去。他甚至不问为什么。

路遐长长地叹了一口气。

一场梦而已，想必他醒来之后，不会当真。

“是教授授意你，让你带我进入这个梦的吧？”路遐讲完了故事，神色更加疲惫了，他侧脸看着神秘人。

其实他已经知道答案，却还是忍不住问出口。

神秘人沉默了一下，才缓缓开口：“是，也不是。”

“什么意思？”

“没错，他是想利用你，我却是想……考验你。”

“考验我？”路遐露出不可思议的表情，“我好像，之前并不认识你吧？你考验我干什么？”

神秘人低下头去，压抑的声音中带着颤抖：“你会知道的……我会……让你知道的……那天到来的话……你也许可以解开……那个医院……”

“你在说什么？”路遐没有听清楚，皱着眉头又问了一遍。

神秘人却已经抬起头来，换了一番话：“因为有相近的目的，我才和袁教授合作的。他想让他的爱徒摆脱这轮噩梦，而我……”

“你却想杀死他？”路遐脸上浮现一丝不怀好意的笑。

“他死了，我才能进入最后一个梦。”

“进入最后一个梦……”路遐想起来了，“你想在梦里找到你说的某个人？”

“不过，那个人连灵魂好像都没有留下……就连这个小镇里也……”

路遐从未见过这个冰冷得像死人般的人露出如此绝望的神色，就连周围的空气竟也蒙上了一层凄凉的气息。

路遐的心不知为何也像被狠狠地撞了一下。

他就像着了魔似的，出言安慰了一句：“既然找不到，那不就说明，他在世界上的某个角落，活得很好吗？而且，他所希望的能再次见到的你，一定不是一个活死人吧？”

说完，见这个人还没有反应，路遐又不好意思地补充了一句：“这种肉麻话可不是我发明的，我哥路晓云以前劝那些家属的时候，就老这么说——”

神秘人猛地抬起头来，路遐好像感受到那墨镜下射来的两道目光忽然间充满了神采：“是吗？他是这样说的吗？”

“是啊，如果是我，我就这样相信着！”路遐大大咧咧地笑了起来。

就好像一下子受了某种启发，神秘人站了起来，推开椅子，跌跌撞撞地走到窗边，冬日的阳光太过强烈，即使透着墨镜，他也无法直视，但他仍旧朝着阳光站定，就好像第一次感受到阳光那样，深深地吸了一口气。

“喂！”眼看他走到一边，路遐赶紧大叫，“我还没问完呢！”

“喂——那个小镇叫什么名字？”

那个人没有回答。

“那、那你叫什么名字？”路遐又问了一句。

那边静了一下。

“真巧，我名字里也有个云，”路遐远远地，仿佛破天荒地看见神秘人的嘴角勾起了一个略带顽皮的微笑，“我姓本，名丹云。”

本？丹云？

本丹云？笨蛋云？

三天后。

孙正穿着一身黑西装，站在一排素色的人群中，那时天下着蒙蒙小雨，灵堂里一片沉痛的死寂。记者的闪光灯在外面时不时地闪耀着，拍下断断续续到来的各界知名人物。

他低垂着头，整个人都像融进了一片阴影里。

就在这个时候，旁边一个学生妹模样的女生跑了过来。

“学长，有人打电话找你。”

孙正抬起头来，一脸倦容，眼睛下是两圈大大的黑眼圈。因为这几天来，他关闭了手机，不与任何人接触，所以几乎没有人能找到他，而这个电话竟然打到灵堂里来了。

他沙哑着嗓子问：“谁啊？”

“一个姓路的先生。”

孙正脑中闪过几个画面，他沉默了一下，最后缓缓挥了挥手，表示拒绝。

他刚想转身走开，另一只手拍在他的肩膀上：“孙正，孙先生是吗？您是袁教授的爱徒啊，虽然这个时候提起不好，但是袁教授也曾经和我谈过，他有意推荐过您，不知道，您有没有兴趣来帮我们做编剧呢？”

孙正一愣，他还不知道，前方有怎样的命运在等着他……

后 记

为什么不再写一部“桐花”？

从2010年《桐花中路私立协济医院怪谈》完结到现在再版，快10年了。

我写过罪案推理，写过软科幻，写过冷兵器战争，甚至写过都市育儿，但再也没有写过像《桐花》这样的恐怖惊悚。

明明可以再写一部更好的。

《桐花》的结构不够工整，人物不算有趣，文笔需要从头修到尾，主题讲得根本不透彻。

每次翻开《桐花》，就像每天起床照镜子，总能挑出无数不满意。《桐花》就像镜子里的素颜，总觉得该拿起手术刀整一整。

没下去手。

2017年，裸辞后的一年零两个月，我一个人窝在北京东五环外的出租单间里，学写剧本，想钱。

想一个月的房租钱，想一瓶护肤品的钱，想一条新裙子的钱。

其实钱，也可以伸手要的，我没有多少惨可以卖，过不去的只有窝囊和委屈。凭什么，想认真写东西赚钱，比当初工作时的“996”还难。

那再写一部“桐花”吧。这一次，写能卖钱的那种，趁这本书还有那么点儿微弱的热度。

还是没下去手。

我都想掐死我自己。

对我来说，从业余创作者转变为职业写作者，最大的区别在于，是否自省。

业余创作是在森林里的一次即兴散步，职业写作是在没有路的森林里活生生地走出一条路。找到唯一的方向，并进行无数次练习。我必须保持警醒，我找对了吗？我是在原地踏步，还是在一路前行？所以我必须时刻回头，时刻标记，必须在有限的时光里进行无限的探索，哪怕会时常碰壁，长久迷惘。

我尝试写不同的题材，想寻找一个共同的母题。

我究竟想通过写作，说些什么呢？

感谢催逼我写这篇后记的小编，一直没想明白的我，在写到这里的时候，仿佛有那么一点点明白了。

答案其实就在“桐花”里。

镜子里的素颜，就是你最初的模样。《桐花》有很多不完美，但它藏着我的初心。

我想写世间那些彻头彻尾的绝望，和微微发光的希望。

罪案、战争、家庭、爱情……它可以是任何形式，孙正和路遐也可以是任何人。

我也许再不会写《桐花》这样的小说了，但我写的每一部都是新的“桐花”。

我也永远会让严医生抬头时，看见那道光。

绝望中点燃希望的光。

南琅

2019 年 4 月于北京